Verliebe dich nie in einen Rockstar

Teresa Sporrer wurde 1994 in der kleinen österreichischen Stadt Braunau am Inn geboren. Da ihr Heimatdorf fast nur aus Feldern und Bäumen besteht, zieht es die Autorin seit ihrem fünfzehnten Lebensjahr regelmäßig auf verschiedene Rockkonzerte und Festivals. Neben ihrer Liebe zur Musik hegt sie noch eine große Leidenschaft für Bücher und kümmert sich regelmäßig um ihren eigenen Bücherblog. Momentan bereitet sich die Autorin auf ihr Lehramtsstudium vor und arbeitet an neuen Geschichten, die sehr wahrscheinlich wieder von Rockstars handeln werden.

VERLIEBE DICH NIE IN EINEN ROCKSTAR

TERESA SPORRER

CARLSEN

Von Teresa Sporrer bei Im.press erschienen:

Blind Date mit einem Rockstar

Ein Rockstar kommt selten allein

Rockstar weiblich sucht

Der Rockstar in meinem Bett

Rockstars bleiben nicht zum Frühstück

MIX
Papier aus verantwortungsvollen Quellen
FSC
www.fsc.org
FSC® C083411

Sonderausgabe

Ein *Im.press*-Titel im Carlsen Verlag

Juli 2015

Dieses Werk wurde vermittelt durch die Agentur SCRIPTZZ, Kieferndamm 82, 15566 Schöneiche.

Umschlagbild: shutterstock.com © Elena Efimova

Umschlaggestaltung: formlabor

Corporate Design Taschenbuch: bell étage

Gesetzt aus der Alegreya / Juan Pablo del Peral von readbox publishing, Dortmund

Druck und Bindung: CPI books GmbH, Leck

ISBN 978-3-551-31494-9

Printed in Germany

www.impress-books.de

Für Babsi, Chris, Martina und Rexi,
weil jedes Mädchen ihre Horde Verrückter braucht.

PROLOG
ODER ROCKSTARS SIND SCHWEINE

Ich erinnere mich noch ganz genau an den verfluchten Tag, an dem ich Alex zum ersten Mal traf. Denn obwohl wir beide seit zwei Jahren die gleiche Schule besucht hatten, war ich ihm noch nie wirklich begegnet. Ich hatte lediglich Gerüchte über ihn aufgeschnappt und Berichte von meinen Freundinnen gehört, die alle Fans seiner Musik waren.

Er glich einem Phantom, das nur dann zur Schule ging, wenn es wirklich sein musste. Alex Seidl, der *Rockstar,* der eine Schulausbildung nicht nötig hatte und nur zum Unterricht erschien, um angehimmelt zu werden.

Und nein, ich würde ihn auf keinen Fall mit seinem dummen Künstlernamen *Acid* ansprechen!

An dem schicksalhaften Tag war ich sechzehn geworden – ein *heiliges* Alter laut meinen drei besten Freundinnen Nell, Violet und Serena. Ich durfte nun endlich legal Bier und Wein trinken und die ganze Nacht in Clubs mit Alkoholleichen rumhängen.

Leider interessierten mich all diese neu gewonnenen Rechte kein bisschen. Ich trank fast nie und machte auch keine Nächte in solchen Clubs durch. Im krassen Gegenteil zu beinah achtzig Prozent meiner Altersgenossen, die ich nur mit abfälligen Blicken bedachte.

Nein, ich war auch keines dieser zugeknöpften und spießigen Mädchen, die lieber Mathe büffelten, als ihre freie Zeit in Clubs zu verbringen … Na gut, vielleicht hatte ich schon die ein oder andere Party mit einer ähnlichen Ausrede abgesagt, aber bei meinen Eltern konnte man nichts anderes erwarten: Mein Vater arbeitete als Anwalt und achtete darauf, dass keines seiner drei Kinder auch nur mit der Haarspitze auf die schiefe Bahn geriet. Schon ein auffälliger Kleidungsstil oder ein Besuch in einem zwielichtigen Club bedeuteten bei ihm, auf die *schiefe Bahn* abzurutschen. Bei meiner großen Schwester Ellen wurde dieses Programm hart durchgezogen, aber bereits bei meinem Bruder Ian verlief nicht mehr alles so glatt.

An meinem sechzehnten Geburtstag ging ich ausnahmsweise aus. Meine Eltern dachten, dass ich bei Violet zu Hause feierte, und da sie weder Violets Mutter noch ihren Stiefvater ausstehen konnten, würden sie auch nicht bei ihr anrufen. Eigentlich wollte ich an diesem Tag nichts machen, außer meine wohlverdiente Ruhe nach einer harten Prüfungswoche zu genießen. Meine Freundinnen aber hatten mich mit vereinten Kräften auf ein Konzert von einer Band aus der Gegend geschleppt, weil der Sänger – Alex – angeblich *der pure Sex auf zwei Beinen* war. Als *Konzert* konnte man den Auftritt in dem heruntergekommenen Club am Rande von Salzburg wohl kaum bezeichnen, ebenso wie man einen Typ wie Alex auch nicht als *der pure Sex auf zwei Beinen* bezeichnen konnte.

Natürlich wollte ich überhaupt nicht dorthin.

Musik interessierte mich nicht. Okay, ich wusste vorher zwar nicht genau, was für Musik gespielt würde, aber bei meinen verrückten Freundinnen war einfache Popmusik sicherlich nicht drin.

Jungs interessierten mich ebenfalls nicht die Spur. Manchmal fragte ich mich, warum Gott diese dauernotgeilen Wesen erschaffen hatte. Da ich keinerlei Antworten bekam, ging ich davon aus, dass es Gott nicht gab und Jungs im Grunde nur ein Fehler der Evolution waren.

Doch wieder zurück zu meinem ersten Treffen mit Alex.

Meine Freundinnen hatten es natürlich mit ihrer hypnoseähnlichen Überredungskunst geschafft, mich in diesen Club zu schleifen, obwohl ich ihnen versichert hatte, dass ich dort keinen Spaß haben würde. Den hatte ich dann auch wirklich nicht. Halb angetrunken und auf der Suche nach Frischfleisch, also heißen Jungs, wankten meine Freundinnen durch den dunklen Raum, der nur unzureichend von ein paar blauen und violetten Scheinwerfern beleuchtet wurde. Ich nippte währenddessen tröpfchenweise an meiner Cola und wartete darauf, dass der Abend endlich sein Ende fand. Mit einer halben Stunde Verspätung trottete Alex' Band *YourDarkestDesire* – offensichtlich ein richtig *harter* Name für eine Rockband – auf die Bühne. Schon als die selbst getaufte *Säure* den ersten Schritt auf die Bühne machte, fasste ich den Entschluss, ihn nicht zu mögen. Schnell schnipste er seine Kippe in die Menge. Wirklich charmant war der Herr Möchtegern-Rockstar auch! Er wurde übrigens seinem Spitznamen sehr gerecht: Dunkles, zotteliges Haar fiel ihm ungekämmt ins Gesicht. Auf seinen blassen Armen erkannte ich verschlungene Tattoos, die wie Armbänder aussahen. Außerdem hatte er sich ganz in Schwarz gehüllt: schwarzes T-Shirt, schwarze Jeans und tiefschwarze Schuhe.

Unbewusst schlängelte ich mich durch die umstehende Menge näher an die Bühne. Unter Alex' dunklen Haaren lagen blaue Augen, aber sie sahen wässrig und irgendwie krank aus. Wahrscheinlich schmiss er vor dem Konzert einen Haufen Drogen ein, um seine Nerven zu beruhigen. Vielleicht hätte er durch seinen schlanken, großen Körper richtig attraktiv – sogar sexy, wie ich ungern zugab – ausgesehen, aber ich stand nun mal nicht auf Typen, deren Jeans sich ungewöhnlich eng an den Körper schmiegen.

Als er den Kopf zu seinem zweiten Gitarristen drehte, erkannte ich auf seinem Hals einen fetten Knutschfleck, der sich schon dunkelviolett verfärbt hatte.

Eklig!, dachte ich und schwor dem nicht existierenden Gott, niemals in meinem Leben so etwas zu bekommen.

Alex raunte zwei Worte ins Mikrofon und die Menge flippte aus. Sie erwiderte seine Begrüßung mit einer Mischung aus Kreischen und Brüllen. Manche reckten sogar ihre Hände in die Luft.

Ohne ein weiteres Wort nickte Alex einem Jungen mit weißem Haar zu, der seine Finger flink über die Saiten einer schwarzen E-Gitarre gleiten ließ und so den ersten Song anstimmte.

Ich stand damals in der ersten Reihe, direkt neben den Boxen, deshalb brannten sich die Songs geradezu in mein Trommelfell. Ich wäre, nachdem meine Neugier auf das *Phantom* gestillt worden war, sofort wieder gegangen – hätte *er* nicht zu singen angefangen. Eines musste man Alex lassen: Singen konnte er, auch wenn es für meine zarten Ohren viel zu laut war. Nur einen Augenblick lang faszinierte mich seine überraschend sanfte, aber auch starke Stimme und ließ meinen Körper ein wenig erzittern.

Diese kurze Faszination wurde mir zum Verhängnis. Als ich vom Konzert heimkam, konnte ich wegen eines vorübergehenden Tinnitus nicht schlafen. Außerdem hörte ich immer wieder seine starke Stimme in meinen Kopf hallen. Die Folge davon war nicht einfach ein verschlafener Sonntag wie bei meinen Freundinnen. Bei der Hochzeit meiner großen Schwester Ellen am Tag nach dem Konzert fiel ich dem Pfarrer vor lauter Müdigkeit direkt in die Arme. Ich schlief komisch verrenkt auf einem unbequemen Teppich in der Kirche ein, bis mich mein großer Bruder Ian fassungslos fluchend aus dem Gotteshaus zerrte.

Das war es, was ich alles mit Alex verband: stickige Clubs mit Besoffenen, ohrenzerfetzend laute Musik und unglaubliche Demütigung. Und, das musste ich beschämt zugeben, eine äußerst wohlklingende Stimme, die sich in meinen Kopf gebrannt hatte.

1. KAPITEL

MEIN LEBEN, DIE FREAKSHOW

Fast zwei Jahre später

Während sich den meisten Schülern beim Anblick des Schulgebäudes der Magen augenblicklich umdrehte, zauberte er mir ein kleines Lächeln auf die Lippen. Völlig ausgeschlafen stand ich vor dem dunkelgrauen, dreistöckigen Gebäude, flankiert von zwei meiner besten Freundinnen. Links und rechts von mir trudelten Schüler mit hängenden Schultern und lustlosem Gemurmel ein. Nur hin und wieder strahlten ein paar ihrer Gesichter, als sie aufgeregt über ihre Ferienerlebnisse berichteten.

Heute begann ein neues Schuljahr.

»So eine Scheiße«, fluchte Violet neben mir. Aus dem Augenwinkel sah ich, wie sie die Hände vor dem violetten Trägertop verschränkte und die Mundwinkel nach unten verzog.

»Ich glaub, ich hab die Ferien echt versoffen!« Violet hieß eigentlich Samantha, aber aufgrund ihrer violett gefärbten Haarpracht und ihrer Liebe zu Kleidung in derselben Farbe nannte sie seit der zehnten Klasse niemand mehr bei ihrem eigentlichen Namen.

»Serena will sterben«, stöhnte Serena. Es war ganz normal, dass sie in der dritten Person von sich sprach. Ich wusste nicht, ob sie es sich absichtlich angewöhnt hatte oder ob sie vielleicht unter einem kleinen psychischen Schaden litt. Als sie sich vor drei Jahren mit Violet, Nell und mir anfreundete, hatte sie diese Macke schon.

»Zum Glück ist es das vorletzte Jahr. Sonst würde Serena echt in Erwägung ziehen, von der Dachterrasse der Schule zu springen.«

Ich sah zu ihr auf. Sie maß mit ihren eins fünfundsiebzig beinahe einen halben Kopf mehr als ich.

»Also, ich freue mich«, sagte ich und fiel damit wie so oft aus dem Rahmen.

Violet schüttelte den Kopf. »Du bist krank, psychisch krank. Irgendwann benennen sie mal eine Art von Schizophrenie nach dir.«

»Serena stimmt dir zu.« Sie nickte. »Keiner freut sich darauf, bis zu neun Stunden in der Schule zu sitzen und zu lernen, bis auf dich natürlich, Zoey.«

»Aber ganz vernünftig sind wir alle nicht mehr hier oben, oder?« Lächelnd tippte sich Violet an die Stirn. Damit spielte sie wohl auf ihren ausgeprägten empathischen Sinn oder auf ihre Obsessionen für schräge Musik und nicht minder schräge Filme an. Ich zuckte nur mit den Schultern und folgte ihnen in den Strom von unmotivierten Schülern in das Gebäude.

»Dein Lächeln ist wirklich, wirklich unheimlich.« Serena griff in ihre schwarze Umhängetasche, auf der irgendwelche skelettierten Tierchen abgebildet waren, und zog eine zusammenklappbare Bürste mit Handspiegel heraus, um sich ihre blonden Haare zu kämmen. Ein paar dunkelbraune Strähnen lugten unter den hellen Haaren hervor. Immer, wenn Serena nervös wurde, pflegte sie ihre Mähne. Vor einer Mathematikschularbeit konnte man einen Pullover aus den ganzen herausgekämmten Haaren basteln. »Serena könnte gerade kotzen.«

Als ich den vertrauten Geruch der Schule erschnupperte, wurde mir um einiges leichter ums Herz. Die Ferien waren wie immer langweilig gewesen, und ich hatte mich richtig danach gesehnt, wieder in dem alten Gebäude zu sitzen und meine Zeit mit etwas Sinnvollem zu verbringen. Außerdem erfreute es meine Eltern nicht gerade, dass ich meine Freizeit mit solch speziellen Freundinnen verbrachte, obwohl alle drei wirklich in Ordnung waren!

Violet und Nell kannte ich schon seit der Volksschule, also schon unglaubliche zehn Jahre lang. Wären die beiden nicht mit einer Kiste Lego zu mir gekommen und hätten mich eine Viertelstunde angebettelt, mit ihnen zu spielen, ich hätte wahrscheinlich heute immer noch keine Freunde. Ich war keine einfache Person, wie meine Freundinnen immer betonten, wenn ich mich wieder über etwas aufregte.

Die Eingangshalle unserer Schule hatte sich nicht verändert: Die gelben Wände waren mit diversen Sprüchen beschmiert oder mit Stickern von Bands beklebt, wobei die meisten natürlich von *YourDarkestDesire* stammten. Den weißen Boden verunzierten Hunderte Schuhabdrücke und die Kletterpflanze an der Mauer neben dem Schwarzen Brett vertrocknete in bedenklichem Braun vor sich hin.

Violet sah sich suchend in der hellen Halle um. »Wo ist eigentlich Ne…«

»Leute!« Nell stürmte so schnell auf uns zu, dass ihre bunten Strähnen nur so in alle Richtungen herumwirbelten. Die meisten Schüler drehten sich mit hochgezogenen Augenbrauen um und musterten sie teils besorgt, teils kopfschüttelnd. Gut, dass Nell solche Aufmerksamkeit und wir ihre Auftritte gewohnt waren. »Ihr …«, als sie bei uns ankam, war sie völlig außer Atem, »… glaubt nie … wer … neu …«

»Atme einmal tief ein, Nell«, wies ich meine Freundin an, die sofort die Luft einsog, »und aus.« Wie bei einem abgestochenen Luftballon stieß sie die Luft schlagartig wieder aus. »Was ist denn passiert?«

»Also, ich habe gerade ein interessantes Gespräch zwischen ein paar Lehrern belauscht und dabei die Neuigkeit des Jahres herausgefunden«, strahlte sie mit den von Lipgloss glänzenden Lippen.

»Es wurde ein Heilmittel gegen Krebs gefunden?«, riet ich.

»Die Schule ist abgebrannt?«, fragte Serena, obwohl wir mitten im Schulgebäude standen.

»Hast du endlich bemerkt, dass du verrückt bist?«, meinte Violet sarkastisch. »Das ist nämlich nichts Neues.«

»Acid kommt in unsere Klasse!«

Während ich mir mit der flachen Hand gegen die Stirn schlug, quiekten Violet und Serena mit Nell um die Wette.

»Acid! Ich habe schon gehört, dass er wieder einmal die Zwölfte nicht geschafft hat, aber dass er ausgerechnet in unsere Klasse kommt! Das ist ja der Wahnsinn! Ich glaube, ich werde dieses Jahr keine einzige Minute dem Unterricht folgen können, außer er wäre der Lehrer.« Violet fuchtelte mit den Händen herum. »Meine Gebete wurden endlich erhört. Es gibt doch ein fliegendes Spaghetti-Monster, ich wusste es!«

»Serena will ihn knuddeln und nie wieder loslassen«, fügte Alex' Fan Nummer zwei hinzu. »Ich will ihn einfach als meinen Sexsklaven haben.« Nell strich sich ihr zwei Nummern zu großes Bandshirt zurecht. Ihre Liebe zu Musik ging so weit, dass sie ihren beneidenswerten kurvenreichen Körper unter Zelten versteckte. »Beim letzten Konzert habe ich sein Shirt gefangen.

Glaubt ihr, er würde mich bemerken, wenn ich es morgen anziehe?«

Ich schnaubte.

Und dann schrien alle drei auf einmal: »Er ist so süß!«

»Ich hasse Alex«, sagte ich mit monotoner Stimme und erntete sofort die wütenden und empörten Blicke meiner Freundinnen.

»Acid kann doch nichts dafür, dass du vor zwei Jahren die Hochzeit deiner Schwester fast ruiniert hast«, sagte Serena. »Du blamierst dich generell oft.«

»Mache ich nicht«, murmelte ich beleidigt und funkelte meine Freundinnen böse an. »Wann habe ich mich denn bitte schön blamiert?«

»Zum Beispiel, als du im Religionsunterricht *Breaking Dawn* gelesen und dich dann aufgeregt hast, wie Vampire ohne fließendes Blut den Geschlechtsakt vollziehen können.« Violet klopfte mir auf die Schulter. »Ich habe noch nie jemanden gesehen, der sich so in Rage geredet hat.«

»Aber es stimmt doch«, knurrte ich. »Das ist biologisch gesehen völlig unmöglich. Vampire sind tot! Wie soll bitte dahin Blut fließen, wenn das Herz nicht mehr schlägt? Ich lese *Twilight* eh nur, weil mir die ganze Fehlersuche in den Büchern unglaublich viel Spaß macht.«

Ich hatte alle vier Bücher zu Hause, und jede Seite sah so aus, als hätte ich einen roten Stift ermordet und seine Tinte wie Blut über den Text vergossen.

»Oh, wisst ihr noch, wie Zoey das erste Mal in Berührung mit Alk gekommen ist?«, fragte Nell in die Runde.

Ich grummelte. Noch immer kamen Leute auf mich zu und fragten mich, ob ich ihren Fußboden auch abschlecken würde.

»Na gut, ich blamiere mich recht oft«, gab ich zu. »Aber, und das will ich betonen, ich suche immer nach einem Schuldigen, da kam mir Alex eben recht. Außerdem ist er ein Arsch, das wisst ihr.«

Ich schaute in die Runde und sah, dass alle zaghaft nickten. Jeder kannte Alex' Frauengeschichten, wusste, dass es ihm eigentlich nur darum ging, eine aufzureißen, mit ihr zu schlafen, sie danach fallenzulassen und sein dummes Spiel von vorn zu beginnen.

Doch die meisten Mädchen interessierte die Tatsache, dass es ihm nur um Sex ging, überhaupt nicht. Für sie wäre es sogar eine Ehre, eine seiner Gespielinnen zu werden.

»Aber er ist auch unglaublich heiß«, sagte Nell und erntete damit ein einstimmiges Nicken meiner Freundinnen.

Warum redete ich eigentlich noch mit ihnen darüber, dass Alex ein Arsch war? Sie würden niemals ihre Meinung über den geliebten Rocker ändern, dem es nicht nur an so etwas wie Anstand mangelte, sondern in Anbetracht der Tatsache, dass er schon zum zweiten Mal die Zwölfte wiederholte, auch an Intelligenz.

Ich wollte noch etwas gegen Alex sagen, wurde aber von der tiefen Stimme des Direktors hinter mir unterbrochen. Im Gegensatz zu den restlichen Schülern, die sofort zu Steinstatuen erstarren würden, aus Angst, etwas verbrochen zu haben, drehte ich mich um und nickte ihm höflich zu.

»Zoey!« Ein Lächeln zeigte sich auf seinen Lippen. In seinem wettergegerbten Gesicht bildeten sich noch ein paar Falten mehr. »Wie geht es meiner Lieblingsenkelin?«

Mein Großvater, der Direktor der Schule, war ein weiterer Grund dafür, mich stets zusammenzureißen, was mir glücklicherweise nie schwerfiel. Ich war eine gute Schülerin und würde es auch bleiben, da ich keinen Bock darauf hatte, mein zukünftiges Leben mit einem miesen, unterbezahlten Job zu verbringen.

»Gut«, sagte ich knapp. »Ich habe die Schule vermisst.«

Meine Freundinnen begrüßten meinen Großvater höflich und sagten dann, dass sie schleunigst in die Klasse mussten, obwohl es erst in fünf Minuten läuten würde.

Als sie weg waren, verzog er ein wenig das Gesicht. »Bist du immer noch mit ihnen befreundet?«

Mein Großvater kannte die drei gut. Sie waren eher durchschnittliche Schülerinnen und besonders Nell und Violet fielen ihm wegen ihres Aussehens auf. Serena wurde einmal von unserem Schultherapeuten untersucht, der sie aber wieder gehen ließ, weil sie nur von ihren neuen Pumps mit schwarzen Schleifchen geschwärmt hatte. Zwei Stunden lang.

»Sie sind meine besten ...« – und einzigen, dachte ich – »... Freundinnen, Opa!«

»Ja, aber ich will nicht, dass sie einen schlechten Einfluss auf dich haben, Zoey.« Er fuhr sich durch das schüttere graue Haar.

»Das haben sie nicht«, beruhigte ich ihn. »Ich habe mich äußerlich nicht verändert. Meine Noten sind seit Jahren auf dem gleichen Niveau und ich engagiere mich immer noch regelmäßig für die Schule«, rechtfertigte ich mich. Auf keinen Fall würde ich zulassen, dass mir jemand den Umgang mit meinen Freundinnen verbot. »Und jetzt muss ich auch los ...«

Großvater nickte mir lächelnd zu. »Enttäusche mich nicht.«

Ich schüttelte den Kopf und stürmte schnell die Treppen zu meiner Klasse hinauf. Wie kam Großvater nur auf die Idee, dass ich ihn enttäuschen würde?

Kaum hatte ich meine Klasse erreicht, läutete es auch schon zur ersten Stunde. Ich sah mich suchend im Raum um, entdeckte Alex jedoch nirgendwo.

Vielleicht hat sich Nell getäuscht, dachte ich. Hoffentlich hat sie sich getäuscht! Ich ließ mich seufzend neben ihr auf den unbequemen Stuhl fallen, der sofort ein beunruhigendes Knarzen von sich gab.

Doch ich hatte mich zu früh gefreut. Mit einer Verspätung von nur fünfzehn Minuten trottete der schwarzhaarige Rocker in die Klasse, gefolgt von einer sehr böse dreinblickenden Mathelehrerin, die bedrohlich mit dem Zeigefinger wackelte.

»Und dass ich Sie nie wieder beim Rauchen im Flur erwische!«, keifte sie. »Wir können von Glück reden, dass Sie nicht den Feueralarm ausgelöst haben.«

Alex murrte eine leise Entschuldigung und verzog sich auf einen freien Platz – den Tisch rechts neben mir.

Nell bekam fast einen Herzinfarkt, sie atmete schwer. »Sieh ihn dir an! Sieh in dir an!«, flüsterte sie in mein linkes Ohr. »Ist er nicht noch heißer geworden?«, schwärmte sie mit rauer Stimme. »Diese Augen!«

Tatsächlich hatte sich Alex irgendwie verändert: Seine Haare fielen ihm zwar noch immer strähnig in die Stirn, teilweise sogar vor die Augen, aber sie waren nicht mehr schulterlang und sahen auch frisch gewaschen aus.

»Hmpf!«

Ich wandte den Blick wieder ab und achtete auf Frau Rainer, die ohne weitere Umschweife mit dem Stoff fortfuhr, mit dem sie letztes Jahr aufgehört hatte: Differenzialgleichungen.

Während die anderen Schüler nur das Gesicht verzogen, meldete ich mich und beantwortete fast alle Fragen, die sie uns stellte, rechnete zwei kurze Beispiele an der Tafel vor und schrieb als Einzige den Stoff ab. Entweder waren die anderen damit beschäftigt, mühsam die Augen offen zu halten, oder sie starrten lüstern den Rockstar an, der die meiste Zeit gelangweilt SMS tippte.

»Zoey!«, quiekte Nell. »Acid schaut zu uns rüber!«

Aus dem Augenwinkel erkannte ich, wie Alex' blaue Augen auf uns gerichtet waren – nein, sie waren nur auf mich gerichtet.

Wenigstens hat er nicht wieder einen Knutschfleck!, dachte ich, als mein Blick auf seinen fleckenfreien Hals fiel.

Nach fünfunddreißig Minuten verließ die Lehrerin kopfschüttelnd den Raum, weil einige eine Runde Schlaf ihrem Unterricht vorgezogen hatten.

»Hi!«

Ich war gerade dabei, mich auf eine Stunde Englisch vorzubereiten, als mich eine tiefe Stimme von der Seite anquatschte. Seit dem Konzert hatte ich diese Stimme nie vergessen können. Er hatte damals zwar nur ein paar Worte gesagt, bevor er zu singen angefangen hatte, aber das war genug, um den Klang wiederzuerkennen.

»Was willst du?«, knurrte ich.

Nell stieß mir in die Rippen. Im Gegensatz zu mir hätte sie ihn wohl vor allen Schülern angesprungen und ihm die Klamotten vom Leib gerissen, und jetzt war sie sauer, da ich ihrem Alex-Fanclub nicht beitreten wollte.

»Ich frage mich, ob du mir vielleicht Mathenachhilfe geben könntest.«

2. KAPITEL
HALLO, ICH BIN KALI UND SCHLAGE GERN JUNGS

Er blickte mich mit diesem dummen Gesichtsausdruck an – beinah konnte man ihn schon als Dackelblick bezeichnen, wären seine Augen nicht strahlend blau gewesen –, der wahrscheinlich Mitleid erregen oder mich zur Sklavin seiner Lust machen sollte. Da mir beide Optionen nicht besonders zusagten, wählte ich die dritte Möglichkeit.

»Nein«, sagte ich mit fester Stimme und blickte desinteressiert auf meine Nägel. Ich musste unbedingt mal wieder eine Schicht durchsichtigen Nagellack auftragen. »Und hör auf, mich anzuglotzen, als wär ich dein Frauchen! Ich streichele dir nicht über den Kopf und sage dir, dass du«, mit meinem Zeigefinger und meinem Mittelfinger formte ich Gänsefüßchen, *»ja sooo ein braver Junge* bist. Dieser dämliche Dackelblick zieht nicht bei mir.«

»Zoey!«, quickte Nell atemlos. Ob es ihr wegen meiner schlagfertigen Antwort an Sauerstoff mangelte oder ob es an Alex' angeblicher *Sex auf zwei Beinen*-Ausstrahlung lag, wusste ich nicht. Wahrscheinlich trugen beide Faktoren dazu bei, dass Nell keine Luft mehr bekam.

Alex starrte mich bestimmt seit zehn Sekunden an. Er musste sicherlich verdauen, dass ich ihm nicht gleich Gratisnachhilfe im Austausch gegen Sex angeboten hatte. Ach, Jungs waren so einfach gestrickte Wesen und so leicht zu durchschauen! Es glich einem Wunder, dass sie es überhaupt durch die Evolution bis in die heutige Zeit geschafft hatten zu überleben. Männer – ganz besonders solche wie Alex – waren wie Wurmfortsätze. Niemand wusste, wozu es sie eigentlich gab. Die Sache mit der Fortpflanzung mal außer Acht gelassen.

Plötzlich fing Alex laut an zu lachen und zog zu meinem Missfallen damit die Blicke der ganzen Klasse auf uns.

»Zoey?« Er sprach meinen Namen langsam aus und schloss dabei kurz die Augen. Als er sie wieder öffnete, grinste er mich an. »Zoey, also ... Wenn du mir hilfst, kann ich dir geben, was du willst.«

Ich war einen Augenblick lang sprachlos. Mir fehlten wegen seiner Unverschämtheit einfach die Worte. In jedem anderen Fall hätte ich ihn ignoriert, aber Alex Seidl hatte gerade den Bogen überspannt. »Ich. Bin. Nicht. Deine. Hure!«, stellte ich klar. »Such dir jemand anders! Ach, verpiss dich einfach.«

»Beruhige dich«, bat mich Nell, doch ich hörte nicht auf meine beste Freundin.

Meinte dieser Typ, er könnte jede haben? Wir lebten nicht mehr wie vor einigen Hundert Jahren, als man eine Frau gegen eine Kuh eintauschen und Männer unzählige Mätressen haben konnten, als eine Frau im Gegensatz zu einem Mann nichts wert war und immer den Mund halten musste. Hatte Alex in Geschichte auch nicht aufgepasst?

»Weißt du überhaupt, wer ich bin?«, fragte Alex. Sein Grinsen war verschwunden, nun bildeten seine Lippen einen geraden Strich.

»Du bist der Typ, der schon zum dritten Mal die zwölfte Klasse besucht. Meinen herzlichsten Glückwunsch übrigens«, erwiderte ich unbeeindruckt. »Ich dachte, dass dreimaliges Klassenwiederholen bei uns eigentlich gar nicht möglich ist.«

Jetzt hatte ich es geschafft, Alex zu reizen. Seine Hand donnerte auf meinen Tisch. Dadurch gewann er wieder meine Aufmerksamkeit. »Ich bin Acid!«

»Kann ich mal deinen Ausweis sehen?«, fragte ich, unbeeindruckt von seinem kleinen Wutausbruch. Ihn wütend zu machen war keine gute Idee gewesen, aber jetzt schon klein beizugeben lag unter meiner Würde.

»Okay, lass das!« Auch Violet und Serena hatten sich in der umstehenden Menge eingefunden. »Sie ist so wahnsinnig!« Beide schüttelten den Kopf.

Obwohl Alex meine Bitte nicht verstand, zog er seine Brieftasche aus seiner Jeans und reichte mir seinen Schülerausweis. Ich nahm ihn entgegen und warf einen kurzen Blick darauf, ehe ich ihn ihm zurückgab.

»Hier steht eindeutig, dass du Alexander heißt. Nicht Acid. Ich weiß schon, dass du dir wie ein ganz großer Rockstar vorkommst, wenn du dich so nennst.«

»Sie meint das nicht so!« Nell hatte es endlich geschafft, ihren Mund aufzumachen.

Um zu verhindern, dass ich Alex noch mehr auf die Palme bringen konnte, versuchte sie, mir den Mund zuzuhalten. Ich schleckte über ihre Handfläche. Mit einem angewiderten Aufschrei zog sie ihre Hand zurück.

»Natürlich meine ich das so!«, sagte ich. »Ich nenn mich auch nicht Kaliumperoxodisulfat, nur um cool zu erscheinen.« Als ich in die Runde schaute, um von meinen Klassenkameraden Zustimmung zu ernten, starrten mich alle mit bleichen Gesichtern an. War hier jeder ein verdammter Fan von Alex? Serena und Violet klappten sogar die Kinnladen herunter. Stephanie und zwei Mädchen aus ihrer Clique blickten mich finster an. Sicherlich wollte die blonde Schönheit dieses Jahr nutzen, um Alex' Groupie zu werden. Selbst der männliche Teil meiner Klasse stand anscheinend hinter dem schwarzhaarigen Rockstar.

Vor meinem inneren Auge sah ich mich in einem Kleid aus dem achtzehnten Jahrhundert, umringt von meinen Klassenkameraden in ebenfalls passender Kleidung. Ich ging ganz langsam zur Guillotine, legte meinen Kopf nieder und sah, wie ein als Scharfrichter verkleideter Alex die Klinge herunterschnellen ließ. Er lachte.

Auch der Alex von heute, aus meiner Klasse, mit schwarzer Jeans und Vans-T-Shirt, lachte. Völlig perplex starrte ich ihn an. Er schien sich nicht mehr einkriegen zu können, schlang seine Arme um den Bauch und warf den Kopf in den Nacken.

»Dann nenne ich dich ab heute Kali.« Nachdem er sich wieder beruhigt hatte, drehte er sich um und wandte sich den Schaulustigen zu. »Ist was?«, fuhr er sie unfreundlich an.

»Alex hat einen Spitznamen für dich!« Nell sah so aus, als wäre sie einem Ohnmachtsanfall wirklich sehr nah. »Kali. Ist doch süß.«

»Kali ist im Hinduismus die Göttin des Todes und der Zerstörung«, klärte ich meine Freundin auf. »Sie wird oft mit herausgestreckter Zunge, einem dritten Auge auf der Stirn, mehreren Armen und einem Rock aus abgeschlagenen Händen abgebildet. Und du findest das süß?«

Nell konnte nichts darauf erwidern, denn plötzlich stieß etwas mit einem lauten Knall gegen unseren Tisch und verschob ihn um mehrere Zentimeter nach links.

»Sorry, Mädels«, meinte Alex gelassen und setzte sich neben mich.

Kurz fragte ich mich, ob nicht jemand eine Eins vor die zwölfte Klasse gemalt hatte und ich noch in der zweiten Klasse saß. Alex hatte seinen Tisch an unseren geschoben, um neben mir sitzen zu können.

»Was soll das?«, fuhr ich ihn an. »Schieb deinen Tisch zurück!«

Ich versuchte, Alex' Tisch wieder an seinen Platz zu stellen, doch der vermeintliche Rockstar lehnte sich mit seinem vollen Gewicht darauf, so dass ich ihn kaum verrücken konnte.

»Das, meine liebe Kali, nenne ich *zu härteren Mitteln greifen*.« Sein strahlend weißes Lächeln verriet, dass er ein fleißiger Zähneputzer sein musste, denn bei seiner Raucherei hatte ich eine Armee von gelben und verfaulten Zähnen erwartet. »Du gibst mir keine Nachhilfe? Okay. Glaub mir, ich kann dich so lange nerven, bis du mir das gibst, was ich will.«

»Bist du wirklich zwanzig?«, entgegnete ich. »Du hörst dich an wie vier. Wäääh, die böse Zoey gibt mir keine Nachhilfe, wääh. Ich muss sie nerven. Wääh, Zoey hat mir die Nase gebrochen! Letzteres ist übrigens eine Drohung.«

»Ich hab keine Angst vor einem Mädchen wie dir«, sagte Alex schulterzuckend. »Du kämpfst mit Worten, nicht mit deiner Faust.« Er griff nach meiner Hand, streckte meinen Arm und untersuchte mit Daumen und Zeigefinger meine Armmuskulatur. Seine Finger waren ganz rau und schwielig. »Nein, vor diesem dürren Ärmchen muss ich keine Angst haben.«

»Ach, fick dich!« Ich entriss ihm meinen Arm. Erst später kam ich auf die Idee, dass ich ihm dabei eine hätte reinhauen können. Na ja, nachher ist man immer schlauer, oder?

Nell neben mir zog scharf die Luft ein. »Zoey!«

Schon wieder konnte ich mir keinen Reim darauf machen, was Nell erneut zum Beinah-Hyperventilieren brachte: die Kraftausdrücke, die ich eigentlich nie gebrauchte, oder die Tatsache, dass ich Alex gerade wieder beleidigt hatte?

Ich konnte Nell nicht einmal nach dem Grund fragen, weil bereits unsere Englischlehrerin Frau – irgendein Name mit E – hereinstürmte. Im Gegensatz zur Mathematiklehrerin schien sie um einiges motivierter und lächelte ihre neuen Schüler an. Bis ihr Blick auf Alex fiel. Ihre grellrot geschminkten Lippen verzogen sich für kurze Zeit nach unten.

»Oh, Alex. Are you here again?«, fragte sie ihn.

»Sorry, Misses Esther. I'm only here, because I wanted to have you as teacher again this year.«

Mir wurde übel. Flirtete Alex gerade mit der Englischlehrerin, die dreimal so alt war wie er?

»Horny pervert«, flüsterte ich leise, aber Alex hörte es.

»Ich bin nur nett zu der Frau, die mich großgezogen hat«, sagte er.

Ich riss schockiert die Augen auf. »Was? Sie ist deine Mutter?«

»Nö.« Er lachte leise. »Ich mag es nur, wenn du so entsetzt schaust. Das betont deine braunen Augen und deine vollen Lippen wunderbar. Ist das auch dein Gesichtsausdruck beim Orgasmus?«

Als ich Alex endlich die Ohrfeige gab, kippte Nell neben mir ohnmächtig um.

3. KAPITEL

DAS PHANTOM DER KANALISATION

Die Schulkrankenschwester musterte Alex und mich, besonders aber die halb bewusstlose Nell, mit argwöhnischem Blick. Wir hatten Nell drei ganze Stockwerke runtergeschleppt. Sie murmelte leise »Nein, nicht er ...« vor sich hin, aber ihr Geist schien abgedriftet zu sein.

»Was ist mit ihr?«, fragte die Schwester und setzte sich eine Brille mit dicken Gläsern auf. Mit den vergrößerten Augen sah sie aus wie eine dreidimensionale Manga-Figur. »Und was fehlt euch beiden?«

Während auf Alex' Wange ein hellrot leuchtender Fleck in Form meiner Hand prangte, war mein Gesicht komplett rot angelaufen. Frau Esther hatte mich vor der ganzen Klasse sprichwörtlich zur Sau gemacht, und das nur, weil ich Alex zeigen wollte, dass ich mir seine dummen Bemerkungen nicht länger anhören würde.

Damit hatte die pazifistische Frau Esther einen schlechten ersten Eindruck von mir erhalten. Ich vermisste meinen sadistischen Sportlehrer, der es liebte, wenn jemand einen Völkerball ins Gesicht bekam.

Geschadet hatte Alex die Ohrfeige nicht: Seit uns die Lehrerin vor fünf Minuten mit Nell zum Schularzt geschickt hatte, war Alex tatsächlich nett gewesen. Er hatte zwar kein einziges Wort zu mir gesagt, aber das fasste ich als Verbesserung auf.

»Meiner Freundin ist … ähm, schlecht«, erklärte ich. »Sie hat gestern nichts gegessen und jetzt ist sie einfach im Unterricht umgekippt.«

Die Schulschwester nickte und trat zur Seite, um Nell und mich in das strahlend weiße Zimmer zu lassen. Zum Glück war ich es schon gewohnt, Nells Fliegengewicht von einer Bar, einem Jungen, der sie eigentlich loswerden wollte, DVDs im Sonderangebot oder Ähnlichem wegzuziehen, wenn sie entweder total betrunken oder im Kaufrausch war. Sorgsam versuchte ich, ihren bewusstlosen Körper auf eine weiche, hellbraune Liege zu hieven. Nach einer Minute lag sie seltsam verrenkt darauf. Ich hörte noch, wie Alex der älteren Dame unverblümt erzählte, dass ich ihm eine kräftige Ohrfeige verpasst hatte.

»Poste doch gleich auf Facebook und Twitter, dass ein Mädchen dich geschlagen hat«, sagte ich, als er auf der gegenüberstehenden Liege Platz nahm. »Oder noch besser, schreib einen beschissenen Song darüber!«

Ich hatte in den beinah achtzehn Jahren meines jungen Lebens stets darauf geachtet, nur in geringem Ausmaß zu fluchen, doch Alex brachte eine Seite von mir zum Vorschein, die ich so gut wie nie an die Oberfläche ließ. Der Grund, nicht fluchen zu wollen, war, dass ich mir dadurch mein eigentlich tadelloses Verhalten nicht versauen wollte.

»Gute Idee.« Alex schenkte mir ein breites Lächeln. »*She's beautiful, but she's cold as ice and I'm still hangin' on.* Der Song passt zu dir, Kali. Kennst du die Band?«

Hatte mich Alex gerade *schön* genannt? Und noch wichtiger, hatte er mich gerade als *kalt wie Eis* bezeichnet?

»Nö«, verneinte ich. »Ich höre fast nie Musik. Und erst recht nicht diese dummen Charts.«

Ein schockierter Ausdruck stahl sich in Alex' Miene. Jetzt musste ich mich unwillkürlich fragen, ob das sein Orgasmus-Gesicht war.

»Nicht? Mann, muss dein Leben armselig sein. Und …«, sein Blick wurde kurz finster, »… *All Time Low* ist nicht in den Charts. Sehe ich etwa so aus, als würde ich Charts hören?«

Ich schloss kurz die Augen, um seine Beleidigung zu verdauen. Mein Leben war verdammt noch mal nicht armselig!

»Weißt du, was armselig ist? Es ist armselig, zum dritten Mal in der Zwölften zu sein!« Ich beugte mich ein Stück weiter nach vorn. Alex tat es mir gleich, so dass unsere Gesichter sich beinah berührten. »Es ist armselig, ein …«

Ich wollte ihn weiter beschimpfen, aber sein warmer Atem strich über meine Wange. Unsere Lippen waren nur ein paar Zentimeter voneinander entfernt. Waren wir in einem billigen Kitschroman gelandet?

Ich war mir sicher, dass Alex das Gleiche dachte.

»AUS!«, brüllte der aus dem Nichts auftauchende Schularzt. Er zog den grünen Vorhang zwischen mir und Alex zu.

»Zoey! Ich bin enttäuscht von dir.«

Schuldbewusst blickte ich zu Boden. Doktor Schmitt war ein Freund meines Großvaters. Er wusste also genau, dass ich sonst ein ganz anderes Benehmen an den Tag legte.

»Ich auch von mir«, gab ich zu. Wie immer, wenn ich mich schuldig fühle, spielte ich mit meinen schwarzen Haarsträhnen. »Es ist einfach mit mir durchgegangen.«

Doktor Schmitt nickte und wendete sich dann Nell zu. »Warum ist sie ohnmächtig geworden? Doch nicht nur, weil sie euren ... Streit beobachtet hat?«

Ich konnte nur mit den Schultern zucken.

Doktor Schmitt leuchtete mit einer dieser speziellen Lampen in Nells Augen, die sofort eine nicht gerade nette Beleidigung grummelte. Es hatte etwas mit seiner Mutter zu tun, die angeblich einen unschönen Beruf ausübte.

»Lass sie sich hier noch ein wenig ausruhen, dann geht es ihr bald besser.« Er seufzte. »Und sie sollte sich eine gepflegtere Umgangssprache angewöhnen.«

Tatsächlich flatterten Nells Augen, kaum hatte sich Doktor Schmitt Alex zugewendet. »Zoey?«, fragte sie. Endlich kam sie wieder zu Bewusstsein. »Wo bin ich?«

Sie sah sich hektisch im Raum um, kam aber nicht darauf, dass die medizinischen Polster, die Liegen und die weißen Schränke nur auf eines hindeuten konnten.

»Krankenzimmer«, antwortete ich.

»Warum?«, fragte sie. Sie griff sich an den Kopf. »Bin ich schon wieder über das Reck gestolpert und gegen den Kasten geknallt?«

»Ich hab Alex eine reingehauen«, antwortete ich nüchtern und betrachtete meine Hand. Ich war noch nie handgreiflich geworden, aber bei Alex' Verhalten war mir einfach die Sicherung durchgebrannt. »Und du bist einfach umgekippt.«

»Geht es dir gut?«, fragte Nell gleich. Dafür liebte ich sie: Ich hatte Alex zwar geschlagen, aber sie war besorgt um *mich*. Unsere Freundschaft war eben doch stärker als ihre Besessenheit von Alex. »Und warum eigentlich?«

»Solange Doktor Schmitt die ärztliche Schweigepflicht einhält, geht es mir gut.« Ich hatte absichtlich das mit der Schweigepflicht betont und bekam prompt ein *Natürlich* als Antwort von unserem Arzt. »Ich habe Alex eine geknallt.«

»Ich kann euch drei hoffentlich allein lassen«, sagte Doktor Schmitt zu mir. Er packte seine Tasche. »Ein paar Lehrer haben sich den Magen mit billigem, sprich abgelaufenem Kuchen verdorben und jammern mich voll. Wird wohl Zeit, ein wenig den Placebo-Effekt auszunutzen.«

»Sie können sich auf mich verlassen«, war meine prompte Antwort. Ein typischer Zoey-Kramer-Satz. Man konnte sich auf mich verlassen, ich würde alles für die anderen tun, bla, bla, bla. Zum Glück hatte ich kein besonderes Privatleben, das darunter hätte leiden können.

»Wie geht es Acid?«, fragte Nell.

Ich zog den grünen Vorhang zur Seite. Alex lag auf der anderen Liege, einen dunkelblauen Kühlbeutel auf die schmerzende Wange gedrückt.

»Er wird für immer entstellt sein«, bemerkte ich. »Sieh ihn dir an. Keine Frau wird jemals wieder auf ihn stehen. Er wird in der Kanalisation herumgeistern und auf seiner Orgel herumklimpern, auf der Suche nach einer Frau, die ihn trotz dieses Aussehens liebt.«

»Haha.« Alex verzog die Lippen nach unten. »Ich wende mich gleich an meinen Anwalt.«

»Ruh dich doch noch ein wenig aus«, sagte ich zu Nell.

Meine beste Freundin nickte und schlief prompt wieder ein.

Ich rutschte von Nells Liege hinunter und ging ein paar Schritte auf Alex zu. Da er die Füße angezogen hatte, nahm ich auf seiner Liege Platz und zog den Vorhang wieder vor. Er diente mir in erster Linie dazu, dass niemand sah, dass ich bei Alex saß. Ich hasste Gerede und ich hasste Alex, daraus ergab sich, dass Gerede über mich und Alex einem Hass-Super-GAU glich.

»Bist du hier, um dich zu entschuldigen, Kali?«, fragte Alex. Obwohl der blaue Beutel einen Großteil seines Mundes verdeckte, erkannte ich ein eindeutiges Grinsen.

»*Du* solltest dich entschuldigen!«, keifte ich ihn an. »Wenn du dich nicht wie ein notgeiler Macho aufgeführt hättest, hätte ich es bei den verbalen Beleidigungen belassen. Aber nein, der Herr musste unbedingt diesen ... unflätigen Spruch rauslassen!«

»Unflätig!«, kicherte Alex. »Es war eine Frage«, verteidigte er sich schwach. »Wie soll ich wissen, dass du dich wie eine zickige alte Jungfer aufführst!«

Bei dem Wort *Jungfer* zuckte ich kaum merklich zusammen. War das in der heutigen Zeit etwa eine Beleidigung?

»So bin ich halt«, warnte ich Alex vor. »Besonders bei Jungs, wie du einer bist, Alex.«

»Acid«, verbesserte er mich, worauf ich ihn wie eine Königskobra anzischte.

Zu meiner Rettung klingelte die Schulglocke. Da am ersten Tag nur zwei Schulstunden anstanden und dann Gottesdienst, den man nicht zwingend besuchen musste, nutzte ich die Gelegenheit zu flüchten.

»Nell und ich gehen jetzt nach Hause.« Ich zog den Vorhang so ruckartig zur Seite, dass mir meine beste Freundin direkt in die Arme fiel. Da hatte anscheinend jemand gelauscht.

Ohne ein weiteres Wort schleifte ich sie aus der Krankenstation. Ich hatte den heutigen Schultag überstanden. Aber wie sollte ich es schaffen, wenn morgen volle zehn Stunden mit Alex auf dem Plan standen? Noch schlimmer: Wie sollte ich ein ganzes Schuljahr mit Alex überleben, ohne in der Klapsmühle oder im Gefängnis zu landen?

Bevor ich nach diesem anstrengenden ersten Schultag schon um neun Uhr halb tot in mein kuscheliges Bett fiel, checkte ich noch meine Facebook-Chronik. Und tatsächlich: Alex, der sich auch dort *Acid – Die Säure* nannte, hatte mich geaddet. Da ich wusste, dass er mich sowieso nur nerven würde, nahm ich seine Freundschaftseinladung an.

Aus reiner Neugier klickte ich mich durch sein Profil.

Dabei ertappte ich mich, wie ich zwei Minuten lang ein Bild anstarrte, auf dem er splitterfasernackt, nur mit einer Gitarre, die seine intimste Zone und einen Großteil seines Oberkörpers abdeckte, abgebildet war. Wusste er nicht, dass solche Bilder keinen guten Eindruck bei seinen zukünftigen Arbeitgebern hinterlassen würden?

Kaum vier Minuten später entdeckte ich, dass mir Alex ein Video auf die Pinnwand gepostet hatte.

»Lass es kein Porno- oder *Tokio Hotel*-Video sein«, bat ich. »Bitte!«

Zu meiner Erleichterung hieß das Lied *That Girl* und war von einer Band, die sich *All Time Low* nennt. Ich zögerte kurz, klickte das Video dann aber doch an … und war positiv überrascht. Bis ich die Lyric-Zeilen erkannte, die mir Alex heute vorgesungen hatte.

Die Nachricht, die Alex dazugeschrieben hatte, ließ mir einen Schauer über den Rücken laufen.

Gefällt es dir, Kali? Ich werde dir jeden Tag einen Song schicken. Es gibt so viele Lieder, die perfekt zu dir passen, meine kleine zickige Kriegsgöttin. Der Name passt zu dir! Schlaf gut und träume von mir ;D

Irgendwie schafften es allein Alex' Worte, mir völlig die Kraft zu rauben. Als ich mit schwachen Gliedern unter die Bettdecke schlüpfte, hörte ich die ganze Zeit den Song in meinem Kopf.

That girl, that girl, she's such a bitch
But I tell myself I can handle it

...

4. KAPITEL
PHYSIK FÜR ROCKSTARS

»Da ist sie!«

Kaum stand ich mit einem halben Fuß in der Klasse, rannten meine drei Freundinnen auf mich zu. Serena und Violet packten mich jeweils an einem Arm und zogen mich prompt wieder aus dem Klassenraum.

Da wegen Alex' blödem Song nicht gerade ein erholsamer Schlaf hinter mir lag, umrahmten dunkle Schatten meine Augen. Mein Körper fühlte sich an wie Wackelpudding, meine Knochen wie Stäbchen.

»Serena will wissen, was zwischen dir und Acid passiert ist«, sagte Serena. Sie hatte die Arme in die Hüfte gestemmt und blickte mich mit den gleichen großen Augen an wie Nell und Violet. »Nell sagt, dass du gestern mit ihm hinter einem Vorhang gesessen hast! Hast du mit ihm rumgemacht?«

»Noch mal von vorn, bitte«, entgegnete ich und nahm mein vorher noch nie gebrauchtes Headset aus den Ohren. »Ich hab Musik gehört. Hast du gefragt, ob ich mit Alex rumgemacht habe? Oder ob ich ihn dumm gemacht habe? Zweiteres ist nämlich unlogisch, weil er schon immer dumm war.«

Ich gähnte herzhaft, und als ich die Augen wieder aufschlug, waren meine drei Freundinnen bereits bedrohlich nah an mich herangerückt.

»Du hörst doch nie Musik«, warf Violet ein. Sie blickte zu Serena. »Auf was lässt uns dieses unnormale Verhalten schließen, werteste Freundin?«

»Das ist Acids Schuld, oder?«, kombinierte diese folgerichtig.

»Leute, unsere liebe Zoey steht doch überhaupt nicht auf ihn«, warf Nell ein und legte mir ihren Arm auf die Schulter.

»Genau«, stimmte ich ihr zu und nickte dabei nachdrücklich.

Ich hasste Alex immer noch genauso wie vorher, wahrscheinlich sogar noch mehr, jetzt, da sein Macho-Getue auch mich betraf, aber – und das war ein fast unsichtbar kleines Aber – die Band, die er mir gestern gezeigt hatte, wirkte extrem süchtig machend. Normalerweise hatte ich einen Song – den Standardalarm von meinem Handy – auf meinem Mobiltelefon, aber jetzt zählten alle Alben dieser großartigen, laut Wikipedia, *Pop-Punk-Band* zu meiner Musiksammlung.

»Aber das wird sich noch ändern«, beendete Nell ihren Satz.

»Was?!«, schrie ich so laut und schrill, dass der neue Lehrer, der an uns vorbeigegangen war, seine Bücher vor Schreck fallen ließ. Ich achtete kaum auf den armen Kerl, der seine ganzen Sachen wieder richtete und mit einem bösen Blick auf unsere Gruppe in seine Klasse hastete. »Wie soll ich auf *so* einen Kerl stehen? Er ist überhaupt nicht mein Geschmack!«

»Du hast doch gar keinen Geschmack bei Jungs«, meinte Serena. »Manchmal denkt Serena sogar, dass du asexueller als der Papst bist.«

»Erinnert ihr euch an den Typen, der für Zoey extra sein Shirt ausgezogen hat?« Nell seufzte. »Wenn mich einmal so ein Typ anmachen würde, würde ich schneller schmelzen als ein Eis, das von einem heißen Typen abgeleckt wird.«

»Der hat mich doch nicht angemacht …«

Die Geschichte war wirklich nicht der Rede wert. Ich hatte mit den dreien eine Outdoor-Party besucht. Der Veranstalter war genauso eine Leuchte gewesen wie Alex und hatte nicht auf den Wetterbericht gehört. Das Ende der Geschichte war, dass alle Anwesenden bis auf die Unterwäsche durchnässt wurden. Irgendein betrunkener Typ hatte sich dann sein Shirt ausgezogen und es mir gegeben. Nur blöd, dass sein Shirt noch nasser gewesen war als meine Klamotten.

»Er hat mir sein nasses Shirt gegeben«, grummelte ich. »Mein Herz hat weder für einen intelligenten, einfühlsamen Typ noch für Alex etwas übrig.«

Ich war der festen Überzeugung, dass es draußen vielleicht diesen *einen* Typen gab; ich hatte sogar so etwas wie einen physikalischen Beweis: Das Positron war ein positiv geladenes Elektron, ein Anti-Teilchen, zu dem es immer ein negativ geladenes Gegenstück gibt. Alex war ein vollkommenes Arschloch und vereinte all das, was ich hasste, in einem Körper. Deshalb musste da draußen sein Anti-Teilchen herumrennen – also der perfekte Mann für mich.

Nell, Violet und Serena verstanden zwar meine Logik nicht, aber Hauptsache, ich wusste, wovon ich sprach.

»Bad-Boy ist viel besser«, sagte Nell und erhielt natürlich gleich Zustimmung.

»Emo-Russen sind auch toll oder platinblonde Norweger mit eisblauen Augen!« Violet seufzte. »Hammergeil!«

»Serena steht auf dunkle, unergründliche braune Augen.« Sie seufzte. »Oder auf smaragdgrüne«, fügte sie mit harter Stimme hinzu.

Sofort artete das Gespräch aus. Von einer Befragung der gestrigen Geschehnisse war es zu einer Umfrage über die beste Sorte von Jungs mutiert.

Als ich meinen Freundinnen so zuhörte, war ich mir sicher, dass sie in naher Zukunft einmal Jungs über eine Internetseite verkaufen würden. Dort könnte man sich dann Haar- und Augenfarbe, Herkunftsland und natürlich Charaktereigenschaften aussuchen. Wahrscheinlich würde ich ihre beste Kundin werden, weil mich meine dreißig Hauskatzen um den Verstand brachten – falls ich mich jemals für Jungs interessieren würde.

Ich war mehr als erleichtert, als es endlich klingelte. Ich wandte mich ab und rannte prompt gegen Alex.

»Aua!« Meine Nase war mit voller Wucht gegen seine harte Brust geknallt. Ich stieß mich von ihm ab. »Pass gefälligst auf!«

»Du könntest auch mal aufpassen, Kali! Das ist ein *Asking Alexandria*-Shirt, von dem Sänger der Band höchstpersönlich signiert«, knurrte er, aber sofort umspielte wieder dieses schiefe Grinsen, das sicher schon viele Mädchen das Herz gekostet hatte, seine Lippen. »Obwohl ich ja mit dir gern Körperkontakt habe.«

Von meinen drei Freundinnen hinter mir kam wie im Chor ein hohes »Oh-ho!«.

»Das ist doch kein Körperkontakt.« Ich konterte seine dummen Sprüche. Er wollte mich scharfmachen? Dann würde ich ihn wieder entschärfen. »Ach, Alex, das sind alles geplante Mordanschläge.«

»*Kiss me, kill me, your kiss is torture, but killing me would be too easy*«, rezitierte er irgendeinen mir unbekannten Songtext. »*Kiss Me, Kill Me* von der Band *Mest,* die du sicherlich nicht kennst. Hm, ich frage mich, ob du beim Küssen beißt und wie eine Schlange dein Gift versprühst.« Blitzschnell beugte er sich vor und strich mir mit dem Zeigefinger über die Lippen. Ich schnappte wie ein Hund nach ihm, leider zu spät, denn er hatte die Finger schon zurückgezogen. »Vielleicht küsst du auch sanft oder leidenschaftlich. Ach, Kali, ich würde es nur allzu gern erfahren!«

»Tja, das wirst du weder in diesem oder im nächsten noch im übernächsten Leben herausfinden.« Bevor die Wirtschaftslehrerin kam, drehte ich mich von Alex weg und marschierte erhobenen Hauptes in die Klasse. Meine Mitschüler standen alle an der Tür, um mich und den Lustmolch – oh, ich vergaß, er war ja ein Rockstar! – zu beobachten.

»Ich freu mich schon auf mein überübernächstes Leben!«

Ich war heilfroh, in der Klasse zu sein, bis mir wieder einfiel, dass Alex einen Sonderplatz neben mir hatte. Wenn er mich weiterhin nerven würde, würde er sehr schnell sein erstes Leben lassen.

Als wäre Alex' pure Anwesenheit nicht schon Pein genug, standen zwei Stunden Folter, getarnt als Sportunterricht, im Stundenplan.

Und wie begann unser sadistischer Sportlehrer am liebsten das neue Schuljahr? Mit einer tollen Runde gemischtem Fußball, wobei er Alex und mich als Auswechselspieler vorerst auf die Bank setzte.

»Fragst du nicht, wie es mir nach deiner Ohrfeigenattacke geht?«, fragte Alex.

Er streckte seine langen Beine aus. Auf seinem rechten Knöchel erkannte ich eindeutig ein Totenkopf-Tattoo, aus dessen rechter Augenhöhle eine Schlange kroch ... Mann, er war ja ein echt harter Rocker. Ich fragte mich, ob er demnächst auf einem seiner Konzerte ganz wie der eine Musiker, dessen Name mir gerade nicht einfiel, einer Fledermaus den Kopf abbeißen würde.

»Nein.« Ich schwieg für eine Minute. »Tut es denn noch weh? Weil wenn du jetzt noch Schmerzen hast, würde ich mir an deiner Stelle ernsthaft Gedanken über deine körperliche Verfassung machen.«

»Mir geht es wieder gut, danke der Nachfrage.« Ich drehte nur kurz meinen Kopf zu Alex und sah, dass ein breites Lächeln auf seinen Lippen lag. »Ich hoffe, deiner Freundin geht es auch wieder gut. Gibst du mir Nachhilfe?«

Der wirklich abrupte Themenwechsel ließ meine Augenbraue nach oben schnellen. Trotzdem fiel ich nicht auf den äußerst plumpen Trick rein. »Nein.«

»Hmm, einen neuen Versuch war es wert.«

Ich sah meiner Klasse uninteressiert beim Fußballspielen zu. Nur Männer konnten auf so eine dumme Sportart kommen! Es war total interessant, zweiundzwanzig Leuten dabei zuzusehen, wie sie einem Ball hinterherrannten … oder es wenigstens probierten. Unsere Klassenzicken fingen an, wie Meerschweinchen zu quieken, sobald der Ball nur auf sie zurollte. Nell, Violet und Serena tratschten miteinander, sobald der Lehrer nicht hinsah. Und die richtigen Fußballer ließen ihre Köpfe aneinanderknallen, sobald sie ein Tor geschossen hatten. War das typische *High five* etwa out?

Gerade als ich dachte, dass es nicht mehr schlimmer kommen könnte, tänzelte Stephanie in ihrem bauchfreien Top und ihren rosa Hotpants, die den Lehrer so ablenkten, dass er vergaß, Stephanie auf die Kleiderordnung der Schule hinzuweisen, auf Alex und mich zu.

»Mir tut der Knöchel weh.« Sie verzog ihre Mundwinkel nach unten. Komisch, gerade eben war sie noch auf Alex zugeeilt wie eine zweibeinige hungrige Katze auf eine Maus. Keine Spur von den ach so großen Schmerzen. »Zoey, kannst du mal eine Zeit lang für mich spielen?«

Grummelnd verließ ich die Bank und stellte mich zu meinen Freundinnen, um über Stephanie zu lästern. Eigentlich mochte ich Lästereien nicht, aber hey, sie hatte es verdient!

Als ich den beiden Auswechselspielern zehn Minuten später einen Blick zuwarf, hätte ich erwartet, dass sie einander die Zungen in die Kehlen steckten, aber Alex fokussierte seine Handflächen, während Stephanie ihn zuplapperte. Sein gequälter Gesichtsausdruck war mir komischerweise eine zu geringe Genugtuung.

5. KAPITEL

WHO YOU GONNA CALL? – ÄHM, DIE FEUERWEHR?

Mein Blick haftete auf gefährlichen Chemikalien mit aufgedruckten Totenköpfen als Warnhinweis. Herr Maier, mein Chemielehrer, war schon so alt, dass man leicht denken konnte, er habe noch mit den Alchemisten versucht Steine in Gold zu verwandeln. Würde er merken, wenn eine dieser Flaschen und ich fehlten, aber stattdessen ein toter Alex in der Klasse hocken würde? Ich meine, Alex tat so oder so nichts, was seine geistige Anwesenheit bezeugen würde.

Sehr wahrscheinlich, Zoey, gab ich mir selbst die Antwort. *Außerdem würdest du dann in Chemie eine schlechte Note kassieren und einen Klassenbucheintrag bekommen, weil du einen Mitschüler aus niederen Beweggründen getötet hast.*

»Es wäre Notwehr«, flüsterte ich mir selbst zu. »Kein Gericht der Welt würde mich verurteilen.«

Wir hatten die Aufgabe bekommen, Alkohol mit Schwefelsäure zu dehydratisieren. Ich, eine brave Schülerin, machte genau das, was mir der Lehrer aufgetragen hatte, während Alex die ganze Stunde lang SMS verschickte. Ich war es gewohnt, dass Mädchen so ein Verhalten an den Tag legten, aber erwachsene Jungs? Ich fragte mich, was ich wohl in meinem letzten Leben verbrochen hatte, dass ich zu seiner Laborpartnerin auserkoren wurde. Die letzten Jahre hatte ich mit Serena zusammengearbeitet, doch ausgerechnet dieses Jahr musste Herr Maier die Paare neu mischen.

»Gibst du mir Nachhilfe?«, fragte Alex, nachdem er seine SMS-Schreiberei beendet hatte.

»Nein.«

»Gibst du mir jetzt Nachhilfe?«

»Nein.«

»Gibst du mir demnächst Nachhilfe?«

»NEIN!«, schrie ich und stand kurz davor, Alex mit einem Glas den Mund zu stopfen. Meine Stimme war so laut und schrill, dass ich dachte, die Reagenzgläser würden der Reihe nach zersplittern.

Alex neben mir hatte das Gesicht wegen meines Schreies verzogen. »Wenn du beim Or...«

»Wenn du jetzt das Wort *Orgasmus* in den Mund nimmst, schütte ich dir Schwefelsäure ins Gesicht!«, drohte ich ihm.

»Hier ist doch nirgends Schwefelsäure.«

Ich drehte ein kleines Gläschen mit farbloser Flüssigkeit zu ihm. »Das orange Zeichen mit der Hand heißt, dass du am besten damit in Berührung kommen solltest. Ist ein gutes Gesichtswasser, willst du mal probieren?«

»Kali, ich bin nicht dumm.« Seine Mundwinkel wanderten nach unten. »Ich weiß, dass Schwefelsäure ätzend ist.«

Ich zog eine Augenbraue hoch, während ich versuchte, mit dem Gasbrenner klarzukommen. »Uh, wirklich? Ich dachte, dass dein Hirn aus einem faulen Hamster besteht, der in einem Laufrad laufen sollte, aber stattdessen in Alkohol ertränkt wurde. Was weißt du denn noch alles, du Genie?«

»Ich weiß zum Beispiel, dass du mit diesem Gasbrenner aufpassen sollst.«

»Warum?«, fragte ich.

»Darum.«

Plötzlich züngelte eine hohe Stichflamme hervor. Erschrocken wich ich vor dem Feuer zurück. Diese veralteten Unterrichtsgegenstände waren ja lebensgefährlich!

»Kali?«

»Ich gebe dir keine Nachhilfe«, presste ich mit zusammengebissenen Zähnen hervor. »Nie im Leben.«

»Deine Haare brennen.«

Erst jetzt spürte ich einen scharfen Schmerz an meiner Kopfhaut. Wenig später stach mir der grausame Geruch von verbranntem Haar in die Nase. Es roch genauso wie damals, als mein Bruder meinem geliebten Langhaarmeerschweinchen eine Kurzhaarfrisur verpasst hatte, indem er ihm die Haare verbrannte, nicht darauf bedacht, dass er damit die halbe Wiese abfackeln würde.

»Ich verbrenne!«, schrie ich hysterisch. »Löscht mich!«

Vor meinem inneren Auge sah ich mich schon als verkohltes Skelett im Chemiesaal liegen, während meine Mitschüler um mich herumstanden und über meiner Leiche Würstchen rösteten.

Nach gefühlten zwei Stunden war jemand so intelligent und kippte mir Wasser ins Gesicht, anscheinend auch über die Haare. Als ich die Augen aufschlug, erkannte ich Serena vor mir, die in der Hand eine ihrer Zwei-Liter-Mineralwasserflaschen hielt.

»Geht es Ihnen gut?«, fragte mich mein Chemielehrer, der sich als äußerst inkompetenter Lebensretter herausgestellt hatte. Nicht nur veraltete Laborgegenstände waren lebensgefährlich ...

»Ja ... ja.« Ich wischte mir mit einem Ärmel das Wasser aus dem Gesicht. »Ich glaube, ich habe mich nicht einmal ernsthaft verbrannt.«

»Nur deine Frisur ist im Arsch«, stellte Serena fest. Sie legte mir eine Hand auf die Schulter und betrachtete zuerst meine Haare, bevor sie mir ins Gesicht sah. »Geht es dir wirklich gut?«

»Wenn du einen Wet-T-Shirt-Contest machen willst, musst du dich dafür nicht extra abfackeln, Kali«, grinste Alex breit und deutete auf meinen Oberkörper. »Ich bin so tolerant und habe nichts dagegen. Übrigens, netter BH. Miau.«

Erst als ich auf meine Brüste hinuntersah, verstand ich Alex' Scherz. Unter meinem weißen Shirt zeichneten sich zwei *Hello Kitty*-Gesichter ab. Warum hatte ich ausgerechnet heute meinen hässlichsten BH angezogen?

Ich holte aus, um Alex eine weitere Ohrfeige zu verpassen, die ihm dieses Mal hoffentlich das Grinsen ein für alle Mal aus dem Gesicht verbannen würde, doch Serena zog mich von ihm weg.

»Herr Maier hat dir und Serena für heute freigegeben«, sagte sie. »Lass uns zu dir nach Hause gehen und schauen, ob wir deine Haare retten können.«

»Ich komme gleich mit dir mit«, sagte ich mit honigsüßer Stimme und versuchte mit nassen Händen, die Schwefelsäure zu öffnen. »Ich will nur noch ...«

Serena riss mir das Glas aus der Hand und lächelte Acid entschuldigend an. »Sie hat ihre Tage, darum ist sie so gereizt. Die hat sie übrigens an dreihundertfünfundsechzig Tagen im Jahr. Nimm ihr das nicht übel, Acid.«

Er zuckte nur mit den Schultern. »*She set me alight, she set me on fire.*« Er zwinkerte mir zu. »*Fires* von *The Chase*.«

»Ach, ich soll dich in Brand setzen?«, fragte ich nach. »Kann ich gern machen! Serena, reich mir dein Feuerzeug.«

Statt mir zu helfen, kniff mir Serena in die Seite, wodurch ich sofort zusammenzuckte. Sie schleppte mich vor den starrenden Augen der ganzen Klasse mit sichtbarem *Hello Kitty*-BH und verbrannten Haaren aus dem Labor. Meine Würde hatte sich wohl mit meinem Ruf in Rauch aufgelöst – wenn ich so etwas nach der Ohrfeigen-Attacke überhaupt noch besessen hätte.

Zu Hause angekommen war meine Laune am absoluten Nullpunkt angelangt. Wer hätte gedacht, dass sie noch tiefer sinken könnte?

In Serenas dunkelgelben Pullover gehüllt läutete ich an der Haustür. Meinen Schlüssel hatte ich dummerweise im Chemiesaal liegen lassen. Wie ich es gewohnt war, dauerte es gut zehn Minuten, bis ein Typ mit schwarzen Haaren und braunen Augen wie meinen den Kopf durch den Türspalt steckte. Meine Freundinnen fanden ihn heiß – aber nicht so heiß wie ihren geliebten Alex. Für mich war Ian nur mein nerviger großer Bruder.

»Wow, Schwesterherz.« Er versuchte nicht einmal, sein schadenfrohes Grinsen zu verbergen. »Du siehst total scheiße aus.«

Da ich Ian schon siebzehn Jahre lang kannte, fiel es mir nicht schwer, ihn zu ignorieren. Ich schob mich an ihm vorbei ins Haus.

»Hi, Ian«, begrüßte Serena ihn schüchtern. Aus dem Augenwinkel bemerkte ich, dass sie ihre Hand über seinen Arm streichen ließ, aber er bemerkte es nicht.

»Was hat meine Schwester denn nun schon wieder gemacht?«, fragte er und sperrte hinter uns die Tür zu. »Hat unser Prinzesschen versucht zu rauchen?«

Ich sah, dass Ian noch immer im schmuddeligen Shirt und in

Boxershorts steckte. Im Gegensatz zu mir bemühte sich mein Bruder nicht um eine sinnvolle Weiterbildung oder einen richtigen Job. Nachdem er eine technische Schule abgeschlossen hatte, lebte er von dem Geld meiner Eltern oder hielt sich mit diversen Programmieraufträgen über Wasser.

Bei ihm fiel es mir viel leichter, nicht sofort auszuticken.

»Chemieunfall«, klärte ich ihn auf.

Anscheinend bemerkte Ian nicht, dass er störte, denn er folgte uns in mein Zimmer. Ich wollte mich im Spiegel betrachten, doch Serena nahm eine Decke und verhüllte Haare und Gesicht, bevor ich mich ansehen konnte.

»Setz dich«, wies sie mich an und deutete auf meinen Drehstuhl, während sie meine alte Bastelschere zückte. In ihrer Hand sah sie wie eine extrem gefährliche Mordwaffe aus.

»Mach ihr eine Glatze, Serena«, meinte Ian, der am Türrahmen lehnte.

»So wie du an deinem sechzehnten Geburtstag?«, fragte ich. Mein falsches Lächeln brachte Ian dazu, die Augen weit aufzureißen. Er wusste genau, was jetzt kam. »Weißt du noch? Du warst total besoffen und hast dir Moms Wachsstreifen auf die Haare geklebt und abgezogen. Ich weiß noch, wie du stundenlang wegen deinen armen Haaren geheult hast.«

Während wir uns *gepflegt* unterhielten, fielen die ersten Haarsträhnen zu Boden.

»Das war wegen der Schmerzen!«, verteidigte er sich schwach. Ein wenig bleich um die Nase verließ er uns.

»Serena macht dir eine tolle Frisur«, sagte sie. »Serena hat ihren Barbies auch immer die Haare geschnitten … bevor sie ihnen den Kopf abgerissen hat.«

»Danke, Serena.« Ich lächelte schwach. »Und danke, dass du mich heute gelöscht hast.«

»Das war nicht Serena.« Da sie gerade vor mir stand, konnte ich sehen, wie sie den Kopf schüttelte. »Acid hat dir Wasser über den Kopf geschüttet. Na ja, eigentlich hätten es ein paar Tröpfchen auch getan. Serena hat jedenfalls nur dein Shirt erwischt. Entschuldigung, Zoey.«

»Was?«

Alex, der nur blöde Sprüche und unpassende Lyrics zu meiner Situation zum Besten gegeben hatte, soll mir geholfen haben?

»Du kannst die ganze Klasse fragen. Alex hat dir einen Messbecher voll Wasser über die Haare gegossen.« Serena ging einen Schritt nach hinten und betrachtete ihr Werk. »Serena ist fertig!«

Freudestrahlend riss sie die Decke vom Spiegel und enthüllte meinen neuen Haarschnitt.

Ich sog die Luft scharf ein und starrte völlig entsetzt auf mein Spiegelbild. Ungläubig strich ich durch meine Haare.

»Serena ...«, sagte ich leise. »Was hast du getan?«

»Serena hat dich für Acid hübsch gemacht.«

Meine vorher fast hüftlangen Haare reichten gerade noch bis zu den Schultern und waren ordentlich durchgestuft. Außerdem hatte mir Serena einen Pony verpasst. Ich sah aus wie eine dieser Emos, die man zuhauf auf Alex' Myspace-Seite unter seinen Freunden fand. Nicht dass ich gestern einmal auf der Myspace-Seite seiner Band gewesen war ...

Das nervöse Zucken um mein rechtes Auge verschwand bis zum Abendessen nicht.

6. KAPITEL

GHOSTRIDER AUS FLEISCH UND BLUT

Am Morgen nach der kleinen *Feuerwehrübung* wollte ich zum ersten Mal seit zwölf Jahren nicht aus dem Bett aufstehen und zur Schule gehen.

In meine Bettdecke wie in einen riesengroßen blauen Kokon mit Sternen eingehüllt fühlte ich mich warm, geborgen und zufrieden. Mir würde schon noch einfallen, wie ich das Problem mit der Nahrungsaufnahme und der Toilette lösen konnte. Ich würde mich auf jeden Fall nie wieder aus meiner Hülle begeben. Ich würde mit ihr alt werden, darin sterben, und nachdem jemand den Verwesungsgeruch bemerkt hat, mit ihr begraben werden.

Als mein Wecker zum dritten Mal klingelte, griff ich aus meiner weichen Schale heraus und schmiss das Teil gegen die Wand. Leider hörte ich neben dem Aufprall des Weckers auch noch das klirrende Geräusch eines zersprungenen Blumentopfes. Meine geliebten Orchideen! Nach sechs Vorgängern hatten sie länger als einen Monat in meiner Obhut überlebt und nun hatte ich sie aus Versehen getötet.

»Daran ist nur Alex schuld!«, schrie ich frustriert und vergrub mich ein Stückchen weiter in meine neue, lebenserhaltende Hülle. »Er ist das Chaos in menschlicher Form, nur ohne Verstand.«

Bevor er in meine Klasse gekommen war, hatte niemand mich beachtet, bis auf die Lehrer natürlich und meine besten Freundinnen. Ich war eines dieser Mädchen, die weder durch Taten noch durch Worte jemals aus der Menge herausstachen. Wegen meiner Intelligenz war ich noch weniger beachtet worden. Ich hatte mich wohlgefühlt in dieser Rolle und nun war mein perfektes Äußeres brüchig geworden. Nur Violet, Nell und Serena hatten meine unkontrollierte Seite kennengelernt, aber bloß, weil ich mit ihnen ab und zu einfach Lust bekam, Dummheiten zu begehen. Und ich wollte nicht, dass Alex diese Seite *komplett* zum Vorschein bringen konnte! Ich war glücklich damit, ein ganz normales Mädchen zu sein, das sich nicht von anderen abhob. Ich war gern das Mauerblümchen.

Noch hatte mein Großvater nichts Alarmierendes mitbekommen, sonst wären meine Eltern gestern beim Abendessen nicht wie immer gewesen. Aber jederzeit könnte ein Lehrer melden, dass sich meine *böse* Seite hervordrängte. Meine Selbstbeherrschung war das Einzige, was meine Miss Hyde kontrollieren konnte, und jetzt hing sie am seidenen Faden.

Plötzlich wurde meine Zimmertür aufgerissen und jemand schritt wortlos auf mein Bett zu. Ich versuchte durch den Laut der Schritte herauszufinden, wer sich in mein Zimmer gewagt hatte.

»Aufstehen!« Bevor ich mich vor Ian in Sicherheit bringen konnte, zog er so kräftig an meiner Bettdecke, dass ich auf dem Boden landete. »Kleine Schwester, die Schule ruft nach dir.«

»Lass mich!«, herrschte ich ihn an. Ich zog ihm die Decke aus der Hand und versuchte, meinen Kokon wiederherzustellen. »Ich gehe heute nicht in die Schule. Ich bin krank. Oder ich hab mir etwas gebrochen. Arme, Beine, Nase, egal! Von mir aus haben mich auch Aliens entführt oder das FBI benötigt meine Hilfe. Mir egal. Hauptsache plausibel.«

»Mom hat gesagt, dass ich dich heute in die Schule bringen muss.« Ian warf mir ein Shirt und eine Jeans ins Gesicht. »Wenn ich dich nicht pünktlich abliefere, bekomme ich am Samstag nicht den Wagen. Zieh dich an, ich fahre dich.«

Bei diesen Worten warf ich einen Blick auf meinen Bruder. Tatsächlich hatte er sich ein neues T-Shirt und eine Jeans angezogen.

»Warum das?« Ich bedeutete ihm mit der Hand, dass er sich umdrehen sollte, während ich mich anzog. »Woher wusste Mom, dass ich heute nicht in die Schule gehen will?«

Ein kalter Schauer lief mir über den Rücken. Was, wenn Eltern wirklich einen sechsten Sinn hatten?

»Weil du gestern beim Abendessen so eine Miene gezogen hast«, erklärte er mir. »Sie hatte so eine Ahnung, dass du dich heute gegen die Schule wehren würdest. Außerdem hast du beim Telefonieren in den Hörer geschrien. Der Satz *Ich gehe morgen verdammt noch mal nicht in die Schule* war sehr deutlich. Ach ja, sag Nell, sie soll sich demnächst selbst darum kümmern, was sie anziehen soll.«

»Hmpf.«

Meine Mutter hatte das gestrige Abendessen doch richtig interpretiert: Ich hatte mein Kartoffelpüree mit einem Löffel und einer Gabel zu einer Alex-Figur geformt, ihn mit ordentlich viel Ketchup – Blut – übergossen und genüsslich verspeist, weil ich mir vorgestellt hatte, dass er dabei Höllenquallen erleiden würde. Außerdem hatte ich mich wie diese Hausfrauen in den Nachmittagssoaps über die heutigen Jugendlichen, zu denen ich mich nicht zählte, und über meine neue Frisur aufgeregt und dass ich damit für immer, oder zumindest für zwei Monate, gezeichnet war. Nicht dass ich mir solche Soaps öfter ansah ...

»Wie kommen wir eigentlich zur Schule?«, fragte ich und ging an meinem Bruder vorbei aus dem Zimmer.

Hinter mir hörte ich ihn mit Schlüsseln klimpern. »Motorrad.«

Schon beim Gedanken an Ians Höllenmaschine schlingerte mein Magen.

Als ich mich so an Ian festklammerte, dass man wahrscheinlich noch übermorgen die Abdrücke meiner Fingernägel sehen würde, betete ich zu dem nicht existierenden Gott, dass sich mein großer Bruder wenigstens ein Mal an die Geschwindigkeitsbegrenzung halten würde.

Ian hielt sich nicht daran.

Beim Absteigen wäre ich fast umgekippt, wenn Violet, die mit meinen anderen Freundinnen vor der Schule auf mich gewartet hatte, nicht zu meiner Hilfe geeilt wäre. Sie schlang einen Arm um meine Hüfte und hielt mich dadurch aufrecht. Dankbar klammerte ich mich an ihr fest. Mein Magen und meine Knochen befanden sich noch gut einen Kilometer weiter hinten an der roten Ampel, die Ian überfahren hatte.

»Hallo, Mädels«, begrüßte mein Bruder meine Freundinnen.

Ganz lässig saß er auf seinem schwarzen Motorrad und schien immer noch nicht genug Adrenalin bekommen zu haben, denn er gab schon wieder Gas und brauste davon.

»Hey, Ian!«, kam es von ihnen wie aus einem Mund. Besonders Violet, die schon seit Jahren auf ihn stand, strahlte wie ein Honigkuchenpferd auf Ecstasy übers ganze Gesicht. Nur dumm, dass sie, als sie Ian zum Abschied winkte, ihre beiden Arme benutzte, so dass ich Bekanntschaft mit dem dreckigen Boden machte.

»Oh sorry, Zoey!«

»Schon gut«, presste ich mit zusammengebissenen Zähnen hervor. Meine blaue Weste hatte den Sturz abgefedert. Nur meine Knie taten ein wenig weh. »Jetzt weiß ich wenigstens, wie sich Nell gefühlt hat.«

Irgendeine Hand packte meinen Arm, und der Jemand, dem diese unglaublich raue Hand gehörte, zog mich hoch. Da ich die Augen geschlossen hatte – wegen des schmerzhaften Aufpralls und weil ich schon nicht mehr mit ansehen konnte, wie mich die gesamte Schule anglotzte –, bemerkte ich erst zu spät, dass mir Alex auf die Beine geholfen hatte.

»Wer war das, Kali?«, fragte er mit kalter Stimme und deutete mit dem Kinn in die Richtung, in die mein Bruder mit mörderischer Geschwindigkeit abgerauscht war.

»Mein ...« Ich hielt inne, als ich Alex' merkwürdigen Gesichtsausdruck registrierte. »Mein Freund.«

Nell, Violet und Serena starrten mich an, hielten aber den Mund.

»Dein ... Freund?«, wiederholte Alex ungläubig. »Du hast einen Freund?«

»Klar«, sagte ich und schenkte ihm ein schiefes Grinsen. »Er liebt mich und ich liebe ihn. Alles schön und so. Stimmt's, Leute?«

»Ja, ja.« Meine Clique nickte. »Traumpaar Nummer eins.«

Alex schnaubte. Dann ließ er den Blick über mich schweifen. »Warum trägst du *so was*?«

Er zupfte an meinem schwarzen Bandana mit Feuermotiv, das übrigens meinem Bruder gehört hatte, als er in seiner kurzen Bikerphase gewesen war. »Das habe ich nur wegen dem Unfall in Chemie aufgesetzt.« Ich riss meine Hand los. »Du Arsch!« Meine Hand glitt zu meinem Mund. War das schon wieder über meine Lippen gekommen?

»Lass mal sehen!« Mit einer flinken Handbewegung öffnete er den Knoten des Tuches und enthüllte meinen neuen Haarschnitt. »Hm …«

»Einen Moment!« Serena rannte auf uns zu und strich ein paarmal mit ihrer Bürste über meine Haare – leider kein Scherz. Ich kam mir vor wie eine dunkelhaarige Barbie. »So, das sieht jetzt wieder gut aus.«

Völlig unerwartet ließ Alex seine Hand in meine Haare gleiten und strich durch die neue Frisur.

»Serena, hast du das gemacht?«

Meine Freundin nickte eifrig. »Ja, war alles Serenas Werk.«

Alex lächelte sie an, und ich war mir sicher, dass ich jetzt einen ähnlichen Gesichtsausdruck wie Alex vor nur ein paar Minuten hatte – war das wirklich Eifersucht?

Erst als Alex seine Hand zurückzog, bemerkte ich, wie warm mir geworden war.

»Alex?«, fragte ich.

»Kali?«

»Du bist ein riesengroßer Trottel!«, beschimpfte ich ihn. »Du bist gestern nicht früher darauf gekommen, mir Wasser auf die Stelle zu schütten, an der ich gebrannt habe? Ich war gut eine halbe Minute lang eine lebende Fackel! Weißt du, Feuer und Wasser passen nicht zusammen. Bei Wasser geht Feuer aus. Aber ich weiß, dass du solch elementare Grundregeln nicht kennst.«

Nach meiner Schimpftirade atmete ich schwer.

»Sorry«, entschuldigte er sich und grinste breit. »Die Brünette mit dem Arschgeweih hat so verlockend mit dem Hintern gewackelt. Das hat mich abgelenkt.«

»Idiot!« Ich rollte mit den Augen. »Wenn du bei der Nachhilfe auch nur an attraktive Frauen denkst, dann schaffst du dieses Jahr wieder nicht.«

»Was?«, fragte er erstaunt.

»Samstag, Punkt dreizehn Uhr in der Bibliothek, falls du diesen Ort kennst.«

»Keine Angst.« Er fischte sein Handy aus der Hosentasche. »Ich habe eine Google-Maps-App.«

»Also, gibt es noch etwas, das du wissen willst?«

»Ich würde gern wissen, wie viel du in der Stunde kostest.« Er beugte sich ein wenig zu mir herunter. »Ich bin bereit, alles zu zahlen.«

»Ich bin doch keine Hure!«, schrie ich ihn an.

In dem Moment wünschte ich mir nichts sehnlicher als einen Baseballschläger. Mit Nägeln. An denen Alex' Blut klebte.

»Eine Nachhilfestunde, Kali.«

»Weiß ich noch nicht«, sagte ich unfreundlich. »Sonst noch was?«

»*She's the blade and you're just paper. You're afraid cause she's got closer.*« Er lächelte. »*She's the Blade* von *Sugarcult.*«

»Ich glaube, ich komm in die Wechseljahre, Leute«, sagte ich zu meinen Freundinnen. Ich strich über meine erhitzte Haut. »Ich habe gerade extreme Hitzewallungen! Mit siebzehn!«

Die drei sahen sich an und schüttelten dann synchron die Köpfe. Was hatten sie denn jetzt schon wieder?

7. KAPITEL
UNMORALISCHE ANGEBOTE ZUM TIEFPREIS

»Morgens, halb zehn in Österreich«, kommentierte Alex wie in dieser bescheuerten Knoppers-Werbung aus dem Fernsehen. »Kali versucht, mich mit einem bösen Blick zu töten.«

»Es ist halb zwölf«, verbesserte ihn Nell, die dieses Mal – glücklicherweise – keinem Ohnmachtsanfall nahe war.

Ich warf das rote Schleifchen, das mir Serena in die Haare geflochten hatte, nach ihm. Leider traf ich damit nur Serena, die sich kichernd vor meinem Wutanfall hinter Alex' Rücken geflüchtet hatte. »Halt einfach die Klappe!«

Noch immer funkelte ich ihn wütend an, während mich Nell zur Sicherheit mit beiden Händen an den Schultern festhielt.

»Ich hab doch nur gesagt, dass du *süß* aussiehst«, verteidigte sich Alex. »Du bist auch so richtig *niedlich* mit deiner *hübschen* Schleife auf dem Kopf.«

»Haltet sie fest!« Durch Serenas geistesgegenwärtiges Einschreiten konnte gerade noch verhindert werden, dass ich Alex an die Gurgel ging. Eigentlich war alles ohnehin ihre Schuld. Ich war in der Freistunde kurz eingenickt, weil ich mir gestern bis spät in die Nacht Songs heruntergeladen hatte. Okay, so betrachtet war Alex auch nicht ganz unschuldig. Völlig ahnungslos war ich mit Schleifchen im Haar aufgewacht, weil Serena glaubte, dass sie mich nur im Schlaf, im Koma oder wenn ich tot war, stylen konnte, da ich sie sonst angreifen würde. Was für eine dumme Ausrede! Ich verfolgte generell den Grundsatz, meinen Freundinnen nichts zu tun. Ein Glück, dass Alex nicht zu ihnen gehörte.

»Nenn. Mich. Nie. Wieder. Süß. Alexander!«

Als ich Alex' ganzen Namen aussprach, zuckte er kaum merklich zusammen. »Nur wenn du mich Acid nennst, *Süße*.«

Zum Glück gingen die meisten Schüler in die Aula, wenn es zur Freistunde läutete, sonst hätten sie wieder einen meiner Bitchfights mit Alex erlebt. Falls ich ihm wirklich etwas zu Leide tat, hätte ich auch noch Zeugen!

Reg dich ab, Zoey, beruhigte ich mich selbst. *Er ist ein Kotzbrocken. Warum gehst du überhaupt noch auf seine Beleidigungen ein?*

Darauf wusste ich leider keine Antwort.

»Nie im Leben, Alex.« Ich lehnte mich in meinen Stuhl zurück und verschränkte die Arme störrisch vor der Brust. »Nicht in diesem. Nicht im nächsten. Nie. Nie. Nie!«

Alex' Mundwinkel zuckten, und dann fing er an, mit sanfter Stimme zu singen.

»The more I think about, the more I want to let you know ...«, sein Grinsen wurde noch breiter, »*... that everything you do is super fucking cute and I can't stand it. Never Shout Never* mit *Can't Stand It*.«

»Hör mit deinen beschissenen Lyrics auf!«

Wie kam Alex nur auf die Idee, dass ich süß war? Wahrscheinlich lag es an Serenas Haarschnitt.

»Du meinst die beschissenen Lyrics zu den beschissenen Songs von den beschissenen Bands, die du dir sicher alle herun tergeladen hast?« Er deutete auf mein Handy, das sich in meiner Jeanstasche abzeichnete. »Wie viele Songs hast du neuerdings da drauf?«

»Gar keine«, bellte ich. »Ich mag Musik nicht.«

»Ich hab dich gestern an der Bushaltestelle mit Kopfhörern gesehen.« Alex schenkte mir sein schiefes – triumphierendes – Grinsen. »Du hättest fast zu einem Song getanzt, nicht?«

Ich wollte mit einer schnippischen Antwort kontern – ich würde niemals zugeben, dass mich *I Feel Like Dancing* von *All Time Low* beinah dazu hingerissen hatte, vor Leuten zu tanzen, aber Alex ließ mich nicht zu Wort kommen. »Bevor du mich anlügst, kannst du auch gleich nichts sagen.«

Und mich so verraten? »Ich habe keine Musik gehört, ich habe telefoniert.«

»Du bist ein musikalischer Mensch, Kali«, sagte Alex plötzlich. »Nur weißt du es nicht. Ich wette, dass du eine wunderschöne Singstimme hast. Nein, ich wette es nicht nur, ich *weiß* es. Ich kann so etwas heraushören, wenn jemand nur den Mund aufmacht.«

»Zoey kann nicht singen«, mischte sich Violet ein, die auf meinem Tisch saß – wahrscheinlich, um Alex aus nächster Nähe anschmachten zu können. »Bei *Singstar* zickt sie immer nur rum und trifft keinen einzigen Ton.«

»Serena verliert immer, wenn Zoey in Serenas Team ist.« Sie traute sich wieder hinter Alex' Rücken hervor und setzte sich auf den Tisch hinter uns.

»Alex!« Stephanie stöckelte auf ihren Dreizehn-Zentimeter-Absätzen herein. Wenn der Hausmeister die Schuhe sehen würde, dürfte sie einen Nachmittag lang schwarze Spuren vom Boden wegputzen. Violet und mir war diese Strafe einmal aufgebrummt worden, als wir in Straßenschuhen in der Klasse erwischt worden waren.

»Kommst du mit, eine rauchen?«

Ich hörte förmlich das *Klimper-Klimper,* als sie mit ihren falschen Plastikwimpern blinzelte – wenn man es überhaupt so nennen konnte. Sie streckte ihm eine Schachtel Zigaretten entgegen, woraufhin Alex sich gleich zwei herauszog.

»Danke, ähm ... äh ...«

»Stephanie«, half sie ihm auf die Sprünge. »Wir haben uns am Dienstag unterhalten.«

Auf Alex' verwirrtes »Ach ja?« fingen meine Freundinnen an, schadenfroh zu kichern, besonders als Stephanie trotz ihrer solariumbraunen Haut plötzlich blass erschien. Ihr Name war an unserer Schule genauso bekannt wie Violets. Während man aber bei Violet das Gesicht eines Mädchens mit unvergesslichen lilafarbenen Haaren im Kopf hatte, dachte man bei Stephanie an eine abgenutzte rosarote Matratze, die nach Zigaretten roch. Mit *Playboy*-Muster. Anscheinend mochte sie den kleinen Hasenkopf so sehr, dass sie immer irgendetwas davon tragen musste: Sonnenbrille, Shirt, Hose ... Angeblich hatte Stephanie nur ein Auge des Hasen auf ihrem Nacken, weil sie beim Tätowierer vor Schmerzen aufgesprungen war.

»Kommst du?«, fragte Stephanie noch mal.

»Nö, ich bleibe bei diesen Ladys.« Er deutete auf mich und meine Freundinnen. Ich schnaubte, meine Freundinnen quiekten glückselig wie Meerschweinchen beim Shisha-Rauchen.

»Aber danke für die Kippen.«

Stephanie fiel die vom Onkel Doktor gerichtete Kinnlade herunter, dann warf sie mir einen wütenden Terrierblick zu und stöckelte wieder von dannen.

»Und da rauscht die Chance auf ein warmes Bett davon«, sagte ich. »Musst du wohl heute ganz allein schlafen.«

Alex zuckte locker mit den Schultern. »Ich habe so viele Groupies, da wird mein Bett nie kalt.« Er beugte sich zu mir, so nah, dass ich wie beim Schularzt seinen warmen Atem auf meiner Wange spürte. »Es steht auch für dich offen. Wir müssen deinem Freund nichts sagen, Kali. Es würde unser kleines Geheimnis bleiben, und wenn es dir gefällt …«

Alex wich meiner Ohrfeige aus. Meine Freundinnen, die Alex' unmoralisches Angebot mitgehört hatten, schnappten hörbar nach Luft.

»Ich bin dann mal weg«, sagte Alex locker.

»Wo willst du hin?«, fragte ich. »Wir haben noch zwei Stunden!«

»Ich schwänze.« Er nahm seine schwarze Schultasche und warf sie sich über die Schulter. »Ich und die Jungs haben heute noch einen Auftritt, und ich will mich davor noch ein wenig entspannen. Wenn du mich massierst, bleibe ich gern da.«

»Tschüs, Alex.« Ich winkte. »Soll ich dir noch einen Tritt in den Arsch geben, damit du schneller abhaust?«

»Bye-bye, Kalis Freunde und Kali, wir sehen uns morgen.«

Als er verschwunden war, kniff mir Violet in den Arm.

»Aua! Für was ist das?«

»Ich wollte nur sehen, ob du überhaupt noch etwas fühlst«, antwortete sie. »Wie kannst du in seiner Nähe nur so cool bleiben? Und seine ganzen Angebote! Zoey, bist du nicht neugierig, wie es ist, mit …«

»Nein!«, zischte ich dazwischen, bevor Violet es aussprach. »Ich brauche Alex nicht. Ich brauche nicht einmal so etwas wie einen Freund! Alex will mich doch nur ins Bett kriegen, mehr liegt ihm nicht an mir. Ihr wisst genauso wie ich, dass Jungs leicht zu durchschauen sind.«

Konnte der Tag noch schlimmer werden? Alex machte mich dauernd an, Stephanie würde mich wahrscheinlich töten und meine Freundinnen wollten mich höchstwahrscheinlich schrittweise umstylen!

Die Antwort folgte nach zwei Minuten mit einer SMS von Ian: *Hole dich mit dem Motorrad ab. Wir müssen uns aber beeilen, weil ich halb drei einen Termin habe.*

8. KAPITEL

MATHE IST ERREGEND

Eigentlich war zu erwarten gewesen, dass Alex keinen Eifer besaß, dieses Schuljahr zu schaffen. Darum war ich gar nicht enttäuscht, als ich am nächsten Tag um halb zwei immer noch allein vor der Bibliothek auf den Möchtegern-Rockstar wartete.

Nell, Violet und Serena hatten mich zwar auf Knien angebettelt, mitkommen zu dürfen. Serena hatte sich sogar die Knie aufgeschürft – fast wie eine Märtyrerin. Dennoch ließ ich keine meiner Freundinnen mitkommen. Ich war mir sicher, dass die Nachhilfe dann zum Kaffeekränzchen ausarten und ich schließlich meine Kaffeetasse auf Alex' Schädel zerdeppern würde, weil er schon wieder eine anzügliche Bemerkung gemacht hatte.

Manchmal bin ich ein richtiger Gutmensch, dachte ich mir, als ich versuchte, meine kalten Finger wieder aufzuwärmen. Gerade jetzt wünschte ich mir Alex' Anwesenheit ... Um wieder Gefühl in meine kalten Finger zu kriegen, indem ich ihm erneut eine kräftige Ohrfeige verpasste.

Ich seufzte.

Genau in dem Moment, als ich beschloss, wieder nach Hause zu gehen, um mich in meinen Deckenkokon zurückzuziehen, mir mit einer Schüssel Popcorn einen Film anzusehen – irgendetwas mit Blut wäre angebracht, vielleicht *Saw* oder *The Texas Chainsaw Massacre* – und meinen Freundinnen bei einer Konferenzschaltung per Telefon mitzuteilen, dass sie ihren geliebten

Alex wohl nur noch ein Schuljahr lang aus der Nähe anhimmeln konnten, entdeckte ich eine schwarz gekleidete Person. Unter all den Leuten, die in Sommerfarben gekleidet über die Straße hetzten, obwohl die ersten Bäume schon in Herbststimmung die Blätter fallen ließen, fiel er mit seinem Schneckentempo und den dunklen Klamotten wirklich auf.

Beim Näherkommen erkannte ich schwarze, verwuschelte Haare und bleiche Haut. Und natürlich seine *Ich bin ein absolutes Meisterwerk Gottes*-Aura, die er mit seinem schiefen Grinsen ausstrahlte, die mir aber wie immer sonst wo vorbeiging. Da diese Gestalt ein Handy in der Hand hielt und sich alle paar Meter umblickte, war ich mir sicher, dass Alex versuchte, die Bibliothek tatsächlich mit Google Maps zu finden. Ich meine, es war schon schwer, ein Gebäude aufzustöbern, das mehrmals mit Hinweisschildern ausgeschrieben wurde und vor dem auf einem großen Granitblock *Öffentliche Stadtbibliothek* prangte …

»Faules Macho-Arschloch«, grummelte ich. »Jetzt hättest du deinen Arsch auch nicht mehr aus dem Bett bewegen müssen.«

Eine Sonnenbrille verdeckte seine blauen Augen. Wahrscheinlich kam er sich dadurch noch rockstarmäßiger vor. Doch welcher Paparazzo, der etwas auf sich hielt, wollte schon ein Foto von einem Rockstar – in Anführungszeichen – wie Alex, der nur hormongesteuerte Teenies zum Schreien brachte?

»Hey, Kali«, sagte er mit brüchiger Stimme, als er endlich die Stufen zur Bibliothek erklommen hatte. Jede Schnecke wäre schneller gewesen als er. »Entschuldige, dass ich so spät komme.«

Ich schnaubte.

Aber wenigstens hat er sich entschuldigt.

Ach, halt doch die Klappe, innere Stimme!

»Ich habe es irgendwie erwartet«, sagte ich schulterzuckend. »Bei euch Rockstars geht die Uhrzeit ja ein wenig anders.«

Er lächelte schwach. »Ach, du verstehst mich.«

»Ja, ja.« Ich ging in die Bibliothek und hoffte, dass Alex mir folgen würde. »Ich würde aufpassen, dass wir nicht auch noch zur gleichen Zeit unsere Tage kriegen.«

Hinter einem alten Computer saß die grauhaarige Bibliothekarin Christine, die ich schon seit Ewigkeiten kannte. Die meisten Bücher, die ich las, bestellte ich über die Bibliothek. Es kam auch vor, dass Violet mich Bücher für sie bestellen ließ. Wenn sie ihr gefielen, kaufte sie sich die Bücher nach. Geld spielte für sie keine Rolle.

Ich fragte mich, ob Christine mich mochte, weil ich eine der wenigen Jugendlichen war, die lasen, und weil ich wohl die Einzige war, die ihr dadurch Arbeit verschaffte.

Ich grüßte sie freundlich.

»Oh, Zoey!« Sie lächelte breit und entblößte dabei weiße Zähne, sicherlich ihre dritten. »Willst du wieder ein paar Bücher bestellen?«

»Nein, nein, Christine«, entgegnete ich kopfschüttelnd. »Ich gebe nur jemandem Nachhilfe und dachte, dass das hier ein guter, ruhiger Platz dafür sei.« Da, wo niemand Alex angaffte. Da, wo niemand Alex anmachte. Da, wo ich Alex einen richtig fetten Schinken auf den Kopf hauen konnte.

Als sie ihn hinter mir erspähte, konnte ich Ablehnung in ihren Augen lesen. Unwillkürlich drängte sich ein Bild von Alex und seiner Band, die in einem Altersheim auftraten, in meinen Kopf. Ich war mir sicher, dass sie ihn und seine Freunde mit ihren dritten Zähnen und dem Zeug, das man den Alten als Pudding verkaufte, bewerfen würden.

Alex, der sich an einen Tisch gelehnt hatte und so aussah, als würde er gleich einschlafen, wurde von mir aus seinen feuchten Träumen geweckt, indem ich ihn am Arm packte und zu den Tischen in der hinteren Ecke des Saals führte.

»Fangen wir an.« Ich kramte mein Buch aus der Tasche und legte es vor Alex hin. »Wo hast du aufgehört Mathe zu kapieren?«

Ein dümmliches Grinsen stahl sich in seine Züge. »Bei dem Zeichen, das aussieht wie ein X.«

»Alex!« Als ich mich daran erinnerte, dass wir in einer Bibliothek waren, senkte ich die Stimme. »Wenn du so anfängst, können wir es auch gleich bleibenlassen.«

»Ja«, raunte Alex verführerisch – was mich aber eiskalt ließ. »Lass uns etwas anderes tun, Kali.«

»Machst du mich in einer Bibliothek an?«, fragte ich desinteressiert.

»Wenn du es anturnend findest, dann ja.«

»Finde ich nicht.«

»Dann war es nur ein dummer Spruch.«

Nachdem mir Alex verraten hatte, dass er bei Differenzialgleichungen geistig ausgestiegen war – was ich bezweifelte, weil das voraussetzen würde, dass er so was wie *Geist* besaß –, fing ich an, ihm die wichtigsten Sachen anhand eines Beispiels zu erklären.

»Alex, hörst du mir überhaupt zu?«, fragte ich nach zehn Minuten.

Alex stützte sein Gesicht mit seinen Händen und blieb still. Zu still. Verdächtig still.

Als er nach einer Weile immer noch keine Antwort gab, riss ich ihm die schwarze Sonnenbrille aus dem Gesicht. Er schreckte hoch und blinzelte mich schläfrig an. Seine Augen waren gerötet und feucht. Von meinen Freundinnen – und von meinem einmaligen Ausrutscher – kannte ich diesen Zustand nur zu gut.

»Du bist betrunken«, stellte ich nüchtern fest. »Warum überrascht mich das nicht?«

»Ich habe nur einen Kater«, verbesserte er mich. Seine nassen Augen zerstörten beinahe seinen Sexappeal. »Betrunken war ich gestern ... oder heute. Konnte die Uhrzeit nicht mehr lesen ... Da waren plötzlich sechs Zeiger auf meiner Uhr.«

Ich schnaubte empört. »Du bist wirklich das Allerletzte, Alexander.«

»Sei bitte etwas leiser«, bat mich Alex und verzog das Gesicht. »Und nenn mich nicht immer Alexander.«

»Warum nicht, Alexander?«, fragte ich mit Diabetes verursachender zuckersüßer Stimme. »Ich werde dich nie Säure auf Englisch nennen.«

»Säure auf Englisch? Du umgehst meinen Namen wirklich gut.« Seine zum Grinsen verzogenen Lippen wandelten sich augenblicklich in einen schmalen Strich. »Ich mag nicht, dass du mich so nennst, weil ich dadurch an meinen Vater erinnert werde.«

Seine Stimme war so kalt, dass mein Herz auf der Stelle einfror. Da ich gefühlsbezogene Themen immer, so schnell es ging, umschiffte, wechselte ich auch hier schnell das Thema.

»So, Alex«, sagte ich und ließ das Buch zuklappen. »Ich glaube, dass es bei einem Mal nicht bleiben wird.«

Nach der durchzechten Nacht sah sein schiefes Grinsen nicht mehr sexy aus. »Das sagen viele Mädels. Aber hey, es gibt genug Acid für alle.«

»Wann hast du keinen Kater?«, fragte ich ihn. Ich beugte mich zu Alex vor. »Es ist deine letzte Chance, Alex. Wenn du dieses Schuljahr schaffen willst, werde ich dir helfen, aber du musst kooperieren.«

»Nach der Schule habe ich nie einen Kater«, sagte er. »Komisch, nicht? Obwohl ... ein paarmal war ich schon betrunken in der Schule. Musst du auch mal versuchen, ist extrem witzig.«

»Montag bei mir.« Die Worte waren so schnell über meine Lippen gekommen, dass ich sie nicht mehr zurücknehmen konnte. »Die. Letzte. Chance.«

Ich packte mein Buch wieder ein.

»Soll ich gleich nackt kommen, oder haben wir noch Zeit, uns auszuziehen?« Auf meinen bösen Blick zuckte er ein wenig zusammen. »Kooperation, ja, ich habe es kapiert, Kali.«

»Gut.«

»Gut«, wiederholte Alex und sah mich mit feuchten Augen an.

»Das ist die Stelle, an der du abhaust«, erinnerte ich ihn. »Während ich hier noch ein wenig sitzen bleibe und lese.«

Ein mich irritierendes Lächeln umspielte Alex' Lippen. »Wenn das so ist, solltest du wissen ...«, er stand langsam auf, ging um den Tisch zu mir und hockte sich vor mir hin, »... dass ich mich niemals ans Drehbuch halte. Ich improvisiere.«

In diesem Moment wäre mir sogar eine Heuschreckenplage wahrscheinlicher erschienen als ein Kuss. Mein Gehirn brauchte ein paar Sekunden, um zu registrieren, dass die warmen Lippen von niemand Geringerem als Alex auf meinen ruhten. Seine

Hand lag an meinem Nacken und drückte mich ganz leicht an ihn.

Und was tat ich in dieser Situation?

Ich schlang meine Arme um seinen Hals und erwiderte den Kuss. Die einzig logische Erklärung für meine Handlung konnten meine zurückgedrängten Hormone sein, die diese Chance einfach nutzten. Genau, das war es.

Nur für einen klitzekleinen Moment erlaubte ich mir, den Kuss zu genießen – das hatte ich mir nach der anstrengenden Nachhilfe wohl verdient. Ich sog Alex' verführerischen Duft nach Zedernholz ein – anscheinend hatte er wenigstens daran gedacht, sich nach dem Konzert diesen grausamen Zigarettenqualm wegzuduschen. Am meisten überraschte mich, dass sich seine Berührung so … *gut* anfühlte. *Alex dürfte mich ruhig öfter küssen* … dachte ich benebelt. *Dann würde ich bei Kuss-Szenen in Liebesromanzen nicht immer Popcorn nach den Protagonisten werfen.*

Kaum hatte ich diesen höchst unlogischen Gedanken zu Ende gedacht, nahm ich meine Umwelt wieder bewusst wahr: Ich war in einer Bibliothek und machte mit Alex rum!

Augenblicklich bohrte ich meine von Natur aus spitzen Eckzähne in Alex' Unterlippe, um den Kuss zu beenden, aber er stöhnte nur leise und presste seinen Mund noch fester auf meinen.

Dann biss ich mit voller Kraft zu.

Mit einem kleinen Schmerzensschrei löste er sich von mir.

Ich blieb kraftlos auf dem Stuhl sitzen. Meine Glieder waren sicherlich durch die plötzliche Wärme in meinem Körper zerflossen. Wann waren diese verdammten vorgezogenen Wechseljahre endlich vorbei?

»Wie eine Schlange, wusste ich es doch …« Er rieb sich die blutende Unterlippe. Die Art, wie er mich angrinste, verriet mir, dass er endlich ein Stückchen von dem bekommen hatte, was er von mir wollte. Und auch, dass es bei weitem nicht genug war. »Kali? Was ist? Schau mich nicht an, als wäre das dein erster Kuss gewesen.«

Die Fassungslosigkeit in meinem Gesicht, gepaart mit Ungläubigkeit, war ihm also nicht entgangen.

Ein fast schon hysterisches Lachen kam über meine Lippen. »Das *war* aber mein erster Kuss.«

9. KAPITEL

DANKE FÜRS KOMPLIMENT!

Ich verspürte das dringende Bedürfnis, meine Lippen gründlich mit Aceton zu reinigen und mit Eisenwolle zu schrubben. Was sich jetzt wohl für Bakterien darauf einnisten würden? Mir wurde ganz schlecht bei dem Gedanken, dass ich mir vielleicht Pfeiffersches Drüsenfieber oder Lippenherpes eingefangen hatte. Meine Hand schoss zu meiner Stirn. Sie fühlte sich warm an, aber noch nicht heiß ... oder doch? War das schon Fieber?

Ich blickte kurz zu Alex, besser gesagt auf seine Lippen. Wie viele Mädchen er wohl schon geküsst hatte? Ob eine davon Herpes gehabt hatte? Auch wenn man das Zeug nicht sah, konnte es da sein!

»Das war doch nicht dein erster Kuss!« Alex schüttelte den Kopf, dann sah er mir wieder in die Augen. »Du hast doch einen Freund.«

»Einen Freund?«, fragte ich verwirrt. Ich brauchte ein wenig, um meine Gedanken zu ordnen und Bilder von ekligen Eiterpusteln zu verdrängen. Erst dann fiel mir wieder ein, dass ich ihm Ian als meinen Freund verkauft hatte. »Oh, du meinst meinen Bruder.« Erschrocken hielt ich meinen Mund zu, aber ich hatte es bereits ausgesprochen.

»Dein Freund ist dein Bruder?« Sein angewiderter Gesichtsausdruck war schon irgendwie komisch. »Das ist eigentlich verboten, Ka...«

»Ich habe keinen Freund«, erklärte ich knurrend. »Ich hatte noch nie einen Freund. Ian war doch nur eine Ausrede dafür, dass du mich in Ruhe lässt.«

»Verarsch mich doch nicht.« Alex setzte sich auf die Tischkante. Er war gerade so weit von mir entfernt, dass ich seinen Zedernholzgeruch noch wahrnehmen konnte. »Wenn du noch nie einen Freund hattest, geschweige denn jemanden geküsst hast, dann hieße das praktisch auch, dass du noch Jungfrau bist.«

Ich schenkte ihm einen bösen Blick, sagte aber nichts, sondern ließ meinen Kopf hängen. »Und? Ich bin verdammt stolz darauf!« Ich sah wieder hoch. »Schau mich nicht an, als wäre ich eine wandelnde Kuriosität!«

»Aber du bist doch gar nicht …« Er ließ seinen Blick einmal ausschweifend über meinen Körper wandern. Ich fühlte mich seinen blauen Augen so ausgeliefert, dass ich augenblicklich rot anlief. »… hässlich oder fett«, stellte er sachlich fest. »Du bist ganz …«

»… passabel?«, fragte ich mit hochgezogener Augenbraue.

Meine Freundinnen beneideten mich oft um meine reine Haut, aber wie jedes Mädchen sah ich nur die schlechten Sachen an meinen Körper. Meine Nase war ein paar Zentimeter zu breit, von einem plötzlichen Wachstumsschub hatte ich ein paar Dehnungsstreifen am Bauch, und meine Haut meinte, dass sie unbedingt selbst nach Sonneneinwirkung ziemlich blass bleiben musste. In der Nähe von Alex und Serena fühlte ich mich mit meinen eins dreiundsechzig eindeutig zu klein. Außerdem hatte ich noch einige andere Makel. Ich war nicht perfekt – wie niemand auf der Welt – aber ich war auch keine, die ihre *Unperfektheit* bedauerte. »… hübsch für jemanden, der keine Ahnung von aufreizender Mode und Make-up hat«, schloss Alex den Satz ab. »Ich würde dich jedenfalls nicht von der Bettkante schubsen.«

Ich schnaubte. »Ich nehme das mal als Kompliment.«

»Oh, Kali, das ist gar nicht gut.«

Dieses schiefe Grinsen stahl sich wieder auf seine Lippen.

Ich zuckte leicht zusammen, als sich irgendetwas in meinem Bauch bewegte. Eigentlich hätte ich ahnen müssen, dass Alex ein einziger Bakterienherd war. Was ich wohl gerade ausbrütete? Was, wenn ich Eier eines Menschenfleisch fressenden Parasiten geschluckt hatte? Okay, das war jetzt ein wenig übertrieben. Warum sah ich mir mit Nell eigentlich Horrorfilme an? Die taten meinem Verstand anscheinend gar nicht gut.

»Warum ist das nicht gut?«, wollte ich wissen. »Tut mir leid, dass du deine Jungfräulichkeit wohl mit zehn an einen Staubsauger verloren hast.«

Alex lachte laut. »Ich mag es, wenn du so scharfzüngig bist, Kali«, sagte er. »Ich frage mich, ob deine Zunge auch noch für etwas anderes gut ist.«

Automatisch rutschte ich ein paar Zentimeter mit dem Stuhl zurück, bevor mir Alex seine verseuchten Lippen wieder auf den Mund drückte.

»Warum ist das nicht gut?«, fragte ich erneut.

»Weil du jetzt auf den Geschmack kommen wirst«, erklärte mir Alex. Er sah aus wie ein Lehrer, als er mit seinen Fingern irgendetwas in die Luft zeichnete. »Ich bin mir sicher, dass es nicht gut für dich war, deine Hormone so lange zu unterdrücken. Sie wollen jetzt alle raus und das Leben in vollen Zügen genießen.« Die Gesten, mit denen Alex seine Worte unterlegte, hatten einen weiblichen Touch. Er erinnerte mich an meinen

Musiklehrer, der immer Westen in zweifelhaften Neonfarben zu Haremshosen trug.

»Ich freue mich schon darauf, wenn du zu mir kommst und einen weiteren Kuss willst.« Er beugte sich näher zu mir. »Und noch einen.« Noch ein Stück. »Und am Schluss habe ich dir mehr als deinen ersten Kuss gestohlen. Ach, Kali, es wird mir ein Vergnügen sein, dich zu verführen und zu verderben, bis du selbst nicht mehr weißt, was du willst.«

Ich ließ ihn so nahe kommen, dass seine Lippen die meinen fast wieder berührten. Mein erster Impuls war, ihn zu beißen, mein zweiter, ihn zu küssen. Vielleicht hatten sich tatsächlich ein paar Hormone befreit, aber die Biester würde ich schon wieder einfangen. Ich entschied mich für meinen dritten Impuls.

Als Christine nachschauen kam, warum in der Bibliothek so ein Lärm herrschte, traf sie auf mich und einen völlig verblüfften Alex, der vor einer Minute noch eine fette Ausgabe des Brockhaus in seinem Gesicht kleben gehabt hatte. Da mir das arme Buch leidgetan hatte, hatte ich es vor seinem Fall aufgefangen und es wieder im Regal eingeordnet. Es hatte seinen Dienst als Schutz gegen Alex getan. Zum Glück standen mehrere dieser Wälzer nur eine Armlänge entfernt von mir.

Ohne auf Christine zu achten, nahm ich meinen Rucksack und rauschte an ihr vorbei. Ich wollte die Bibliothek hinter mir lassen und verdrängen, dass ich meinen ersten Kuss ausgerechnet an Alex verloren hatte.

»Kali! Warte!« Ich hatte es nicht einmal geschafft, die halbe Treppe hinter mich zu bringen, als mich Alex am Arm packte. Ich fuhr auf der Stufe herum.

»Was ist denn?«, herrschte ich ihn an. In meinem Inneren staute sich Wut an. Ich kannte ihn erst seit einer Woche etwas besser, und schon lag meine Welt in Scherben, als hätte er mit seiner Gitarre auf einen Porzellanschrank eingeprügelt.

»Reg dich mal ab!« Es war das zweite Mal, dass ich Alex ein klein wenig zornig erlebte. »Ich bin keiner, der auf Blümchensex steht, aber deine sadistische Veranlagung macht mir zu schaffen. Zuerst die Ohrfeige, dann der Biss und jetzt ein Buch im Gesicht.«

Ich wandte den Blick ab. Ich war nicht so! Nie wollte ich Alex wehtun, aber dieser Junge trieb mich immer mehr in den Wahnsinn mit seinen Taten.

»Hat es dir wenigstens gefallen?«, fragte Alex.

»Dir ein Buch in die Fresse zu drücken?« Erstaunt blickte ich wieder auf. »Sagen wir es so, es hat mein sadistisches Verlangen genährt.«

»Doch nicht das.« Alex griff sich an die Stirn. »Und du nennst mich immer einen Idioten! Ich meine natürlich, ob dir dein erster Kuss gefallen hat.«

»Alex?«, fragte ich.

»Ja?«

Sein Blick war nicht mehr so feucht wie vor einigen Minuten. Seine Frage konnte ich also nicht einmal auf den Restalkohol in seinen Blutbahnen zurückführen.

»Bist du das wirklich?«

Er seufzte, aber ich sah, dass seine Mundwinkel leicht zuckten. »Beantworte einfach meine Frage.«

»Es war ganz …«

»… schön?«, wollte er mir aushelfen.

»… passabel«, beendete ich mit einem Grinsen. »Dein Ruf ist ein bisschen zu aufgebauscht, finde ich.«

»Passabel?!«, echote er. Es sah irgendwie süß aus, wie sich seine Augen schockiert weiteten und sein Mund sperrangelweit offen stand. »Du hast doch nichts, womit du ihn vergleichen könntest.«

Ich zuckte mit den Schultern. »Aber ich hatte Erwartungen.«

Niemals im Leben würde ich zugeben, dass mir Alex' Kuss gefallen hatte. Oder dass ich seine samtweichen Lippen noch auf meinen fühlte. Jedoch schwand das Gefühl von Sekunde zu Sekunde, und es drängte mich danach, ihn wieder küssen zu dürfen. Himmel noch mal! Ich würde lieber eine benutzte Kloschüssel küssen, als noch einmal mit Alex rumzumachen. Merkt euch das, Hormone.

»Lüge«, sagte Alex trocken. »Ich habe genau gespürt, wie dein Herz getrommelt hat. *Is it the way that you talk, that's causing me to freak? Is it the way that you kiss?*«

»*It's gotta be the way that you taste*«, beendete ich seinen lyrischen Erguss. »Danke, dass du mich als herrlichen Albtraum bezeichnest, Alex.« Klammheimlich lachte ich mir ins Fäustchen, als Alex' Kinnlade nach unten klappte. Anscheinend hatte er nicht damit gerechnet, dass ich die Songs, die er mir an die Pinnwand postete, wirklich anhörte und dass ich deshalb die Lyrics des Songs *Gorgeous Nightmare* von *Escape The Fate* auswendig kannte.

Ach, Kali, es wird mir ein Vergnügen sein, dich zu verführen und zu verderben, bis du selbst nicht mehr weißt, was du willst. Seine Worte schossen mir aus einem unerklärbaren Grund wieder in meine Gedanken.

»Du veränderst dich bereits, Kali, das gefällt mir.«

»Dann gib mir doch einen Daumen auf Facebook«, blaffte ich ihn an und hetzte die letzten Stufen hinunter. Nachdem ich die Treppe endlich hinter mir gelassen hatte, breitete sich unwillkürlich ein Lächeln in meinem Gesicht aus. Ich fühlte mich unglaublich frei, als wären mir durch den Kuss so etwas wie Flügel gewachsen. Vielleicht war es gar nicht abwegig, dass sich ein Parasit in meinem Körper befand … Jedenfalls fühlte ich mich fast wie neugeboren. Gleichzeitig wusste ich, dass ich Alex wohl nie wieder in meinem Leben würde vergessen können, den Jungen, der mir meinen ersten Kuss geraubt hatte.

Oh, verdammt! Diese Komplikation fehlte mir gerade noch!

Dann tat ich das, was vermutlich keiner an meiner Stelle getan hätte. Ich schrieb meinen Alex-süchtigen Freundinnen eine SMS. Sie würden bestimmt austicken und mir die Lippen vom Gesicht reißen, nur um etwas zu haben, das ihr geliebter Rockstar berührt hatte.

10. KAPITEL

HORMONE AUF DER FLUCHT

Als meine Freundinnen nach und nach bei mir eintrudelten, konnte man in ihren Gesichtern ablesen, dass sie das Schlimmste erwarteten. Seit Wochen hatte ich sie nicht mehr zu mir nach Hause eingeladen, und sie wussten, dass ihnen, ähnlich wie beim letzten Mal, etwas Unangenehmes bevorstehen würde. Doch mit diesem Notfall würden sie nicht einmal in ihren kühnsten Träumen rechnen.

Da meine Eltern keine meiner Freundinnen wirklich mochten, trafen wir uns generell lieber nicht bei mir zu Hause. Serena hatte ihre Wohnung praktischerweise oft für sich allein, weil ihre Mutter nicht nur alleinerziehend war, sondern auch viel arbeitete. Violet lebte mit ihrer Mutter, ihrem Stiefvater und ihrer Stiefschwester in einer gigantischen Villa, aber man merkte ihr nicht an, dass ihre Familie steinreich war. Bei Nell und ihren Brüdern war sowieso immer so viel los, dass es egal war, wenn wir auftauchten.

»Ähm, ja …«, sagte Violet und hockte sich neben Nell auf den nackten Fußboden. Ich hatte keinen Teppich in meinem Zimmer, da ich fand, dass diese Stofffetzen nur Staub anzogen. »Zoey, du brauchst dieses Mal nicht wieder Leute, die auf das Dach steigen und die Satellitenschüssel richten, oder?«

»Entschuldigt, dass ich keine Folge von *Supernatural* verpassen wollte«, verteidigte ich mich. »Und dass Ian zu faul war und meine Eltern im Urlaub. Ich wäre zwar nicht für euch für die Serie aufs Dach geklettert, aber glaubt mir, ich war mit dem Herzen bei euch.« Ich tippte mir auf die Brust. »Ehrlich!«

»Und was willst du dann von uns?«, fragte Nell.

»Darf ich nicht einmal meine Freundinnen zu mir nach Hause einladen?«, empörte ich mich. »Ich will …«

Im selben Moment läutete die Eieruhr neben mir, worauf Serena überrascht zusammenzuckte. »Ich hol nur schnell die Muffins!«

Hinter meinem Rücken hörte ich noch, wie meine Freundinnen alle gleichzeitig den *Muffin Man*-Song trällerten und dann verwundert, aber vor allem schockiert feststellten, dass ich ihnen Muffins gebacken hatte. Als ich in der Küche ankam, knabberte Ian bereits an einem noch dampfenden Muffin.

»Die sind grauenhaft«, sagte er. »Die schmecken wie warme Schuhsohlen.«

»Gut, dass du weißt, wie warme Schuhsohlen schmecken«, höhnte ich und scheuchte ihn vom Ofen weg, um die Muffins mit Topfhandschuhen herauszunehmen. Ian hatte die wunderbare, aber für andere lästige Gabe, instinktiv zu wissen, wann und wo es etwas zu essen gab.

»Warum backst du, Zo? Du backst doch nie!«

»Darf ich mich nicht weiterbilden?«

»Keine Gegenfragen, Schwesterherz.«

»Ich bin gefrustet«, gestand ich ihm, ließ aber aus, wer diesen Frust erzeugt hatte. Innerlich kochte ich noch immer vor Wut, weil Alex sich einfach die Frechheit erlaubt hatte, mich zu küssen. Außerdem konnte ich diesen dummen Satz mit *verführen* und *verderben* nicht vergessen. Meinen Frust hatte ich an dem Muffinteig abgelassen. Ich hätte nie gedacht, dass man Teig so gut schlagen konnte!

»Das merkt man.« Ian biss ein weiteres Stück ab und verzog dabei gequält das Gesicht. »Ich wusste nicht, dass Frust so grausig schmeckt.«

»Mein Frust schmeckt gut«, widersprach ich meinem Bruder und schüttete – nur zur Sicherheit – viel Puderzucker auf die braunen Küchlein.

»Zo, wenn du irgendwelche Probleme hast«, mein Bruder legte seine Hände auf meine Schulter und drehte meinen Oberkörper so zu ihm, dass ich ihn ansehen musste, »kannst du …«

»Ja, ich kann zu dir kommen«, sagte ich und wollte mich wieder den Muffins zuwenden.

»Eben nicht!« Ian schüttelte den Kopf. »Ich habe keine Lust, mich mit deinen pubertären Teenagerproblemen rumzuschlagen. Sag dem Jungen, dass du ihn liebst. Mehr als zum Gespött der Schule kannst du doch nicht werden, und so, wie ich dich kenne, bist du das bereits.«

Ich schnaubte und puderte Ians Haare, bevor ich ihm das Sieb nachwarf.

Immer noch wütend stampfte ich die Treppe hinauf. In einer Hand hielt ich das Tablett voller Muffins, in der anderen etwas Alkoholisches für mich.

Meine große Schwester Ellen hatte eine Vorliebe für Rotwein und lagerte einen Teil ihrer Weinflaschen bei uns im Keller. Meine Eltern bedienten sich regelmäßig davon, keiner würde wissen, dass ich mir die Flasche *geborgt* hatte.

Meine Freundinnen hatten die Köpfe zusammengesteckt und diskutierten wahrscheinlich darüber, warum ich sie aufgefordert hatte, zu mir zu kommen.

Mit einem freundlichen Lächeln, das alle noch mehr beunruhigte, stellte ich ihnen die Muffins auf den Boden, so dass auch Serena vom Bett aus nach ihnen greifen konnte, und platzierte den Wein vor Nell.

»Zoey«, begann Violet. »Gehen wir alle drei recht in der Annahme, dass du eine neue Droge entwickelt hast, die in den Muffins steckt?«

»Nein, so etwas ist unter meiner Würde«, entgegnete ich mit sarkastischem Unterton. »Da steckt nur mein neu entwickeltes Beruhigungsmittel drin.«

Immer noch nicht ganz von der Unschuld der Muffins überzeugt, griffen meine Freundinnen zaghaft nach ihnen und schnupperten wie Mäuse an der Backware. Die ganze Zeit sahen sie mich an. Sie warteten wohl darauf, dass ich die Bombe platzen ließ. Ich hingegen wartete auf den richtigen Moment. Irgendwann würden sie mich fragen, wie die Nachhilfe verlaufen war, und dann würde ich ihnen vor die Nase knallen, wie notgeil Alex war! Und dass er mir einen Teil meiner streng bewachten Unschuld gestohlen hatte.

»Und? Wollt ihr nicht über irgendetwas reden?«, fragte ich zuckersüß. Alle schüttelten den Kopf. Weitere Minuten vergingen und keine sagte etwas. Meine Freundinnen knabberten unglaublich lange an ihren Muffins herum, und Nell trank ein wenig Wein aus einem Schnapsglas, nachdem ich ihr geraten hatte, es besser zu tun.

Plötzlich meldete sich Serena zu Wort. »Hey, Zoey, ist das die neue CD von …«

»Alex hat mich geküsst!«, platzte es endlich aus mir heraus. »Himmel noch mal! Warum könnt ihr mich nicht einfach fragen, wie die Nachhilfe war?«

Synchron weiteten sich die Augen meiner Freundinnen. Nell griff zu ihrem Glas, ebenso wie Serena, und sie prosteten einander zu. Violet ließ den Muffin aus der Hand fallen.

»Acid hat dich ... geküsst?«, fragte Serena vorsichtshalber nach. »Du weißt, dass Mund-zu-Mund-Beatmung nicht als Kuss zählt.«

»Doch«, mischte sich Nell ein. Sie schnappte zwar schwer nach Luft, aber sie stand nicht kurz vor einem Ohnmachtsanfall. Unter ihrem langen Band-T-Shirt zog sie ein kleines A5-Büchlein hervor, das sie immer mit sich trug, und blätterte irgendeine Seite auf. Sie war die Verfasserin ihres *Sis Codes,* das Büchlein, das sie immer an ihrem Herzen trug, das Gegenstück zu Barney Stinsons *Bro Code.* »Wenn der Typ mindestens eine Acht auf unserer Skala ist, darf man eine Beatmung aufgrund von erster Hilfe als Kuss zählen, aber man muss ihm sofort bei Bewusstsein die Zunge in den Mund stecken.«

»Nein, es war keine Mund-zu-Mund-Beatmung.« Unruhig tigerte ich in meinem Zimmer herum, während meine Freundinnen jeden Schritt verfolgten, als wäre ich eine Göttin. Wahrscheinlich war ich das auch gerade für sie geworden. »Er hat mich einfach so geküsst. Leute, meinen ersten Kuss hat mir Alex gestohlen! Am liebsten würde ich ihn ...«

»Immer und immer wieder küssen«, träumte Serena vor sich hin. Sie hatte sich nach hinten ins Bett fallen lassen. »Und dann würde Serena ihn einfach besteigen.«

»Deine Wortwahl ist ja wieder mal grauenhaft«, sagte ich. »Wie soll ich mich ihm gegenüber denn jetzt verhalten? Ich kann ihm doch nicht mehr unter die Augen treten! Er wird überall erzählen, dass ich etwas mit ihm gehabt habe, und wahrscheinlich wird er noch hinzufügen, dass wir miteinander geschlafen haben.«

»Habt ihr das?«, schaltete sich Violet ein.

»Natürlich nicht!« Bei dem Gedanken, mit einem Bakterienherd wie Alex zu schlafen, schüttelte sich mein ganzer Körper. Nur ein paar Hormone auf der Flucht zogen sich ein Cheerleader-Kostüm an und sprangen wild umher – so fühlte es sich jedenfalls an. »Er hat mich geküsst und … ich habe den Kuss nur erwidert.«

»Was hast du gesagt?«, fragte Serena. »Serena hat den zweiten Teil nicht verstanden.«

»Verdammt noch mal! Ich habe seinen Kuss erwidert!«, schrie ich aufgebracht. Ich nahm mir einen von den Muffins und die Flasche Rotwein. Ein Glück, dass mir meine Eltern nach meinem sechzehnten Geburtstag mehr Rechte zugesprochen hatten. Meine Freundinnen wollten mich noch aufhalten, aber ich steckte mir den ganzen zähen Muffin – mein Frust schmeckte wirklich nicht gut – in den Mund und nahm einen großen Schluck Wein. Sofort spürte ich ein warmes Gefühl in den Gliedern.

Unter den ungläubigen Blicken meiner Freundinnen nahm ich noch einen Schluck. Und noch einen. »Jap«, sagte ich, plötzlich ganz redefreudig. »Ich habe Alex' Kuss erwidert und wisst ihr was? Für meinen ersten Kuss war es ziemlich geil! Aber pssst, sagt ihm das niemals! Er hält sich ohnehin schon für den tollsten Rockstar. Singen kann er zwar wirklich, aber das sag ich ihm auch nie. Hehe.« Das *Hehe* kam von dem vierten Schlückchen.

»Zoey, gib den Rotwein her.« Serena stand auf und ließ das Buch, das ich gerade las, vor meinem Gesicht baumeln. »Gib mir den Wein, dafür kriegst du das Buch.«

»Sehe ich aus, als wäre ich betrunken?«, grummelte ich beleidigt und leerte Gläschen Nummer fünf. »Obwohl mir dezent schwindelig ist, aber nur dezent.«

»Zoey verträgt wirklich nichts«, meinte Nell. »Wenn sie nur öfter etwas trinken würde!«

»Das wird sie schon noch«, meinte Serena, die ebenfalls ignorierte, dass ich mich im selben Zimmer befand. »Alex hat sie nur geküsst und gleich greift sie zum Alkohol. Was sie bis jetzt noch nie getan hat.«

Serena legte ihre Hand auf meine Schulter und führte mich zum Bett. Da meine Beine sich ziemlich wie Pudding anfühlten, wehrte ich mich nicht. »Und jetzt schlaf, Zoey, nicht dass deine Eltern noch herausfinden, dass du betrunken bist.«

»Ich sag Ian, dass sie betrunken ist.« Violet wollte schon zu meinem Bruder laufen, aber Nell und Serena drängten sich vor ihr aus der Tür. »Serena sagt es Zoeys geilem Bruder!«

Der Alkohol, der mir zu schnell in den Kopf gestiegen war, verschwand auch genauso schnell wieder daraus.

»Leute, ich bin nicht betrunken!«, schrie ich ihnen nach, aber sie waren schon zu Ian geeilt. Hoffentlich stand er nicht wieder unter der Dusche, denn die drei würden bestimmt nicht einmal vor seiner intimsten Privatsphäre zurückschrecken.

11. KAPITEL

LÜGEN IST DER LETZTE TREND

Am Montagmorgen hockte ich vor dem Computer, kurz davor, eine Reise nach Russland zu buchen. Es war mir egal, dass ich nur wegen eines einzigen Kusses die Schule schmeißen, das Land verlassen und mein Leben wegwerfen wollte. Alex würde höchstwahrscheinlich mit seiner neuesten Eroberung prahlen, und ich war niemand, der sich gegen die Macht der Gerüchte wehren könnte.

Als ich irgendwo gelesen hatte, dass Russland Emos verbieten wollte, war ich drauf und dran, mich in dieses herrliche Land abzuseilen und Alex, den sie dort nicht reinlassen würden, an der Staatsgrenze auszulachen. Blöderweise sah ich zurzeit auch aus wie ein Emo – besonders, seit mich meine Freundinnen am Samstag im Schlaf mit schwarzem Nagellack überfallen hatten, den ich jetzt nicht mehr runterbekam, weil ich keinen Nagellackentferner besaß. Leider hatte ich nicht mal eben zweihundertfünfzig Euro für den Flug übrig.

So machte ich mich genauso unmotiviert wie die anderen Schüler auf zur Schule.

Natürlich sprühte Alex nur so vor guter Laune, während ich mich fragte, ob es möglich war, sich mit dem Beamer-Kabel zu erhängen. Am Ende fasste ich den Entschluss, es sein zu lassen, weil das erstens bedeutet hätte, dass Alex gewonnen hätte; zweitens würde er wahrscheinlich noch einen blöden Witz über meinen Tod machen.

Mit der Befürchtung, dass Stephanie Bomben auf meinem Sitz deponiert oder eklige Kaugummis versteckt hatte, setzte ich mich vorsichtig.

»Komisch.« Ich blickte mich um. Niemand starrte zu mir herüber, keiner wünschte mir den Tod, nur meine Freundinnen lächelten mich an, weil ich ja jetzt zu ihrer Göttin geworden war. »Alles ist so wie immer.«

»Was sollte denn anders sein?«, fragte Alex.

Heute trug er ausnahmsweise ein graues Shirt und eine hautenge dunkelblaue Jeans, worauf ich mich fragen musste, ob man durch zu langes Tragen einer solchen Hose Erektionsprobleme bekommen konnte.

»Ich dachte, dass mich die Mädchen aus unserer Klasse töten wollen«, wunderte ich mich, »wegen der dummen Sache in der Bibliothek.«

»Erstens war das nicht dumm, sondern ein Tag, den du rot im Kalender anstreichen solltest.« Seine Stimme spiegelte wie immer sein Riesen-Ego wider. »Und zweitens, warum sollte jemand davon erfahren haben?«

»Weil du es doch herumerzählt hast. Oder auch nicht ...?«

»Warum sollte ich es erzählen?«, fragte Alex. »Glaubst du, ich poste alles auf Twitter?«

»Nell«, sagte ich. Sofort klappte sie ihr Handy auf und las laut eine von Alex' Twitter-Nachrichten vor: *»Fliegen sind tolle Haustiere. Hab eine gefangen und ihr eine Leine gemacht.«*

»Das war wirklich wichtig«, sagte er und nickte. »Julius war ein tolles Haustier.«

»Keiner weiß von unserem ...« Ich ahmte mit den Fingern ein knutschendes Paar nach. »Von dem da?«

»Nö.«

»Gut.«

Zum ersten Mal bekam Alex einen halben Sympathiepunkt.

Der Schultag ging wirklich schnell zu Ende, was mich nur noch mehr fertigmachte, weil das bedeutete, dass ich Alex zu mir nach Hause mitnehmen musste. Ich hielt ihn so gut es ging auf Abstand, so dass niemand auf die Idee kam, dass wir gemeinsam wohin fuhren.

Normalerweise beklagte ich mich darüber, dass meine Eltern so lange arbeiteten, aber dieses Mal war ich heilfroh, dass sie Alex nicht begegnen würden. Sie hätten ihn ohnehin gleich wieder rausgeworfen. Was vielleicht besser gewesen wäre ...

»Lass uns anfangen«, sagte ich. Ich stellte meinen Rucksack auf meinen Schreibtisch und holte das Mathebuch heraus. Als ich mich zu Alex umwandte, lag er bereits auf meiner blauen Decke und lächelte mich an. »Raus aus meinem Bett!«

»Nein.«

Ich zog an der Decke, aber ich war zu schwach, um Alex aus dem Bett zu holen. »Geh raus«, ächzte ich. Ich zog und zog, aber Alex hielt sich an meinem Bettpfosten fest. »Alex, wir müssen lernen! Du bist noch schlimmer als mein kleiner Cousin und der ist fünf!«

Die kleine Plage hatte meine Plüschhandschellen, ein Geburtstagsgeschenk von Nell, gefunden und sich wie in den Polizeifilmen, die er so liebte, an meinen Schrank gekettet. Es war eine recht peinliche Geschichte, erstens weil ich den Schlüssel für die Handschellen verloren hatte und zweitens, weil meine Eltern nun dachten, dass ich sie benutzte. Seit dem Tag warf ich jedes dumme Geschenk von meinen Freundinnen gleich weg.

Alex klopfte auf den Platz neben sich. »Wir können doch lernen, aber ich habe es eben lieber bequem.«

Ich zog die Augenbraue hoch. »Mathe lernen oder etwas anderes?«

»Durchschaut.« Er sah ein wenig enttäuscht drein. »Okay, dann schwöre ich, dass wir jetzt nur Mathe lernen.«

Da ich keine Lust auf eine längere Kabbelei mit Alex hatte, krabbelte ich zu ihm aufs Bett. Während mein Verstand wollte, dass ich mich auf einen Stuhl hockte, schrien mich meine Hormone an, mich zu ihm zu legen. Ich gönnte meinen Hormonen diesen einmaligen Sieg. Außerdem war es auf meinem Bett wirklich bequem. Genau, darum.

Überraschenderweise war Alex sogar in der Stimmung, etwas in seinen Kopf aufzunehmen. Auch wenn seine Finger mehrfach zu meiner Hüfte oder zu meinem Rücken wanderten und dabei jedes Mal einen Schlag mit dem Buch kassierten, war ich mir sicher, dass er am Schluss etwas kapiert hatte. Eine Beispielaufgabe löste er gar nicht mal so schlecht für jemanden, der Mathe anscheinend nie begriffen hatte. Ich ließ das Buch auf den Nachttisch gleiten, und als ich Alex gerade unfreundlich aus meinem Zimmer werfen wollte, griff er nach meinen Handgelenken. Ehe ich mich's versah, lag ich mit dem Rücken auf der Matratze und starrte in Alex' himmelblaue Augen, die mich interessiert anfunkelten.

»Du weißt, dass ich dir durch eine schnelle Bewegung mit dem Knie einen Stoß dahin geben kann, wo es wirklich wehtut?«, fragte ich kühl und ohne jegliches Zittern in meiner Stimme. »Ich frage mich, ob deine Band dich noch braucht, wenn du wie einer vom Knabenchor singst.« Ich hatte keine Angst vor ihm. Instinktiv wusste ich, dass er kein Junge war, der ein Mädchen vergewaltigen würde, aber dumme Einschüchterungsversuche waren wohl sein Lieblingshobby. Trotzdem schlug mein Herz so schnell, dass ich mich fragte, ob ich schon mit siebzehn einen Herzinfarkt bekommen könnte.

»Ich liebe Dirty Talk«, sagte Alex. »Komm, beleidige mich noch mehr, Kali.«

»Warum tust du das?«, wollte ich wissen und bewegte meine Arme. Sein fester Griff fesselte mich zwar ans Bett, tat mir aber nicht weh.

»Du magst es doch auch«, sagte Alex in verführerischem Tonfall. »Du magst es, wie ich dich berühre.«

»Nein«, stritt ich ab. »Wenn du mich berührst, muss ich einzig und allein an Desinfektionsmittel denken.«

Doch als Alex eine Hand löste und mir sanft mit seinen warmen Fingern über die Lippe fuhr, die Konturen nachzog, konnte ich ein leises Stöhnen nicht unterdrücken.

»*I love the girls who hate to love because they're just like me*«, flüsterte er mir leise den Songtext zu *Situations* von *Escape The Fate* ins Ohr. »*Don't worry I'll be gone when the morning comes.*«

»Du kannst auch jetzt gleich gehen.« Meine Stimme ähnelte mehr einem Knurren als menschlichen Lauten. »Sonst ramme ich dir einen Bleistift ins Herz.«

»Oh, Kali, ich wusste doch, dass der Name zu dir passt.« In seinem Gesicht lag noch immer ein stummer Triumph. »Kalima, die göttliche Mutter, die Göttin der Zerstörung und des Todes. Wusstest du, dass sie das nur von außen darstellt? Weil sie innerlich liebevoll und fürsorglich ist?«

»Dann passt der Name wohl nicht.« Ich schnaubte. »Ich bin alles andere als liebevoll und fürsorglich.«

»Doch, das bist du«, widersprach er mir. »Ich sehe es an deinen Freundinnen. Sie lieben dich und du liebst sie. Du würdest wahrscheinlich alles für sie tun, um sie zu beschützen. Hmmm, Kali. Du bist einfach faszinierend. Scharfzüngig und aggressiv, gleichzeitig liebevoll, und dann ist da noch eine dunklere Seite, die ich anscheinend wecken kann.«

Ich wollte ihn gerade wieder anschreien, als die Tür aufgerissen wurde. Ich sah an Alex vorbei und erblickte Ian in meinem Zimmer. Der Ausdruck in seinem Gesicht verhieß nichts Gutes.

»Ähm.«

12. KAPITEL

ERST DAS WASSER, DANN DIE SÄURE

Mein Bruder hätte mich in keiner eindeutigeren Situation auffinden können: Alex lag fast mit seinem ganzen Körper auf mir, drückte mich mit seinen starken Armen auf die Matratze und seine Lippen hatten gerade beinahe meine berührt – bis Ian aufgetaucht war. Das Dumme daran war, dass die Situation bestimmt nicht so wirkte, wie sie wirklich war. Ian dachte sicherlich, dass Alex und ich kurz davorstanden, uns die Klamotten vom Leib zu reißen und in einer engen Umarmung zu versinken. In Wirklichkeit wäre ich drauf und dran gewesen, Alex das Herz aus der Brust zu reißen, wenn ich die Klauen dafür gehabt hätte. Nein, eher einen Lungenflügel. Seine Nieren könnte ich bei eBay versteigern. An seinem Herzen jedenfalls hatte ich nicht gerade viel Interesse.

Glücklicherweise verwirrte Ians Auftauchen Alex' Fliegenhirn so dermaßen, dass ich in der Lage war, mich zu befreien. Ich schubste meinen Nachhilfeschüler von mir runter, und zwar so heftig, dass er vom Bett auf den Boden kugelte. Manche Menschen bekamen in Gefahrensituationen übernatürliche Kräfte, ich hingegen war wie Hulk: Ich war am stärksten, wenn mich jemand aufregte. Im Gegensatz zu Hulk aber wurde ich nicht grün und stand am Schluss auch nicht nur noch in Hosen da. Letzteres hätte Alex wahrscheinlich sehr gefallen, davon war ich überzeugt.

»Ian, es ist nicht das, wonach es aussieht«, begann ich meinen Bruder zu beschwichtigen. »Ehrlich, Alex und ich …«

Alex jammerte laut. Er rappelte sich wieder auf, klopfte sich schimpfend den imaginären Staub von der hautengen Jeans und wandte sich dann an meinen Bruder. Er zog eine Augenbraue hoch. »Ah, du bist ihr Notlüge-Bruder. Ich bin …«

»Acid«, brummte Ian. Er trat ein paar Schritte auf ihn zu, hielt aber dennoch Abstand. »Verschwinde aus meinem Haus!«

Sollte ich Ian daran erinnern, dass dieses Haus eigentlich unseren Eltern gehörte?

»Nimm dir ein Beispiel an deinem Bruder«, wandte sich der Möchtegern-Rocker an mich. »Er weiß, wie man mich nennt. Kenne ich dich vielleicht irgendwoher, Geek?« Damit hatte Alex sich sein eigenes Grab geschaufelt. In den Augen der meisten Mädchen war mein Bruder unglaublich heiß, aber wenn er zu Hause war, wo ihn niemand sah, lief er meistens wie ein Penner herum. Er trug ein *Video Games Ruined My Life. Thank God I Have Two Extra Lives*-T-Shirt, Schlabberhosen und seine unglaublich nerdige Brille, die er nur zum Programmieren aufsetzte.

Ian packte Alex, der gut einen halben Kopf kleiner war als mein Bruder, am Nacken und schubste ihn aus meinem Zimmer. Jedenfalls versuchte er es, Alex aber wehrte sich dagegen. Bevor die zwei Jungs sich an die Kehle sprangen, ging ich dazwischen.

»Stopp!« Ich streckte die Arme aus und drückte die Streithähne auseinander. »Ian, lass Alex in Ruhe. Ich bin die Einzige, die ihm etwas zu Leide tun darf. Tragt von mir aus euren Zickenkrieg draußen auf der Straße aus, reißt euch dort die Extensions raus oder brecht euch die lackierten Nägel ab, nur nicht in meinem Zimmer!«

Die Jungs knurrten, aber die angespannte Atmosphäre, die eben noch in der Luft gelegen hatte, war verschwunden.

»Gut, ich gehe«, sagte Alex. Und dann tat er etwas, das ich nie erwartet hätte: Er beugte sich vor und gab mir einen Kuss auf die Wange.

Ian brüllte und griff nach Alex, aber der war schon abgehauen, bevor er ihn in die Hände bekam.

»Ian!«, fauchte ich. »Alex, warte!« Ich rannte ihm nach und erwischte ihn glücklicherweise noch an der Bushaltestelle. »Ich muss dir noch etwas sagen, nämlich ...«

»Ach, Kali, ich weiß es schon.« Er grinste schief. »Ich schreibe dir auf Facebook, wo ich wohne. Du brauchst nichts mitzunehmen. Wenn ich morgen aufwache, will ich mein Bett wieder leer vorfinden.«

»Ich bin einer Familien-Vendetta nicht abgeneigt«, sagte ich und ignorierte wieder einmal sein unmoralisches Angebot. »Wenn mein Bruder eine offene Rechnung mit dir hat, habe ich die auch.«

Vielleicht täuschte ich mich, aber ich sah kurz so etwas wie Enttäuschung in Alex' blassem Gesicht aufflackern, bevor er sich umdrehte und in den Bus stieg. »Bis morgen, Kali.«

Als ich ins Haus zurückkehrte, erwartete Ian mich bereits in der Küche. Seine Brille lag auf dem Tisch. Noch nie hatte ich meinen Bruder so erlebt. Normalerweise behandelte mich Ian wie Luft, nie hatte er sich für mich eingesetzt oder mir geholfen. Es wäre wahrscheinlicher gewesen, dass er sich in einer Notsituation mit Popcorn danebensetzte und mir zusah, anstatt mir zu helfen.

»Dürfte ich erfahren, was du dir dabei gedacht hast?«, fuhr ich meinen Bruder barsch an.

»Wenn ich erfahren darf, warum du etwas mit Acid angefangen hast.« Die Stimme meines Bruders war noch um einiges lauter als meine. »Acid? Zoey! Ich dachte immer, du interessierst dich nicht für Jungs.«

»Das tue ich auch nicht«, warf ich ein. »Ich interessiere mich nicht für Jungs.«

Warum fühlte sich das wie eine Lüge an?

»Mir wäre es ja egal, wenn du mit einem netten Typen zusammen wärst«, fuhr er fort. Er hatte meinen Einwurf anscheinend nicht gehört. »Aber nein, du wirfst dich Acid an den Hals!«

»Microsoft ist besser als Apple!«

Es war erstaunlich, wie der Satz meinen Bruder dazu brachte, mir zuzuhören. Wenn meine Freundinnen doch erkennen würden, dass er zwar äußerlich ganz schön was hermachte, aber unterm Strich einfach nur ein Nerd war …

»Was hast du gesagt?« Er hatte die Augen weit aufgerissen. »Weißt du, wovon du redest? Steve Jobs hat sein Leb…«

»Ich«, begann ich scharf, »will dir seit gefühlten dreißig Minuten mitteilen, dass zwischen mir und Alex nichts läuft.«

»Zo, ich habe euch gesehen.« Er rollte mit den Augen. »Ich bin einundzwanzig. Ich kaufe dir die Lüge nicht ab, dass Acid dir nur eine Verspannung lösen wollte, oder eine ähnliche Ausrede. Ich habe auch ein Sexualleben.«

Über das ich nie wieder ein Wort hören will, dachte ich.

»Was im Moment wohl ziemlich anstaubt«, murmelte ich leise.

»Was?«

»Ich hasse Alex.«, wollte ich eigentlich sagen, um Ian davon zu überzeugen, dass ich rein gar nichts für den Rockmusiker empfand. Leider aber verhaspelte ich mich bei dem Wort *hassen*, weshalb ich meine Abneigung gegenüber Alex gleich weiter ausführte. »Er meint, er kann jedes Mädchen mit seinem schiefen Grinsen um den Finger wickeln; er hält sich für das größte Geschenk Gottes an die Frauen. Verstehst du, Ian?«

Ian zog eine Augenbraue hoch. »Warum hast du dann mit ihm rumgemacht?«

»Das habe ich ja nicht!« Ich fuchtelte wild mit den Armen herum. »Er wollte mich einschüchtern. Aus irgendeinem Grund findet er mich wohl interessant.«

»Er will immer das haben, was er nicht bekommen kann«, sagte Ian leise. Er senkte schnell den Blick, aber ich erkannte Schmerz in seinen Augen. Er griff nach einer Zeitung und rollte sie zusammen. »Und wenn er sie hat, dann lässt er die Person fallen.«

Augenblicklich wich mir die ganze Farbe aus dem Gesicht. »Du ... du hattest doch nichts mit ihm, oder?«

Ehe ich mich's versah, zog er mir mit der Zeitung eins über den Kopf. »Aua!« Damit war wohl auch geklärt, dass ich nicht die Einzige in meiner Familie war, die andere in ihrer Umgebung mit ihrer sadistischen Veranlagung quälte.

»Herrgott, Zo!« Er konnte sich nicht entscheiden, ob er wütend sein oder darüber lachen sollte. »Falls es dir entgangen ist, ich bin hetero. Ich stehe auf Frauen.«

Ich rieb meinen Kopf. »Entschuldigung, dass ich mir nicht mehr ganz so sicher war, nachdem ich mit eigenen Augen gesehen habe, dass du beim letzten *Harry Potter*-Band wegen Snape geheult hast.«

Er schnaubte.

»Woher kennst du Alex?«, wollte ich wissen. Da mir das Stehen zu anstrengend wurde, setzte ich mich auf den Küchentisch.

»Ich habe immer gedacht, du bist eher ein Fan von Clubmusik und natürlich dem Klang der Tastatur beim Tippen von *C-Sharp* oder *Javascript*.«

Ian schaute auf den Boden und schwieg. Eigentlich gehörte er eher zu dem Typ Mensch, der nur schwer den Mund halten konnte. Jedenfalls war es unheimlich, dass er schwieg.

Ich wollte ihn gerade wieder darauf ansprechen, als er endlich den Mund öffnete. »Erinnerst du dich noch an Isabelle?«

Ich nickte. Wie sollte ich jemals vergessen, wie mir mein Bruder vor zwei Jahren die wohl beste Freundin, die es für ihn gab, vorstellte? Ich hatte Isabelle von Anfang an gemocht. Sie war nett zu mir, half mir dabei, mein Referat über Viren und Bakterien fertigzustellen – hätte ich Alex damals gekannt, wäre er mein Anwendungsbeispiel gewesen –, und sie hatte einen guten Sinn für Humor. Umso mehr hatte es mich gewundert, dass sie mit Ian zusammen war. Noch schockierender war, dass sie sich nach einem halben Jahr trennten. Ian hatte nie darüber gesprochen.

»Alex hat sie dir ausgespannt?«, schrie ich. »Sag das bitte nicht.«

Meinen letzten Satz verstand ich nicht einmal selbst. Es war doch von vornherein klar gewesen, dass Alex das allergrößte Arschloch war, das auf Erden wandelte.

»Oh doch«, sagte Ian zähneknirschend. »Ich habe die beiden in flagranti erwischt. Kein schöner Anblick, wenn die Frau, die du liebst, unter diesem Möchtegern-Alice-Cooper liegt. Du kennst seinen Ruf doch auch, oder? Ich muss dir nicht erzählen, dass er jedes Mädchen fallenlässt, nachdem er es verführt hat.«

»Ja«, brachte ich atemlos heraus.

»Triff dich nicht mehr mit ihm.« Ian verschränkte die Hände vor der Brust. Den strengen Blick in seinen Augen hatte ich noch nie gesehen. »Geh ihm aus dem Weg.«

»Aber ich bin in derselben Klasse wie er!«, protestierte ich. »Und ich muss ihm Mathenachhilfe geben …«

»Müssen tust du gar nichts!« Ians Hand knallte auf den Tisch. »Wenn ich dich noch einmal mit Acid sehe, erzähle ich Mom und Dad davon.«

Ich wusste, dass Ian um mich besorgt war. Doch ich konnte Alex nicht ignorieren, sosehr ich es auch wollte. Unwillkürlich musste ich an eine Eselsbrücke aus dem Chemieunterricht denken: *Erst das Wasser, dann die Säure, sonst geschieht das Ungeheure.* Alex und ich waren eine explosive Mischung.

13. KAPITEL

TEAM ALEX ODER TEAM IAN?

Mir kam es sehr gelegen, dass die erste Stunde am Dienstagmorgen ausfiel und ich eine Notfallsitzung einberufen konnte. Ich versammelte meine Freundinnen in der Aula, um ihnen die neuesten Informationen über Alex zu erzählen. Eigentlich hatte ich gehofft, dass meine Freundinnen über Alex' Verhalten entsetzt wären, stattdessen …

»Ian oder Acid?«, kreischte Serena und raufte sich die blonden Haare. »Serena kann sich nicht für ein Team entscheiden.« Sie ließ ihren Kopf auf den weißen Tisch knallen.

»Team Acid«, entschied Nell. Sie zog ihr Büchlein unterm Shirt hervor. »Ich habe es hier niedergeschrieben. Acid gewinnt aufgrund seiner musikalischen Fähigkeiten und der Tatsache, dass Zoey so nicht meine Schwägerin wird.«

»If mag Ian, aber Afid mag if mehr alf Zoeys Bruder.« Violet verspeiste gerade einen großen Schokomuffin mit drei Bissen. Ich fragte mich, seit ich sie kennengelernt hatte, wie Violet so viel essen konnte und trotzdem schlank blieb. Kaum hatte sie den ersten Muffin verschlungen, knabberte sie an Nummer zwei. »Aber Acid gehört ja Zoey.« Sie verdrehte die Augen. »Dazu kommt, dass ich immer noch leicht in Ian verknallt bin. Wirklich schwer …«

»Erstens einmal ist das hier keine beschissene Teamfrage!«, schnauzte ich meine Freundinnen an. Ich hatte seit dem *Twi-*

light-Hype schon genug Probleme damit, nicht laut zu schreien, wenn jemand mit Team Edward oder Team Jacob anfing. Ich persönlich war Team Jace aus den *Chroniken der Unterwelt,* weil ich den scharfzüngigen Schattenjäger um einiges sympathischer fand als den weinerlichen Vampir und den pädophilen Werwolf. »Es geht darum, dass Alex ...«

»Hey, Leute«, begrüßte Alex uns und zog einen grauen Stuhl an unseren Tisch. Ich ignorierte ihn zunächst, weil ich ausreden wollte.

»... ein Arschloch ist«, beendete ich meinen Satz, dann wich mir schlagartig das Blut aus dem Gesicht. »Hey, Alex«, begrüßte ich ihn geistesabwesend. »Was machst du hier?«

»Ich gehe in die Schule«, sagte er unschuldig. »Ich hatte wirklich noch nie so wenig Fehlstunden. Du bist ein guter Einfluss, Kali.«

»Ich hasse dich«, sagte ich, während meine Freundinnen Alex verträumt anglotzten.

»Warum sagst du das jetzt?«

»Weil ich es nicht oft genug sagen kann. Und weil du es nicht anders verdient hast.«

Ich hielt Alex' nervige Fragerei, warum ich sauer auf ihn war, bis zum Sportunterricht aus. Heute standen Tennis, Völkerball und Fußball auf dem Programm. Da ich genug davon hatte, beim Völkerball mit Bällen bombardiert zu werden und beim Fußball nur blöd herumzustehen, entschied ich mich für Tennis. Eigentlich wollte ich mit Nell zusammen spielen, doch Alex schob meine Freundin einfach aus dem Weg. Sie verschwand sofort.

Interessiert starrte ich den gelben Tennisball an und fragte mich, ob ich Alex damit bewusstlos machen konnte. Meine ganze Wut legte ich in den Aufschlag.

»Warum bist du sauer auf mich?«, fragte Alex. Er spielte den Ball zurück.

Ich schlug ihn mit aller Kraft wieder über das Netz. Mein Gegenspieler fing den Ball ab. »Du bist Alex«, antwortete ich kühl. »Warum sollte man nicht sauer auf dich sein? Jetzt spiel den beschissenen Ball wieder her, ich hab Lust, auf etwas draufzuhauen.«

Alex funkelte mich böse an. Keine Ahnung warum, aber ich fand das weiße Schweißband um seine Stirn irgendwie – und eigentlich müsste man mich dafür steinigen – süß. Es sah zwar idiotisch aus ... aber auch irgendwie ... Ich dachte besser nicht darüber nach.

»Du hast mit der Freundin meines Bruders geschlafen«, fauchte ich ihn an. Ian und mich verband zwar nicht das beste Bruder-Schwester-Verhältnis, aber ich wusste, dass ihn die Sache mit Isabelle ziemlich verletzt hatte.

Endlich machte Alex den nächsten Aufschlag. »Und?«

»Ich bin Ians Schwester, und auch wenn er dauernd nervt und meinen Computer mit selbst programmierten Viren verseucht, liebe ich ihn.«

Der Ball flog gefährlich nahe an Alex' Schulter vorbei. Ich war ziemlich gut im Tennisspielen. Wenn ich wollte, könnte ich den Ball genau dorthin jagen, wo es richtig wehtat.

»Gut«, sagte Alex schulterzuckend. Er hob den gelben Ball auf und spielte ihn zu mir. »Dann habe ich eben mit der Freundin deines Bruders geschlafen. Aber eines will ich hiermit klarstellen, ich habe sie zwar verführt, aber *sie* hat deinen Bruder betrogen, nicht ich.«

Eigentlich hatte er Recht. Schließlich hatte sich Isabelle auch auf ihn eingelassen. Trotzdem! Wenn er ein guter Mensch gewesen wäre, hätte er sie nicht verführt.

»Ich mag es, wenn du sprachlos bist«, meinte Alex und lächelte mich an. »Ein ziemlich seltener Anblick.«

»Ach, halt doch die Klappe«, antwortete ich in gewohnt zickigem Tonfall. Ich zeigte mit dem Tennisschläger auf ihn. »Gut, Alex, vielleicht hat das Universum größere Lücken, als man glaubt, und du hast Recht, was Isabelle und Ian betrifft.«

»Wen?«, fragte Alex.

»Isabelle«, wiederholte ich. »Die Exfreundin meines Bruders.«

Augenblicklich stieg mir Galle den Rachen hoch. Für Alex waren wohl alle Mädchen gleich: Haare, Brüste, Bauch, Po und Beine. Mehr sah er nicht in Frauen. Nur Lustobjekte. Warum verkrampfte sich nur mein Herz bei dem Gedanken, dass ich selbst nicht mehr für ihn war? Okay, meine Hormone flüsterten mir wie eine zweite Persönlichkeit ein, dass Alex ziemlich heiß war und ich mich glücklich schätzen durfte, dass er Interesse an mir zeigte, schließlich würden meine Freundinnen alles für ihn geben. Schade, dass ich dieses Interesse nicht bei eBay überteuert verscherbeln konnte. Aber mir durfte es doch egal sein. Ich würde ihn nie wieder berühren. Besonders, da ich letzte Nacht sogar geträumt hatte, dass mich Alex immer und immer wieder küssen würde. Ich durfte es nicht noch einmal wagen!

»Ah«, sagte er uninteressiert. »Was hast du eigentlich am Wochenende vor?«

»Schlafen, atmen, essen, schlafen, atmen, essen und schlafen«, fasste ich kurz und bündig zusammen. »Vielleicht schaue ich auch mal wieder *Detektiv Conan* und überlege mir dabei, wie ich dich umlegen kann. Warum fragst du?«

»Durch deine Todesdrohungen fühle ich mich wie ein richtiger Rockstar. Hast du Lust, Freitagabend auf ein Konzert meiner Band zu kommen?«

Mir fiel gerade auf, dass Alex und ich nicht die Einzigen waren, die ihr Tennisspiel eingestellt hatten. Da der Sportlehrer sich komischerweise in Luft aufgelöst hatte, war die Motivation der anderen Schüler auch gesunken. Meine Freundinnen starrten vom Ende des Turnsaals aus immer wieder zu uns herüber, steckten dann die Köpfe zusammen und tuschelten.

Stephanie und ihre Barbies schienen uns ebenfalls zu belauschen, weshalb ich meine Lautstärke erst ein wenig herunterschraubte. Dann brach ich in Gelächter aus. »Klar, Alex. Ich komme gern zu deinem Konzert, aber ich weiß nicht, ob mich die Gummibärchen diesen Freitag das Batmobil benutzen lassen, nachdem ich Mickey Maus überfahren habe.«

»Kali, willst du wirklich, dass ich zu unfairen Mitteln greife?«, fragte er mich. Ich verstand nicht, was er damit meinte, bis er nach meinen Freundinnen rief.

»Das kannst du nicht tun«, schrie ich und machte mit dem Schläger in der Luft herum. »Das ... das ist ...« Mir fiel kein Wort für Alex' wirklich guten Plan ein.

Wie ein Rudel Hunde, die man mit Fressen lockte, kamen meine Freundinnen auf Alex zugelaufen. Sie wären bestimmt auch auf ihn zugestürmt, wenn unser Sportlehrer keine Zigarettenpause gemacht hätte. Manchmal fragte ich mich echt, wie weit meine Freundinnen für Alex gehen würden. Und wie weit für mich.

»Also, Ladys«, sagte Alex gedehnt. Mit seinem verführerischen Grinsen im Gesicht war ihm der Sieg schon so gut wie sicher. »Ich spiele am Samstag mal wieder im *Pulse*.«

Pulse? War das nicht der Club, in dem ich Alex zum ersten Mal gesehen hatte? Nell, Violet und Serena nickten.

»Ich kann euch gratis reinbringen.«

Vorsichtigerweise hatte ich meine Finger in die Ohren gesteckt, weil ich wusste, dass meine Freundinnen auf der Stelle laut losschreien würden. Manchmal hegte ich den Verdacht, dass die drei Banshees waren und Leute mit ihren Schreien töten konnten. Wie Kaninchen auf Ecstasy hüpften sie auf der Stelle herum.

»Aber Kali muss mitgehen«, stellte er seine Bedingung. »Keine Kali, kein Gratiseintritt. Außerdem kann ich euch mal meine Jungs vorstellen.«

Gleichzeitig drehten sich die Köpfe von Nell, Serena und Violet zu mir. In ihren Gesichtern konnte ich eindeutig lesen, dass sie mir Grauenhaftes antun würden, wenn ich nicht mitkommen würde. »Du spielst nicht fair«, machte ich Alex an. »Gar nicht fair. Du denkst, nur weil du meine Freundinnen im Griff hast, stehe ich auch unter deiner Fuchtel.«

»Ich nehme das jetzt mal als Ja.«

Mein Bruder hatte mir angedroht, meinen Eltern davon zu erzählen, wenn ich Alex noch einmal treffen würde. Ich war mir sicher, dass Mom und Dad nicht besonders von meiner neuen *Bekanntschaft* angetan wären und mir wahrscheinlich auf der Stelle lebenslänglichen Hausarrest aufbrummen würden.

Zaghaft nickte ich. »Ich komme.«

Was würde schon so schlimm daran sein, *einmal* gegen die Regeln meiner Eltern zu verstoßen?

14. KAPITEL

ZWANZIG SEKUNDEN SIND KEINE MINUTE

Ich betrachtete mich nicht lange im Spiegel, schließlich wollte ich mich auf keinen Fall für Alex hübsch machen. Eine dunkle Jeans, ein normales schwarzes T-Shirt und schwarze Chucks, kein verführerischer Duft oder besonderes Make-up. Ich sah überhaupt nicht herausgeputzt aus und damit war ich vollkommen zufrieden. Er sollte nicht meinen, dass ich auch nur eine Minute an den Gedanken verschwendet hatte, mich für ihn herzurichten. Ich trug genau das, was ich meistens in der Schule trug. Als ich mein Zimmer verließ, warf ich noch einen kurzen Blick auf das rote Trägertop mit den schwarzen Pailletten in Form eines Totenkopfes, das vor meinem Kleiderschrank hing. Gut, vielleicht hatte ich gestern für zehn Sekunden ein geistiges Blackout erlitten, als ich mir überstürzt dieses Top für heute Abend gekauft hatte. Seufzend marschierte ich zum Schrank und riss das Kleidungsstück vom Haken, stopfte es in meine Umhängetasche und stampfte fluchend aus meinem Zimmer. Okay, ich hatte eben zwanzig Sekunden darüber nachgedacht, was ich anziehen soll. Zwanzig Sekunden waren aber keine Minute.

»Ich bin dann weg«, sagte ich zu meinen Eltern, die Hand schon auf dem Türknauf. »Ich komme morgen früh wieder.«

Meine Mutter sah von der roten Wohnzimmercouch auf und musterte mich ausführlich. Als sie kein Party-Outfit, keine

Handschusswaffen oder Dildos in meiner Hand entdeckte, atmete sie beruhigt aus.

Früher hatte sich Ian immer darüber lustig gemacht, dass ich, wenn ich älter sein würde, einmal wie meine Mutter aussehen würde. Heute war auch ich mir sicher, dass ich ihr einmal ähneln würde. Natürlich war das nicht gerade schlecht. Meine Mutter sah mit Mitte vierzig immer noch gut aus, auch wenn sie ihre silbernen Strähnen regelmäßig mit Haarfärbemittel verschwinden ließ.

»Warum gibst du Serena eigentlich abends Nachhilfe?«, mischte sich mein Dad ein, der dabei nicht von seiner Zeitung aufsah. Im Gegensatz zu Mom, die ihre Hände vors Gesicht geschlagen hatte, war ihm nicht einmal meine neue Frisur aufgefallen, bis Ian ihn mit dem Spruch darauf hinwies, dass ich aufgrund meiner neuerdings eingeschränkten Sicht wahrscheinlich alle drei Meter gegen einen Laternenpfahl knallen würde.

Im Fernseher lief irgendein Krimi, aber meine Eltern achteten nicht darauf.

Ich strich mir ein paar Strähnen aus der Stirn. »Serena meint nun mal, sie kann am besten am Abend lernen«, log ich und hatte sofort Gewissensbisse. »Ihr kennt sie doch. Man kann von ihr nicht gerade behaupten, dass sie nicht eigentlich in die Klapse eingeliefert gehört.« Mit mir, Nell und Violet, dachte ich. Und Alex.

Eigentlich war ich niemand, der gut lügen konnte, aber ich hatte mir die Sätze schon zurechtgelegt und jeden erdenklichen Dialog in meinem Kopf so oft durchgespielt, dass mir die Ausflüchte leicht über den Mund kamen.

Ich hätte meine Eltern eigentlich nicht anlügen müssen, aber ich wollte mir die Fragerei, weshalb ich plötzlich ins *Pulse* wollte, ersparen. Außerdem würde ihr erster Gedanke, wenn ich die Nacht über wegblieb, um *auszugehen*, sein, dass ich bei einem Jungen übernachtete.

Mit einem Fuß schon vor der Tür hörte ich, wie sich meine Eltern darüber aufregten, dass ich mich mit solchen Leuten abgab. Normalerweise würde ich so etwas nicht beachten, aber da ich wegen Alex dauerzickig war, konnte ich mir einen Kommentar einfach nicht verkneifen: »Weil sie verdammt noch mal die besten Freundinnen sind, die ich habe, wenn auch die einzigen. Ohne sie hätte ich Alex wahrscheinlich schon längst umgelegt.« Meine Hormone kicherten und fragten mich, an welches *Umlegen* ich dachte. Bald konnte ich mich wohl selbst einliefern, wenn diese zweideutigen Witze weiter meine Gedanken überschwemmten.

Da ich ohnehin schon viel zu viel verraten hatte, stürmte ich aus dem Haus und eilte zur Bushaltestelle.

Serena begrüßte mich umso herzlicher – nicht.

»Wie siehst du denn aus?«, kreischte sie und machte mit ihrem Finger vor meiner Nase herum. Sie deutete auf mein langweiliges Shirt und meine Jeans. »Serena und die anderen haben sich schon so was gedacht. So gehst du uns heute nicht aus.«

»Oh nein«, ächzte ich. »Oh nein. Nie, nie, nie wieder lasse ich mich von dir, Nell oder Violet umstylen.«

Ich musste an die Klassenfahrt in der Neunten, dem ersten Jahr mit Serena in unserer Clique, denken. Meine Freundinnen hatten mich geschminkt, und ich sah richtig gut aus, nur leider hatten wir einen Ausflug ins Hallenbad geplant. Der eigentlich wasserfeste Eyeliner war sofort verlaufen. Bis zum Ende des Tages sah ich aus wie eine Wasserleiche mit schwarzen Schlieren auf den Wangen, weil er nach dem Schwimmen plötzlich doch ziemlich wasserfest geworden war.

Serena schnaubte.

Ich begleitete sie auf ihr Zimmer, in dem Nell und Violet schon warteten. Selbst Nell, die eigentlich nie in etwas anderem als Band-T-Shirts rumlief, trug ein figurbetontes Shirt mit einer Fledermaus drauf. Violet trug ein trägerloses Top in Helllila und dazu einen langärmligen Bolero. Was mich dazu brachte, vor Schreck ein wenig zurückzuweichen, war das Glätteisen in Nells Hand und dass Violet drei verschiedene Lipgloss in der Hand hielt.

»Weicht, ihr Kreaturen des Bösen«, rief ich aus und formte wie Van Helsing mit den Fingern ein Kreuz. »Kommt mir nicht zu nah.«

Nell klagte leise, murmelte etwas von »Nie wieder Dracula« und warf das Glätteisen auf Serenas gelbe Bettdecke. »Was zu trinken?«, fragte sie und reichte mir ein buntes Plastikglas. »Das ist *Eristoff Ice*, Zoey. Nimm einen Schluck.«

»Warum?«

»Vertrau uns mal«, wandte Violet ein. »So etwas nennt man Vorglühen und …«

»Ich bin nicht dumm«, bellte ich.

»Prösterchen!« Serena stieß mit ihrem Glas an. »Auf Ex oder nie wieder Sex!«

Ich verzog das Gesicht, aber leerte das Glas in einem Zug.

»Und, bist du entspannter?«, fragten mich die drei fast synchron. »Können wir dich jetzt schminken?«, wollte Nell wissen und zückte einen Pinsel.

»Warum denn nicht?«, nuschelte ich. »Ich setz mich aufs Bett, und ihr tut, was ihr nicht lassen könnt.«

Ich hüpfte brav aufs Bett und ließ mich auf die Decke fallen.

Meine Freundinnen zogen ihre Waffen, ich meine, ihre Schminkutensilien.

»Warum tut ihr das überhaupt?«, fragte ich.

»Acid mag dich«, sagte Serena und strich mit einer Bürste durch meine Haare. »Wir sind der Überzeugung, dass es ein gutes Zeichen ist, wenn Acid, auf den die meisten Mädchen zulaufen, als wäre er ein Schuh-Ausverkauf, jemandem wie dir nachläuft.«

»Er will mich doch nur flachlegen«, sagte ich und schüttelte den Kopf. »Und danach wird er mich nie wieder ansehen. Nie wieder!«

Violet fluchte und begann mit dem Abschminktuch den verrutschten Eyeliner-Strich wegzuwischen.

»Glaubt mir«, ich erhob drohend den Zeigefinger, »jemand wie Alex hat keine Gefühle. Sein faustgroßer Muskel, den manche als Herz bezeichnen, pumpt statt Blut Whiskey durch seine Adern.«

»Würde es dir denn gefallen, wenn Alex Gefühle für dich hätte?«, fragte mich Nell.

»Leute, nur weil ich ein wenig angetrunken bin, will ich euch gerade nicht die Fingernägel ausreißen, aber ich bin nicht dumm. Ihr könnt mich nicht ausfragen.«

»Außerdem haben Serena und die anderen dich doch lieb, Zoey«, sagte Serena und begann meine Nägel in einem dunklen Rot-Ton zu lackieren. »Wenn Serena und die anderen Probleme mit Typen hatten, hast du Serena und den anderen auch immer zugehört.«

»Oder du hast es dem Scheißkerl heimgezahlt, nachdem er sich von uns getrennt hat«, merkte Nell an. »Ich bin dir auf jeden Fall für immer dankbar.«

»Du hast Serena und die anderen bei dir übernachten lassen«, zählte Serena auf, während sie einen Nagel lackierte. »Du hast dir Herzschmerz-Horrorfilm-Marathons angetan.« Sie färbte einen weiteren. »Du hast einem Arschloch sogar ein Bein gestellt.«

Ich erinnerte mich vage daran, dass ich das bei Nells Ex gemacht hatte, weil sie nach der Trennung total am Boden zerstört war. »Fertig!«, sagte Violet. »Mehr mache ich nicht.«

Meine Freundinnen zerrten mich aus dem Bett, nicht ahnend, dass es mir eigentlich gut ging. Ziemlich gut.

Ich war nicht betrunken. Ich war vollkommen entspannt, wie sie gesagt hatten.

»Bevor du uns einen Kopf kürzer machst«, Violet stellte sich vor den Spiegel, »wollen wir noch sagen, dass du wunderschön bist und sicher nicht willst, dass deine Jeans Blutspritzer abbekommt.«

»Spiegel«, grollte ich.

Sie huschte zur Seite und ließ mich in den Spiegel blicken.

»Ihr habt ein Monster aus mir gemacht!«, brüllte ich. Ich stand kurz davor, den Spiegel einzuschlagen, bis mir einfiel, dass es ziemlich wehtun würde. Viel zu schmerzhaft für eine Show.

»Du bist hübsch, findet Serena.« Serena legte mir die Hände auf die Schultern. »Acid wird dich ...«

»Spar dir die Worte, ich weiß, was du sagen willst«, knurrte ich und fummelte an meinen Haaren herum.

Sie schlug mir auf die Finger und hüllte mich in eine klebrige Wolke aus Haarspray. Ich hustete, aber zur Sicherheit sprühte sie mir noch eine zweite Portion auf den Kopf.

»Ich brauch jetzt was zur Beruhigung«, meinte Violet. »Zoey im betrunkenen Zustand zu schminken ist fürchterlich!«

Nell und Serena nickten und verließen das Zimmer. »Aber nicht das Make-up zerstören«, warnte mich Violet noch. Sie nahm zur Sicherheit die Abschminktücher mit. »Und komm nicht auf die Idee, deinen Kopf in Serenas Aquarium zu stecken.«

»Verschwindet!«, verscheuchte ich sie. »Ich muss mit der Lage erst mal klarkommen. Krisenintervention und so.«

Als sie verschwanden, lächelte ich mein Spiegelbild an. Violet hatte eine großartige Leistung vollbracht. Mein Make-up sah aus wie gephotoshopt: schwarzer Eyeliner, schwarze Mascara, hellroter Lidschatten und schöne glänzende Lippen.

Du veränderst dich bereits. Plötzlich tauchten Alex' Worte wieder in meinem Kopf auf.

»Na und?«, fragte ich. Ich ging zu meiner Tasche und zog das rote Trägertop heraus. »Hauptsache, ich persönlich habe nur zwanzig Sekunden darüber nachgedacht, mich für Alex hübsch zu machen. Den Rest haben meine Freundinnen übernommen.«

15. KAPITEL

TANZEN, SAUFEN UND ALLES ANDERE … VERGESSEN?

Das *Pulse* war einer dieser Läden, bei denen ich mich wunderte, dass es ihn überhaupt noch gab. Früher war der Club einmal ein Ärztehaus gewesen, bis das leer stehende Gebäude vor zwanzig Jahren verkauft und nach ein paar anderen Verwendungszwecken – Secondhand-Laden, Videothek und Duftkerzen-Shop – vor vier Jahren zu einem Szeneclub wurde. Mich wunderte es wirklich, dass die Disco genug Geld einnahm, um bestehen bleiben zu können.

Über der großen, breiten Tür prangerten in rotem Neonlicht der Name des Clubs und daneben ein gebrochenes Herz. Wirklich … klischeehaft.

»Zoey, warte«, sagte Violet und berührte mich an der Schulter. Sofort blieb ich stehen und drehte mich zu den dreien um. »Wir müssen dir noch etwas sagen.«

Eigentlich erwartete ich, dass sie mir wegen Alex gut zureden und mich bitten würden, möglichst nett zu sein – oder ihn wenigstens nicht ernsthaft zu verletzen. Stattdessen holte sie ein Stück Papier aus ihrer dunkelvioletten Handtasche und streckte mir den Wisch entgegen. »Falls Acid irgendetwas zu deinem Aussehen sagt, erklärst du dich mit dem Unterzeichnen dieses Schreibens bereit, weder mir noch Serena oder Nell etwas anzutun.«

Ich wollte über Violets Witz lachen, doch als ich den Zettel auffaltete, stand dort tatsächlich, dass ich im Falle eines Falles meinen Freundinnen nichts antun durfte. Als würde ich den Menschen, die ich am meisten liebte, etwas tun ...

»Falls du gegen die Regeln *verstöst*«, las ich laut vor. »›Verstößt‹ schreibt man übrigens mit scharfem S, Violet«, verbesserte ich meine Freundin. »Sehen wir uns gezwungen, Acid zu erzählen, dass du ihn liebst.« Ich ließ das Blatt sinken und funkelte meine Freundinnen wütend an. »Ist das euer Ernst? Und glaubt ihr wirklich, dass euch Alex abkaufen würde, dass ich ihn ...« Ich wagte das Wort *lieben* nicht einmal auszusprechen.

»Das ist Serenas und der anderen voller Ernst«, erklärte Serena. »Seit Acid in der Klasse ist, bist du dauergereizt. Serena und die anderen, wir wollen uns nur absichern.«

Ich murrte. »Gebt mir einen Stift.«

»Hier!« Nell wedelte mit ihrem rosa Glitzerstift mit Erdbeergeruch herum. Ich war zwölf, als ich zum letzten Mal mit so etwas geschrieben hatte. Nell allerdings hatte eine Vielzahl solcher Stifte, Glitzerstifte und Textmarker, mit allerlei Gerüchen, so dass ihre Mappe immer nach Obstsalat roch.

Ich knallte das Papier gegen die Mauer des Clubs, dass der Putz nur so herunterrieselte, und unterzeichnete den dämlichen Vertrag.

Als wir den Club betraten, musste ich feststellen, dass mich Alex gelinkt hatte: Man musste an dem Abend generell keinen Eintritt zahlen. Geizig war der werte Herr Rockstar also auch noch!

Mit einer Mordswut im Bauch – ich wusste nicht, ob sie wegen des Eintritts ausgelöst wurde oder weil ich dauernd an ihn denken musste – stampfte ich mit meinen Freundinnen im Schlepptau auf Alex zu, der im hinteren Bereich mit seiner Band rumhing, wie Serena mir gesagt hatte.

Unglaublicherweise schlichen keine Mädchen wie Motten um eine grelle Lampe um Alex herum, wie ich es gewohnt war. Bis jetzt – weil ich diesen Part ja unbedingt selbst übernehmen sollte.

»Kali!« Mit einer geschmeidigen Bewegung stand Alex von der schwarzen Ledercouch auf. »Und ihre Freundinnen.«

Als er mich begrüßte, richteten sich die Blicke seiner übrigen vier Bandmitglieder auf mich. Ich erkannte einen Typ mit schneeweißem Haar, der mir bereits beim ersten Konzert aufgefallen war. Wie Violet vergaß man eben Leute mit einer seltsamen Haarfarbe nie.

»Hey, Acid!«, quietschten meine Freundinnen, während ich ein einigermaßen nettes »Hey« knurrte.

Ich konzentrierte mich bewusst auf Alex' faltenfreie Stirn: Er sah wieder viel zu verlockend aus. Die obersten Knöpfe seines schwarzen Hemds waren natürlich nicht zugeknöpft und entblößten seine nackte weiße Haut, die ein schwarzes Schriftzeichen-Tattoo schmückte. Ein schwarzes Lederband zierte seinen Hals und ein breiteres Band sein Handgelenk. Seine schwarze Jeans schmiegte sich an seine schlanken Beine.

»Hmmm ...« Alex kam mir sehr nahe. So nahe, dass ich wieder das Zedernholz riechen konnte. Er beugte sich zu mir herunter. »Make-up und ganz passabel gekleidet? Hast du das für mich gemacht, meine kleine Kriegsgöttin?«

Meine kleine Kriegsgöttin ... Mir lief bei diesen Worten ein kleiner Schauer über den Rücken. Alex nannte mich selten so, nur hin und wieder bei Facebook, wenn er mir ein neues Lied postete.

»Nein, habe ich nicht«, knurrte ich und zupfte an meinen Klamotten und an meinen Haaren, als würde mir nicht gefallen, wie ich aussah. Oder als würde mir nicht gefallen, wie Alex mich mit seinen wunderbaren blauen Augen musterte und seine Lippen sich zu einem unwiderstehlichen Grinsen verzogen. Verdammt, habe ich gerade verträumt über Alex nachgedacht? Gut, demnächst würde ich einfach keine Liebesromane mehr lesen. »Meine Freundinnen haben das aus mir gemacht«, sagte ich mit angewidertem Gesichtsausdruck. »Ich sehe schreeecklich aus.« Okay, vielleicht übertrieb ich es mit dem lang gezogenen *schrecklich*.

»Wenn du es sagst, Kali.« Alex zuckte mit den Schultern. Eigentlich wollte ich hören, dass ich gut aussah! Äh, nein, wollte ich nicht ... oder etwa doch?

»Kali inklusive ihrer Mädels, das ist meine Band.« Er deutete auf den bunten Haufen. Na ja, bunt waren sie nicht gerade, sie trugen hauptsächlich Schwarz. »Also, der Reihe nach.« Er begann bei dem Typen mit den weißen Haaren. »Das ist Snow, aber du kannst ihn gern Craig nennen. Wir wollen ja nicht, dass du von jedem den Ausweis verlangst, nicht, Kali?« Ich knurrte, aber Alex fuhr unbeirrt fort. Als Nächstes kam Snake, den man anscheinend aufgrund seiner grünen Augen und der Piercings, die man als *Snakebites* bezeichnete, so nannte. Wie Alex würde ich ihn aber nicht bei seinem Spitznamen, sondern nur Simon nennen. »Er ist erst seit kurzem unser Bassist«, fügte Alex hinzu. Der Dritte in der Reihe war Michael alias Spike. An seinen blonden kurzen Haaren und seiner egozentrischen Ausstrahlung sah ich einige Parallelen zu Spike aus der Serie *Buffy*. »Und das ist Black. Auf seinem Ausweis steht allerdings *Kyle*.« Kyle schien mir von allen Bandmitgliedern am freundlichsten. Der ganz in Schwarz gekleidete Junge mit den dunklen Augen und den schwarzen Haaren winkte mir zu. Bis mir auffiel, dass er eigentlich Violet, die hinter mir stand, meinte.

»Nennt mich Zoey«, machte ich mit meiner lauten Stimme sofort klar. »Und das sind meine Mitinsassen in der Irrenanstalt: Nell, Violet und Serena.«

Statt die anderen zu grüßen, kicherten meine Freundinnen nur.

»Das ist Kali«, verkündete Alex. Er wollte einen Arm um meine Schulter legen, aber ich warf meinen Kopf in den Nacken. »Wie ihr merkt, sollte man möglichst nicht in ihre Nähe kommen, wenn man am Ende des Tages noch alle Körperteile haben will.«

Simon kicherte leise. »Ist das auch die, die dich gebissen hat?«

»Alex!«, fuhr ich ihn an. »Ich dachte, du erzählst niemandem von unserem Kuss!«

»Meine Bandmitglieder sind meine Freunde«, sagte Alex. »Die drei Kichererbsen wissen doch auch davon.«

»Ist doch nicht so wild, Schätzchen.« Simon nippte an einem Glas mit bernsteinfarbener Flüssigkeit. »Glaub mir, Acid braucht ein Mädel wie dich. Am besten, du schlägst ihn demnächst mit einer Peitsche aus. Ich glaube, das würde ihn glücklich machen.«

»Oh, keine Sorge. Zoey wird das machen«, versicherte ihm Nell. Sie legte ihre Hände auf meine Schultern. Ich wusste, dass sie hinter meinem Rücken Simon angrinste. Ich wusste, dass sie mit ihm flirtete. Ich glaubte, ich müsste kotzen! »Ich bin mir sicher, dass meine Freundin am liebsten …«

»Aus!«, unterbrach ich. »Soll das hier zu einer SM-Stunde ausarten?«

Mein Blick glitt zu Alex, der auch nicht gerade begeistert aussah. Im Gegenteil, der Blick, den er Simon zuwarf, erinnerte mich an meinen Todesblick.

»Du bist echt ein Arschloch, bester Freund, dem ich ganz nebenbei auch noch eine Behausung biete. Ich hol mir jetzt eine Kippe«, sagte Alex. Noch bevor ich ihm nachsehen konnte, war er verschwunden. Ohne ihn kam ich mir irgendwie allein vor – so komisch das auch klingt. Nell hatte sich zu Simon auf die Couch gesetzt, ebenso wie Violet zu Kyle. Nur Serena blieb bei mir stehen und funkelte das Bandmitglied mit dem Schlangennamen böse an. Hatte ich da etwas verpasst?

»Ich geh kurz aufs Klo«, sagte ich zu Serena. »Wenn ich bis zu Alex' Show nicht wieder da bin, habe ich es geschafft, mich die Toilette runterzuspülen. Russland, ich komme!«

Komischerweise nickte Serena, anstatt sich über meine Abneigung gegenüber dem Konzert aufzuregen. Noch nie hatte ich bei ihr so einen Blick gesehen.

Da ich mich nicht auskannte, tapste ich blind durch die Menschenmasse aus Emos, deren Geschlecht man wegen des Stylings oft nicht auf den ersten Blick erkennen konnte. Ich war heilfroh, als ich endlich einen unbeleuchteten Gang fand. Viel erkannte ich an den Wänden zwar nicht, aber sie waren unglaublich bunt mit Bandfotos, Logos und sogar Lyrics geschmückt.

Eine Tür zog sofort meine ganze Aufmerksamkeit auf sich. Auf dem Foto erkannte ich Alex' Gesicht, nur dass er ein paar Jahre jünger aussah. Auch die anderen Typen aus seiner Band waren vertreten. Oder auch nicht? Ich entdeckte zwar Craig, Kyle und Michael, aber keinen Simon, dafür einen Jungen mit schwarzem Haar, der Alex ziemlich ähnelte. Neugierig öffnete ich die Tür.

Ich hatte mich darauf vorbereitet, dass sie verschlossen sein würde, aber sie war es nicht. Oder sollte ich sagen, zum Pech?

Denn Alex saß auf einem alten, schwarz lackierten Tisch, eine Zigarette zwischen den Fingern, und starrte vor sich hin. Allein dieser Anblick ließ mein Herz schneller schlagen – aufgrund des Schocks selbstverständlich.

Als er aufsah, stahl sich wieder ein Grinsen auf seine Lippen. »Kali? Sehnst du dich so nach mir, dass du nicht einmal fünf Minuten allein sein kannst?«

»Ach, halt doch die Klappe«, fuhr ich ihn an. »Ich habe die Toilette gesucht.«

»Und da platzt du ausgerechnet in das Zimmer, an dessen Tür unser Band-Foto hängt?«

Ich zuckte mit den Schultern. »Ja, erklärt doch alles. Scheiß-Band ist gleich Toilette. Ich dachte, das wäre so ein kniffliger Hinweis wie bei *Sakrileg* oder *Illuminati*.«

»Oh, das hat mich jetzt wieder verletzt.« Er drückte die Zigarette auf dem Tisch aus. »Was suchst du wirklich hier?«

»W. C.« Ich betonte die zwei Buchstaben. »Glaubst du, ich habe nach dir gesucht? Da liegst du vollkommen falsch.«

»Und warum regst du dich dann so auf?«, fragte er.

»Ich rege mich doch nicht auf!« Jetzt hatte ich endlich die Gelegenheit, Alex das zu fragen, was mir schon seit Dienstag auf der Zunge lag. »Warum hast du mich überhaupt eingeladen?«

»*And I came here to make you dance tonight*«, antwortete er. »*I don't care about my guilty pleasure for you. Guilty Pleasure* von *Cobra Starship*.«

»Soll das heißen, du hast mich nur aus Gaudi, wie man so schön sagt, eingeladen?« Ich ignorierte höflich, dass er mich als sein verhängnisvolles Laster bezeichnete.

Alex nickte. »Tanzen, saufen und alles andere vergessen. Genau das brauchst du, Kali, und genau deswegen habe ich dich eingeladen. Wie wäre es, wenn du einmal dein Gehirn abschaltest und dich entspannst?«

Ich schnaubte. »Du meinst, wie du? Der sein Gehirn andauernd außer Betrieb hat? Und mit *entspannen* meinst du, ich soll mit dir schlafen, oder was?«

»Bin ich so leicht zu durchschauen?« Alex rutschte vom Tisch runter und ging auf mich zu. Nur wenige Zentimeter trennten uns voneinander. Ich roch Zedernholz und Tabak, während mein Blick auf seinen hellrosa Lippen ruhte. »Ist dir deine Lage gerade bewusst?«

Das war sie mir: Ich und Alex waren wieder allein. In einer Ecke lagen zwei Matratzen, die ein schlechtes Sofa formten, und meine Gedanken spielten in einer Endlosschleife unseren Kuss ab, während meine Hormone mich anfeuerten, ihn zu küssen.

Ich befand mich in einer wirklich blöden Situation.

16. KAPITEL

GIBT ES KEINEN ANRUFJOKER?

Als ich noch in die Volksschule ging, trichterte die Lehrerin uns ein, dass man für das Leben und nicht für die Schule lernte. Trotzdem hatte ich nie gelernt, wie ich mich verhalten sollte, wenn ein äußerst attraktiver Typ mit mir allein in einem eklig nach Tabak riechenden Raum stand und ich an nichts anderes denken konnte, als ihn zu küssen. So etwas sollte man in der Schule lernen, nicht Mathematik, Englisch oder das andere Zeug! Das nutzte mir im Moment rein gar nichts. Bis auf ein wenig Biologie und Wahrscheinlichkeitsrechnung.

»Ja«, brachte ich atemlos hervor. »Die Lage ist mir nur allzu gut bewusst. Es besteht keine Nachfrage nach einem Aufklärungsversuch deinerseits.«

Alex' Mundwinkel zuckten leicht nach oben.

»Kali ...«, sagte er leise. »Ich liebe es, wenn du wegen mir rot wirst. Und ich liebe es, wenn du trotzdem noch so bissig bist.«

»Und ich hasse dich«, antwortete ich.

Er kam noch einen Schritt näher, so dass unsere Körper sich beinah berührten. Sein Blick war auf mich geheftet, ich fühlte mich nackt. Konnte Alex mir ansehen, dass ich Verlangen nach ihm hatte?

Töten, beziehungsweise verletzen, oder küssen? Was sollte ich tun? Alle drei Auswahlmöglichkeiten waren auf ihre Weise verlockend und gleichzeitig befriedigend für mich.

Für einen kurzen Moment schaltete ich mein Hirn ab und war deshalb nicht gerade überrascht, als ich meine Lippen auf Alex' Mund wiederfand – für so eine Aktion musste man wirklich hirnlos sein!

Für einen Augenblick war er verwirrt. Er wich ein paar Zentimeter zurück, doch dann spürte ich, wie sein warmer Körper mich gegen die Wand presste. Unwillkürlich schoss mir ein Diskussionsthema meiner Freundinnen durch den Kopf: Ob es wirklich erregender war, wenn der Junge einen beim Küssen gegen die Wand drückte? Jetzt konnte ich mitreden und sagen: Ja, das war es!

Was dachte ich da nur?

Während mich Alex küsste, suchte ich meine Umgebung nach Gegenständen ab, die ich ihm in eine schmerzempfindliche Körperregion jagen konnte. Aus den Augenwinkeln erkannte ich Drumsticks – zu leicht und zu stumpf –, eine CD – was sollte ich damit tun? Ihm die Scheibe an den Kopf werfen und *Headshot* rufen? – und einen Tisch – der war eindeutig zu schwer. Allerdings gefiel mir der Kuss ...

Alex war nicht schuld daran, dass unsere Lippen gerade miteinander verschmolzen. *Ich* hatte *ihn* geküsst! Meine Verteidigung war schließlich, dass sich mein Hirn spontan auf Kurzurlaub verabschiedet hatte.

Im Gegensatz zu unserem ziemlich braven Kuss in der Bibliothek war dieser viel drängender, und ich bekam die Befürchtung, dass er mir ebenfalls ewig in Gedanken bleiben würde.

Dann ließ Alex seine Zunge über meine Lippen gleiten. Ich konnte nichts anderes tun, als ihn einzulassen. Als sich unsere Zungen berührten, stöhnte ich auf und bemerkte, wie meine Knie weich wie gekauter Kaugummi wurden. Nur Alex, der sein

Knie zwischen meine Beine gedrängt hatte und mir zusammen mit der Wand festen Halt bescherte, verhinderte, dass ich auf den Boden knallte.

Zoey, wach auf!, sagte ich zu mir selbst. *Du bist schon wieder weich geworden. Zeig Alex, dass du trotzdem das festeste Gummibärchen bist, das es gibt!* Ich ließ meine Lippen an seinen Hals gleiten. Und biss fest zu.

Zwar hatte ich das Beißen schon einmal als Show-Akt gebracht, aber es drängte mich einfach danach, meine Zähne in sein Fleisch zu graben. Violet hatte mir zum letzten Mal einen Vampirroman angedreht.

Alex drückte sich ein paar Zentimeter zur Seite. Doch er war nicht böse, im Gegenteil, er sah äußerst glücklich aus.

»Was war denn das, Kali?«, fragte er, fast schadenfroh vor sich hin kichernd. Der Bissabdruck, oder Knutschfleck, an seinem Hals schien ihn gar nicht zu stören.

Ich gab keine Antwort, denn er wusste es genauso gut wie ich. Die dunkle Seite warb nicht mit Keksen, nein, sie warb mit etwas viel Verführerischerem für mich: mit Alex, der ausgesprochen gut küssen konnte. Warum war ich nur so leicht beeinflussbar? Ich verspürte sogar das starke Bedürfnis, mir einen Duft für Männer von *BOSS* zu kaufen, nur weil Jared Leto Werbung dafür machte. Und nein, ich fand Jared nicht nur heiß, weil er ein blauäugiger Rockstar war. Bei Jungs hatte ich nun wirklich keinen festgelegten Typ. Ich küsste Alex nur, weil meine Hormone befriedigt werden wollten. Und basta.

»Schwacher Moment«, gab ich zu. »Eigentlich wollte ich dir die Zunge abbeißen, aber leider hatte ich das vergessen. Zu deinem Glück!«

Ich war froh, dass ich an der Wand lehnte, weil ich mich immer noch wie etwas Wabbeliges fühlte.

»Wenn ich noch Zeit hätte«, er beugte sich wieder zu mir vor und flüsterte mir leise ins Ohr, »würde ich dich noch so weit bringen, dass du dich aus deinen Klamotten schälst.« Er richtete sich wieder auf. »Aber leider haben wir keine Zeit mehr.«

»Oder kriegst du im Moment keinen hoch?«

Ich war erstaunt, dass meine Schlagfertigkeit immer noch funktionierte, besonders in einem Moment, in dem meine Lippen geschwollen waren von diesem leidenschaftlichen Kuss. An Viren und Bakterien oder an die Krankheit, die ich mir womöglich durch ihn eingefangen hatte, wollte ich überhaupt nicht denken. Wenn ich sterben würde, dann wäre es mir lieber zu wissen, dass ich an einem leidenschaftlichen Kuss gestorben war, anstatt an Krebs oder weil Serena immer noch nicht vernünftig Auto fahren konnte.

Alex lachte schallend. »Ich hoffe wirklich, dass du diesen Humor nie verlierst, Kali.«

»Ich will, dass das unser Geheimnis bleibt«, verlangte ich, um das Thema zu wechseln. »Ich will nicht, dass du deinen Freunden etwas erzählst, weil sie sich offensichtlich gut mit meinen Freundinnen verstehen.«

»Warum?«, fragte er. »Es ist doch nicht schlimm, wenn deine engsten Freunde wissen, dass du mich zur Befriedigung benutzt. Ich mag es, benutzt zu werden. Jedenfalls für solche Sachen.«

»Du fragst wirklich, warum?« Ich riss die Arme in die Luft. »Wie schwer von Begriff bist du? Weil meine Freundinnen ohnehin schon viel zu viel in unsere Beziehung hineininterpretieren. Wenn du nur mit mir redest, habe ich keine ruhige Minute mehr, weil sie alle wissen wollen, über was wir uns unterhalten haben. Sie würden am liebsten wissen, wie oft du dabei eingeatmet hast.«

»Beziehung?« Alex' Augenbraue schoss augenblicklich in die Höhe. »Gut, dass ich auch einmal etwas von unserer Beziehung erfahre. Wir sind Freunde mit gewissen Vorzügen, oder? So eine Beziehung wollte ich schon immer!«

»Wir«, begann ich scharf, »sind gar nichts. Ich kann dich nicht leiden und du nervst mich andauernd. Du versuchst, mich auf die dunkle Seite zu ziehen, vielleicht schaffst du das im Moment auch ganz gut, aber ich habe keine Lust, mich wegen dir zu ändern. Du hast mich einmal geküsst und ich habe dich einmal geküsst. Wir sind quitt.«

»Nein.« In Alex' Augen blitzte ein Funken auf. »Es ist dir wichtig, dass nichts nach außen dringt. Alles klar, mir aber nicht.«

»Was willst du?«, fragte ich genervt. »Du willst bestimmt etwas im Gegenzug von mir.«

»Nichts Körperliches«, beruhigte mich Alex ein wenig. »Obwohl ja ... Es geht in die Richtung. Montag nach der Schule will ich, dass du mit mir wohin fährst, und Weiteres verschweige ich.«

»Muss ich dich für diese Sache anfassen oder mich ausziehen?«, fragte ich vorsichtig nach.

»Nein, außer du willst es.«

»Es erfährt niemand davon?«, fragte ich zur Sicherheit. »Egal was wir ... was ich mache?«

Komischerweise erfüllte mich beim Gedanken an Montag ein vorfreudiges Kribbeln. Das lag wahrscheinlich daran, dass ich mich darauf freute, es Alex heimzuzahlen.

»Und es ist nichts Perverses oder etwas, das mir schadet?«

»Es könnte dich weiter auf meine Seite ziehen.« Schon wieder funkelten Alex' Augen. »Du wirst es bald sehen, Kali.«

Und mit diesen beunruhigenden Worten auf den Lippen verließ er das Zimmer. Ich brauchte noch einige Minuten, um mich zu fangen. Als ich es endlich schaffte, mich aus dem Raum zurück zu meinen Freundinnen zu schleppen – ich war ja immer noch Pudding –, hatte Alex bereits das Mikro in der Hand und sang laut, während all meine Freundinnen – bis auf Serena – begeistert mitsangen.

Demnächst musste ich Serena unbedingt fragen, woher ihre Abneigung gegen Simon kam, aber im Moment kam sie mir alles andere als redebereit vor.

»Zoey!« Als Violet mich sah, winkte sie mich zu sich rüber. »Was hast du mit deinem Lippenstift gemacht?«

Verdammt! Durch den Kuss war er sicherlich verschmiert und hatte mir das Aussehen eines Emo-Clowns verliehen.

»Ich bin mit Vollgas gegen die Tür gerannt«, sagte ich als Entschuldigung. »Dabei hab ich alles verschmiert.«

»Ah«, sagte Violet. »Aber du bist gar nicht verschmiert.«

Hatte mir Alex tatsächlich den Lippenstift von den Lippen geschleckt? Und meine Freundinnen behaupteten immer, ich wäre krank, weil ich einmal einen Labello mit Kirschgeschmack gegessen hatte, als ich dreizehn war.

»Weil ich mir alles mit Toilettenpapier abgewischt habe.«

Zwar sah mich Violet noch an, als wäre ich allein durch den Geruch von Alkohol betrunken geworden, sagte aber nichts weiter.

Ich sah zu Alex auf der improvisierten Bühne hoch – mein! Knutschfleck leuchtete leicht violett unter seinem Hemd hervor.

17. KAPITEL

ZOEYS NEUES HOBBY: GESINDEL KÜSSEN

»Serena findet, dass du langsam verrückt wirst«, sagte ausgerechnet die Freundin, die immer in der dritten Person von sich sprach. »Muss Serena Angst um deine geistige Gesundheit haben?«

Mit einem lauten Knall schloss ich meinen Spind. Nicht aus Wut, sondern weil das Drecksding schon so alt und verrostet war, dass es keine Streicheleinheiten mehr benötigte. Durch die schwarze Sonnenbrille erkannte ich Serenas Umrisse zwar nur schemenhaft, aber ihre zusammengekniffenen Augen wären selbst einem Blinden aufgefallen.

»Muss ich Angst um deine haben?«, fragte ich. »Du hast mir noch immer nicht erzählt, warum du Simon am Samstag so angesehen hast wie ich Alex immer.«

»Du meinst, als würde Serena Simon gleich in eine Ecke ziehen und ihn vergewaltigen?«

»So sehe ich Alex nie an!« Meine Finger verkrampften sich noch mehr um das schwarze Tuch in meiner Hand. »Ich hasse Alex. Das wird sich nie ändern.« Auch nicht jetzt, da ich ihn aus eigenem Antrieb geküsst hatte. Er war eben immer in der Nähe, wenn der Drang, jemanden zu küssen, über mich herfiel, und ich hatte nun mal keine Lust, eine Wand abzuknutschen. Mehr war da nicht.

»Wenn du meinst.« Serena zuckte nur mit den Schultern. »Und …«, sie biss sich auf die Lippen und sah mich mit großen blauen Augen an, »... Serena tut es leid, dass sie dich gestern so schlecht behandelt hat! Serena hätte dir sagen sollen, dass sie wegen Snake so wütend ist. Serena schwört, dass sie dich nicht mehr ohne Grund anschreit.«

»Jeder ist doch manchmal wütend«, erwiderte ich unglaublich freundlich für meine Verhältnisse. »Ich nehme es dir nicht übel, dass du mich angeschrien hast, als ich dich gefragt habe, woher Alex den Knutschfleck hat.« Ich hatte meine Freundinnen darauf mit gespielter Empörung aufmerksam gemacht. So wollte ich sichergehen, dass ich mich später nicht verriet. Wenn sie mich auf die dunkelvioletten Flecken an Alex' Hals angesprochen hätten, hätte ich wahrscheinlich herumgestottert und wie eine Irre über einen nicht existierenden Witz gekichert.

»Acid ist eben genauso wie Snake«, regte sich Serena laut auf. Ein klein wenig ängstlich musste ich beobachten, wie ihre schwarz gefärbten Nägel einen dunklen Kratzer auf dem Spind hinterließen, als sie ihre Finger wütend über den Kasten fahrenließ. »So sind Jungs nun mal. Sie brechen ein Herz nach dem anderen. Und dann erinnern sie sich nicht mehr an dich.«

»Du hattest was mit Simon?«, kreischte ich. Ich hatte zwar fast kein Wort mit dem Bassisten von Alex' Band gewechselt, aber er hatte sich anscheinend sehr gut mit Nell verstanden. Jetzt wusste ich wenigstens, warum Serena darauf bestanden hatte, nach dem Konzert, sobald es ging, abzuhauen und mich am Sonntag schon frühmorgens bei meinen Eltern abzuliefern. Normalerweise bestand sie darauf, mit mir alle möglichen Klatschgeschichten zu diskutieren, so dass ich üblicherweise nicht vor zwei Uhr nachmittags nach Hause kam.

Serena schnaubte, aber das war Antwort genug.

»Gut, lassen wir das Thema.« Ich band mir das schwarze Tuch um den Kopf.

»Warum verkleidest du dich?«

Serena deutete auf die Sonnenbrille, das Tuch und auf eine schwarze Jacke, die eigentlich Ian gehörte, die ich mir aber für heute ausgeliehen hatte. Ich sah fast aus wie ein Typ. Hm, vielleicht könnte ich Alex dazu bringen, mich in der Öffentlichkeit zu küssen, so dass Gerüchte über seine sexuelle Ausrichtung die Runde machen würden? Er hätte es auf jeden Fall verdient.

Ich wollte nicht, dass jemand – mein Großvater – sah, dass da etwas zwischen mir und Alex war.

Als ich ihn das eine Mal mit nach Hause genommen hatte, hatte ich darauf geachtet, dass er mir mit genügend Abstand folgte.

»Ich habe eine Wette mit Violet verloren«, log ich und hoffte, dass Serena unsere Freundin nicht danach fragen würde. »Ich muss heute *so* mit dem Bus fahren.«

»Aha. Na gut, Serena muss jetzt nach Hause.« Zum Abschied drückte sie mich noch einmal fest. »Wir sehen uns morgen.«

Jetzt, da Serena endlich abgehauen war, hoffte ich, dass niemand mich erkennen und erfahren würde, dass Zoey mit Alex einen Nachmittag verbringen würde.

»Zoey!« Sofort zuckte ich zusammen. Es war nicht Alex' Stimme oder die von Nell oder Violet. Ich drehte mich um, nahm die Sonnenbrille ab und setzte ein falsches Lächeln auf. »Hallo«, sagte ich zu meinem Großvater. »Was gibt es denn?«

Okay, er gehört zur Familie. Meine Verkleidung war viel zu gut, als dass mich jemand anders erkennen würde.

Er musterte mich kurz mit einem erstaunten Blick, bevor er anfing mir ein unglaubliches Angebot zu machen: »Bist du noch daran interessiert, Schulsprecherin zu werden?«, fragte er.

Mir blieb die Luft weg. Letztes Jahr hatte ich meinen Großvater auf Knien angebettelt, Schulsprecherin werden zu dürfen, obwohl sich nur Schüler aus der zwölften und der dreizehnten Klasse für dieses Amt bewerben durften.

»Oh ja!«, schrie ich. »Ich würde wirklich …«

Plötzlich vernahm ich ein lautes Räuspern in der Nähe. Als ich nicht darauf reagierte, verwandelte es sich in einen vorgetäuschten Hustenanfall.

»Alex«, bemerkte ich.

Ich neigte den Kopf zur Seite und erspähte Alex, der lässig am Eingang lehnte und auf mich wartete. Er war heute nicht zur Schule gekommen, aber ich hatte geahnt, dass er mich trotzdem abholen würde. Und jetzt war er hier. Schnell sah ich weg, aber mein Gehirn hatte natürlich registriert, dass er absolut heiß aussah.

»Ich … äh, überlege es mir noch«, sagte ich. Mein Blick wanderte wieder zu Alex. »Ich muss los. Nachhilfe.«

Meinem Großvater war nicht entgangen, dass ich immer und immer wieder zu Alex geschaut hatte.

»Alexander Seidl«, sagte mein Großvater gedehnt. Zum ersten Mal sprach jemand in meiner Nähe Alex' ganzen Namen aus. Er beugte sich zu mir herunter und flüsterte: »Es wäre besser, wenn du dich nicht mit diesem Gesindel abgibst.«

Es ist zu spät, wollte ich schon fast sagen. Ich küsste das Gesindel die ganze Zeit und hatte ganz unfeine Gedanken über ihn. Zum Glück wurde man heutzutage nicht mehr geköpft, nur weil man sich mit jemandem aus der untersten Schicht einließ ... Warte mal, ich hatte doch noch ... äh, ich hatte nichts mit Alex!

»Ich bin doch nur nett zu ihm«, sagte ich mit falscher, süßer Stimme. Unglaublicherweise hatte ich keine Schuldgefühle, als ich meinen Großvater anlog. »Auch die unterbelichteten Schüler sollten die Möglichkeit haben, Nachhilfe zu bekommen.« Das entsprach der Wahrheit.

Mein Großvater nickte.

Während ich auf Alex zumarschierte, kreisten altbekannte Gedanken in meinem Kopf: *Ich köpfe Alex mit einer Axt, aber erst nachdem ich ihn geküsst habe, und dann häkle ich einen Schal aus seinen Gedärmen, aber erst nachdem unsere Lippen sich erneut berührt haben ...* Irgendetwas stimmte nicht mit mir. Und ich meinte nicht die Mordgedanken. Die hatte ich ja immer.

»Oh, Kali, küsse ich so schlecht, dass du zu einer Klischee-Lesbe geworden bist?« Er griff nach meiner Jacke. »Oder hast du in Erfahrung gebracht, dass ich nur auf ziemlich feminine Frauen und auf dich stehe?«

Als er den letzten Satz aussprach, setzte mein Herz einen Moment aus. Alex stand auf mich?

Das sagt er, um dich zu verführen, meldete sich mein Verstand.

»Das weiß ich«, rügte ich mich selbst. »Ich habe mich nur wegen dir so verkleidet. Ich will nicht, dass jemand sieht, dass ich mit dir etwas unternehme.«

»Oh ja, das Blitzlicht der Paparazzi ist echt hell.« Er löste sich von der Wand und ging von der Schule weg. Ich folgte ihm brav, die Sonnenbrille im Gesicht, und hoffte, dass niemand mich sehen würde. Glücklicherweise war der Schulhof wie leer gefegt.

Alex führte mich zum Schülerparkplatz. »So, Kali, ich fahre mit …«

Ich konnte mir einen Lachanfall einfach nicht verkneifen. Als ich mich wieder einkriegte, standen mir Lachtränen in den Augen.

Alex knurrte. »Was ist denn los?« In seiner Stimme schwang Kränkung mit. »Sag jetzt nicht, es ist wegen dem.«

Vor mir stand ein kleiner, schwarzer Roller, auf dem gerade so zwei Leute Platz nehmen konnten. Ich hatte den Leichenwagen, den Alex' Band als Tourbus missbrauchte, oder ein Motorrad erwartet, möglicherweise auch ein ganz normales Auto, aber sicher keinen Roller, wie Nell einen fuhr. Am Schlüssel baumelte als Krönung der Lächerlichkeit eine schwarze Stofffledermaus.

»Ach, ist der süß!«, kicherte ich und tätschelte den Roller. »Bist du bei den *Hells Angels*?«

Alex schnaubte. »Ich kann mir nicht mehr leisten«, sagte er. »Und was fährst du, Kali? Ach warte, ich habe vergessen, dass dich die Männer in Weiß immer in deiner hübschen weißen Zwangsjacke mit dem weißen Auto, das *Tatütata* macht, herumkutschieren.«

»Der Spruch war gut«, lobte ich ihn.

Seine Augen funkelten wie am Samstag, nachdem er mich geküsst hatte. Wie ich es erwartet hatte, verspürte ich immer noch das dringende Bedürfnis, meine Lippen auf seinen Mund zu pressen und vielleicht mal … ein wenig … Alex hatte sicher einen ganz beneidenswerten Körper …

Ich schüttelte den Kopf, um die Gedanken zu verdrängen.

Ganz ruhig, dachte ich. *Meine Hormone werden sich schon wieder einkriegen, und dann kann ich Alex ansehen, ohne den Drang zu spüren, ihn zu berühren.*

Plötzlich stülpte mir Alex einen schwarzen Helm über den Kopf.

»Dein Kopf ist wichtiger als meiner«, erklärte er. »Außerdem bin ich mir sicher, dass du, wenn du demnächst stirbst, als Geist zurückkommst und mich terrorisierst. Ich habe keine Lust darauf, dass du deinen Kopf immer durch die Mauer steckst, wenn ich dusche.«

»Das würdest du bei mir doch auch tun.«

Alex stieg auf den süßen kleinen Roller. Ich schlang meine Arme um seinen ganz *passablen* Körper, schmiegte meinen Kopf an seinen Rücken und atmete die ganze Fahrt lang seinen Geruch, der sich in den Helm eingebrannt hatte, ein. Sein Helm war wie eine Bong, die man aufsetzen konnte. Nicht dass ich schon einmal Bong geraucht hatte. Ich war schließlich auch aufgeklärt, ohne jemals Sex gehabt zu haben.

»Was hast du jetzt eigentlich mit mir vor?«, schrie ich so laut, dass Alex es trotz des brummenden Motors hören würde.

Ich hörte, wie er leise lachte. »Heute, Kali, zeige ich dir, dass du ein ungeahntes Talent hast.«

18. KAPITEL
VERFALLSDATUM ÜBERSCHRITTEN

Ungeahntes Talent?

Was sollte ich denn schon für ein Talent haben? Meine Freundinnen meinten, dass ich die Gabe hatte, mich in allen erdenklichen Situationen zu blamieren. Natürlich war nicht jeder in der Lage, Sarkasmus und Ironie als Waffe zu benutzen, wie ich es tat, aber das hatte Alex bestimmt nicht gemeint. Bezog er sich vielleicht auf meine Fähigkeit, ihm körperlich zu widerstehen?

Als der Roller stehen blieb, hatte ich keine Lust, Alex loszulassen. Zwar konnte er nicht mit fast hundert Stundenkilometern durch die Straßen sausen wie ein gewisser großer Bruder und dadurch meine Knochen in Pudding verwandeln – das schaffte er nur mit seinen Küssen –, aber irgendwie war sein Rücken bequem, weich und warm. So bequem, dass ich nicht absteigen wollte. Ich stieß ein zufriedenes Seufzen aus – bis ich die Situation realisierte und so schnell es ging vom Roller steigen wollte, wobei ich seitlich hinunterfiel. Zum Glück dämpfte die Jacke meinen Sturz.

»Ach, Kali.« Ich hörte ein schadenfrohes Kichern in Alex' Stimme. »Für eine Göttin bist du ziemlich tollpatschig.«

»Haha.« Ich stand auf und schüttelte die Kieselsteine von Ians Jacke. Falls er mich auf das Loch im Ärmel ansprechen würde, würde ich sagen, dass es schon vorher da gewesen war – Vintage Style eben. Er suchte seine Klamotten ohnehin nicht nach einem Style aus. »Und für einen Rockstar fährst du einen lächerlichen Roller.«

Der Ausdruck in Alex' Gesicht bedeutete Satz und Sieg für mich. Ich blickte mich um. Wir waren kaum zwanzig Minuten mit dem Roller gefahren, aber ich hatte keinerlei Ahnung, wo wir waren. Da waren Häuser und Bäume – wir hätten überall sein können!

»Wo sind wir?«, fragte ich Alex.

Wir hatten vor einem etwas größeren, dreistöckigen blauen Haus geparkt. Aufgrund der Größe des Hauses, der drei Autos, die Alex' Roller noch lächerlicher aussehen ließen, und des großen Tors nahm ich an, dass der Besitzer einen Haufen Kohle hatte. Drogendealer? Ach nee, ich wollte doch lieber Klamotten shoppen gehen!

»Bei Snow«, antwortete er. »Er ist Mädchenhändler.«

»Der Witz war nicht gut.« Ich rollte mit den Augen. »Was hat Craig mit der Sache zu tun?«

»Das wirst du noch sehen.«

Ich jammerte, folgte Alex aber brav bis zur Haustür. Ähnlich wie ich immer drückte Alex die Klingel und ließ sie eine Minute durchgehend läuten, danach folgten noch mindestens zwanzig kurze Drücker.

»Acid, du Arsch!«, begrüßte uns Craig freundlich. »Einmal kurz auf den Knopf drücken reicht vollkommen. Du hirnloses Arschloch!«

Während sie sich freundschaftlich beschimpften, musterte ich Craig genauer. Aufgrund der weiß gefärbten Haare konnte ich nicht einmal sagen, ob er zwanzig oder schon an die dreißig war. Er war ziemlich heiß, auch wenn die Haarfarbe störend war, aber ich konnte ihn beim besten Willen nicht mit Alex vergleichen.

»Sorry!«, sagte Alex noch mal. »Aber ich habe mich immerhin angekündigt.«

»Ja, vor einer halben Stunde, als ich noch geschlafen habe«, grummelte Craig. Tatsächlich trug Craig nur ein schwarzes T-Shirt und eine Boxershorts; seine Haare sahen nach Frisch-aus-dem-Bett-gestiegen aus. »Was gibt es denn so Dringendes?«

»Ich muss ins Studio«, sagte Alex und zeigte auf mich. »Sie wird singen.«

»Ich werde *was*?«

Als Alex gesagt hatte, dass ich wahrscheinlich wunderschön singen konnte, glaubte ich an einen dummen Scherz. Nell hielt meine Stimme für – und das waren wirklich ihre Worte! – *die gesammelten Schreie der leidenden Seelen im Fegefeuer*.

Gut, vielleicht kreischte ich zu viel herum und versuchte gar nicht richtig, die Tonlage zu treffen.

»Ah, du bist Calley, nicht?«

»Zoey«, berichtigte ich ihn.

»Kali«, entgegnete Alex. »Sie glaubt nicht daran, dass sie singen kann.«

»Weil ich es nicht kann!«

Craig ließ uns ins Haus. Ich achtete nicht auf die Inneneinrichtung, sondern begann Alex anzumeckern. »Ich kann nicht singen! Du hast mich noch nie singen gehört! Es hört sich an, als würde man ein Schwein mit einem Kopfkissen ersticken, laut Violet.« Doch Alex ließ sich nicht von seinem Vorhaben abbringen. »Und was heißt hier Studio?«, wollte ich wissen.

Die Antwort erhielt ich, als Craig eine Tür aufstieß. Im Inneren des Raumes befand sich ein riesiges Pult mit allen möglichen Knöpfen und Lichtern. Hinter einer Glas- oder Plastikwand hing ein einsames Mikrofon von der Decke. Es sah sehr professionell aus, schwarzer Schaumstoff verkleidete die Wände. An einer

Wand lehnten ein paar E-Gitarren, ein Bass und einige Verstärker waren der Größe nach aufgestellt.

»Das Schlagzeug ist nicht aufgebaut, aber das braucht ihr sowieso nicht. Oder?«

Alex marschierte ins Zimmer und stieß prompt einen angewiderten Laut aus. »Snow!« Er bückte sich und nahm einen schwarzen BH zwischen Daumen und Zeigefinger. »Das ist eklig! Obwohl …« Mit angewidertem Gesichtsausdruck musste ich beobachten, wie Alex an der Unterwäsche schnupperte. »Hmm, gut gerochen hat sie aber.«

Craig seufzte und riss Alex den BH aus der Hand. »Mädels stehen auf das Studio.«

»Kali, fühlst du dich irgendwie sexuell erregt, nur weil du in einem Aufnahmestudio bist? Denk daran, dass du unter so etwas wie einem Eid stehst.«

Ich lief hochrot an. »Nein«, zischte ich. »Ich … fühl mich voll unerregt. Eigentlich abgestoßen. Gibt es hier Desinfektionsmittel? Ich möchte nachher darin baden.« Und das war nicht einmal gelogen. Da lag ein BH im Studio, alles Weitere, was zwischen der eigentlichen Trägerin und Craig abgelaufen war, konnte ich mir denken.

»Siehst du, Snow?« Alex schüttelte den Kopf. »Die stehen gar nicht drauf.«

»Doch«, beharrte Craig stur. »Die meisten lassen die Hüllen fallen, wenn sie erfahren, dass hier Bands wie *From Dawn To Fall*, *3 Feet Smaller* oder *Jerx* ihre Alben aufgenommen haben.« »Schon gut. Dann wird man hier eben total geil.« Alex ließ sich auf einen schwarzen Drehsessel vor dem Pult fallen. »Würde es dir etwas ausmachen, jetzt abzuhauen? Kali ist bei so etwas schüchtern.«

»Ja, ja.« Craig lächelte. »Ich mach sicherlich später keine verdächtigen weißen Flecke weg. Für so etwas hättet ihr nämlich auch ein Hotelzimmer nehmen können.«

Wahrscheinlich hörte er die Flut von Schimpfwörtern nicht, die Alex ihm nachrief, weil er schon die Tür hinter sich geschlossen hatte.

»Craig hat ein Aufnahmestudio?«, fragte ich.

»Sein Dad. Er arbeitet als Musikproduzent«, klärte er mich auf. »Snow ist schließlich erst siebzehn … siebzehn und elf Zwölftel, wie er immer beharrt. Und jetzt …« Er deutete auf die Tür. »Je schneller du deinen heißen Arsch dahin bewegst, desto früher kannst du wieder abhauen. Und das willst du doch, oder?«

Ich nickte. Zuerst lief ich gegen die Tür, weil ich wieder einmal Drücken mit Ziehen verwechselte. Als ich es endlich geschafft hatte, das Mikrofon zu erreichen, hatte ich mein gesamtes Fluch-Vokabular verbraucht.

»Welches Lied willst du singen?«, fragte mich Alex. Er beugte sich über das Pult und betätigte einige Knöpfe. »Ich würde dir *Sexting* von *Blood On The Dancefloor* empfehlen.«

»*Both Sides Of The Story*«, antwortete ich. »Von *We Are The In Crowd*. Die Lyrics sind noch passender als die von dem Song, den du meinst. Glaube ich.«

»Dann los, Kali.« Er deutete auf das Mikrofon. »Zeig, was du kannst. Denke beim Singen einfach an etwas, das zu dem Song passt.«

Innerlich bereitete ich mich darauf vor, mich vor Alex zum Gespött zu machen. Dann fing ich an zu singen und dachte dabei an ihn, denn er passte perfekt zu dem Song.

»You're not quite Satan, but I really think I hate you«, endete ich. Nach vier Minuten war es endlich vorbei. Ich öffnete meine Augen und erwartete, dass Alex mich entsetzt anschauen würde oder sich etwas in die Ohren gesteckt hätte, stattdessen lag wieder dieser interessierte Ausdruck in seinen blauen Augen.

»Das war gut, Kali«, sprach er in das Mikrofon, so dass ich es in dem abgeteilten Raum hören konnte. »Sehr gut.«

»Spar dir das!« Wütend lief ich durch die Tür zu ihm. »Dein Sarkasmus ist jetzt wirklich unangebracht.«

»Nein, nein, nein«, sagte er und lächelte immer noch über das ganze Gesicht. »Du bist noch viel besser, als ich gedacht habe.«

»Bin ich nicht ...« Ich wollte es erneut bestreiten, aber Alex hatte auf einen der tausend Knöpfe gedrückt und ich hörte zum ersten Mal meine Stimme *richtig*.

»Das ist meine Stimme?«, fragte ich ungläubig. »Ich ... ich bin gut!«

Alex nickte. »Sagte ich doch, Kali.«

Da noch ein zweiter Sessel in dem Raum stand, ließ ich mich darauf nieder. »Warum wolltest du, dass ich singe?«

»Wer weiß ...« Alex legte den Kopf schief. »Warum sollte der Sänger einer Band ein Mädchen mit guter Stimme aufnehmen?«

»Du willst, dass ich in deine Band komme?« Ich wusste nicht, ob ich mich darüber freuen oder entsetzt sein sollte.

»Ich will, dass du es dir überlegst.« Alex lehnte sich im Sessel zurück und faltete die Hände vor der Brust. Er wirkte wie ein Geschäftsmann, der einen Deal abschloss. »Eine weibliche Stimme würde uns sicherlich nicht schaden. Außerdem würde eine heiße Sängerin mehr Jungs und Lesben anziehen, so wie ich Mädels und Schwule dazu bringe, uns zu hören. Außerdem war unsere

Band früher im Post-Hardcore-Bereich anzusiedeln, aber dann … dann kam eine kleine Veränderung. Meine Stimme ist nicht für diese Musikrichtung geschaffen, aber für Pop-Punk oder Punk-Rock reicht es auf jeden Fall. Deine Stimme würde perfekt mit meiner harmonieren. Ich kann es schon förmlich hören.«

Mein Verstand drängte mich abzulehnen, aber stattdessen sagte ich, dass ich es mir überlegen würde. Nur um zu sehen, wie Alex grinsen würde.

»Du müsstest noch viel üben«, erklärte er mir. »Ein paar Töne triffst du nicht ganz so gut, während andere Songpassagen zeigen, dass du wirklich Talent hast. Natürlich musst du keinen Gesangskurs machen.« Er winkte mit der Hand ab. »Den hatte ich auch nicht und ich will keine perfekte Sängerin in meiner Band haben. Ich schwöre dir, deine Stimme ist wie gemacht für Live-Auftritte«, schwärmte er und in seinen Augen glänzte Vorfreude.

Ich musste lächeln. Der Rocker schien ehrlich begeistert von der Idee zu sein, mich in der Band zu haben.

»Darf ich dich mal etwas fragen?« Irgendwie schien mir gerade der perfekte Moment für diese Frage zu sein. Besonders, da Alex und ich wieder einmal allein waren. »Ich frage mich, ob …«

»Ja, das ist meine Naturhaarfarbe«, redete er dazwischen und fuhr sich durch die schwarze Mähne. »El naturell. Und die blauen Augen übrigens auch. Ich bin so gut aussehend geboren worden.«

Ich schüttelte den Kopf über sein Riesen-Ego und seine Selbstverliebtheit. »Warum willst du, dass man dich Acid nennt?«

Für einen Moment wurde er bleicher als sonst. »Ich zeige es dir«, meinte Alex nur und begann sein Shirt auszuziehen.

»Nein!«, quietschte ich sofort dazwischen. Ich hatte keine Lust, Alex nackt zu sehen. Meine Hormone waren ohnehin schon seine größten Fans und brauchten ihn nicht auch noch zu sehen, wie ein – natürlich nicht existierender – Gott ihn schuf. »Alex, lass das, du …« Ich verstummte augenblicklich, als ich bemerkte, was mir Alex zeigen wollte.

Die Haut an seiner linken Schulter und teilweise auf seiner Brust war rötlich und vernarbt, sie hob sich deutlich von seiner blassen Haut ab. Waren das alte Verbrennungen?

»Ich habe meiner Band gesagt, dass ich mit ätzenden Chemikalien gespielt habe, als ich noch ein kleiner Junge war, und deshalb diese Narben habe.« Noch nie hatte ich Alex so ernst erlebt. In seiner Stimme schwang kein Hohn oder Spott mit wie sonst. Bedächtig fuhr er über die teils tennisballgroßen fleckigen Narben. »Deshalb nennt mich jeder Acid. Sie denken, ich habe mich mit Säure verätzt, die ich aus irgendeinem Laden gestohlen habe.«

»Aber das stimmt nicht«, sagte ich. Ich konnte meinen Blick nicht von seiner vernarbten Haut losreißen. »Oder?«

Alex schüttelte den Kopf. »Mein Vater«, antwortete er mit schwacher Stimme. »Er war ein absolutes Ekel. Zu meiner Mutter war er unglaublich nett und liebevoll, aber mich hat er aus unerklärlichem Grund gehasst. Als ich einmal versehentlich das Fenster mit meinem Fußball eingeschlagen habe, ist er komplett durchgedreht.«

Als ich in der Lage war, den Blick von den schrecklichen Verletzungen loszureißen, zerriss der Schmerz in Alex' Augen beinah mein Herz. Und ich hatte wirklich einmal daran gezweifelt, dass ich so etwas wie ein Herz besaß. Zu dem Zeitpunkt war ich allerdings acht Jahre alt gewesen und wusste nicht, wie man den Puls messen konnte.

»Heißes Wasser«, fuhr Alex fort. »Und meine Mutter hat danebengestanden und nichts unternommen.«

Ich hatte keine Ahnung, was ich darauf sagen sollte. Selbst bei meinen Freundinnen fiel es mir unglaublich schwer, Gefühle zu zeigen. »Das ist … schrecklich und …«

Wie konnte man seinem eigenen Kind nur so etwas antun?

Kein Wunder, dass Alex ein bisschen … seltsam war und sich teilweise so aufspielte. Das war so etwas wie sein Schutzpanzer!

Alex zuckte mit den Schultern, und als wäre nichts passiert, zog er sein Shirt wieder an. »Ich will kein Mitleid, Kali.«

Aber warum hatte er es mir dann gezeigt?

»Dann hat dein Name nichts mit LSD zu tun?«

»Warum das?«, fragte er verwirrt.

»LSD wird auch Acid genannt.«

»Ach so, nee. Ich nehme keine Drogen, weil … Ich nehme einfach keine Drogen. Das ist nicht mein Ding.« Als ich ihn zum ersten Mal gesehen hatte, war er also vielleicht nur krank oder verkatert gewesen. »Jetzt, da ich dir so viel über mich erzählt habe …« Innerhalb eines Wimpernschlags war die Ernsthaftigkeit aus seinem Gesicht gewichen. Das schiefe Grinsen um seine Lippen erschreckte mich so sehr, dass mir ganz heiß wurde. Mein Magen drehte sich wie bei einem Dreifach-Looping.

»… habe ich immer noch keine Lust, mit dir zu schlafen«, presste ich atemlos hervor. Wie konnte mir ein Lächeln nur so den Atem stehlen? Das war physikalisch wie biologisch doch unmöglich! »Aber ich …« *Komm schon, Zoey! Sonst bist du auch nicht auf den Mund gefallen.* »Bei mir ist dein Geheimnis übrigens sicher.«

»Ich weiß, darum habe ich es dir erzählt.« Er legte seine Hand auf meine. Schon wieder meldeten sich meine Wechseljahre. »Kriege ich wenigstens einen Aufmunterungskuss?« Er hatte den gleichen Dackelblick aufgesetzt wie vor zwei Wochen, als er mich um Nachhilfe gebeten hatte. Damals hatte ich ganz kalt auf seine Bitte reagiert, doch heute tat ich das leider nicht.

»Ich kann widerstehen, wenn ich möchte«, sagte ich. Ich schwang mich aus dem Drehsessel und ließ mich von Alex auf seinen Schoß ziehen. »Ich ... ich glaube, mein Verfallsdatum nähert sich dem Ende.«

Alex riss die Augen schockiert auf. »Du stirbst?«

»Nein!« Ich schüttelte energisch den Kopf. »Aber ... ich glaube ... ich verderbe Tag für Tag mehr. Ich schimmle wahrscheinlich vor mich hin.«

Seine Hände ruhten auf meinen Hüften und gaben mir den nötigen Halt. Dann glitt eine Hand an das schwarze Tuch und zog es mir vom Kopf. Er übte nicht wirklich Druck aus, trotzdem zog es mich immer weiter hinunter zu seinem Mund.

»Gefällt es dir denn nicht?«, fragte Alex.

Ich gab keine Antwort, sondern küsste ihn. Oh ja, und wie es mir gefiel! Mir gefiel die Musik, die mir Alex gezeigt hatte. Mir gefiel es, Alex zu küssen, wenn ich wollte. Mir gefiel es aber auch, dass ich mich neuerdings noch besser mit meinen Freundinnen verstand.

Unser Kuss wurde jäh von einem lauten Lachen unterbrochen. Erschrocken glitt ich von Alex' Schoß und wirbelte herum.

Craig stand an der Tür und grinste hämisch. »Sexuell erregend, sagte ich doch.«

19. KAPITEL

DER ROMANTISCHSTE ORT DER WELT: DIE ABSTELLKAMMER

»Guten Morgen, Leute!« Bevor sich Nell, Violet oder Serena vor mir retten konnten, hatte ich sie alle drei der Reihe nach umarmt. »Und? Wie geht's euch?«

Aus irgendwelchen kosmischen Gründen war meine heutige Stimmung so gut wie noch nie. Ich erinnerte mich nicht an einen einzigen Tag, an dem ich mich so gut gefühlt hatte. Leise vor mich hin summend betrat ich die Schule.

Meine Freundinnen folgten mir, sie alle waren einem hysterischen Anfall nahe.

»Die Welt geht unter!«, kreischte Serena und zog die ganze Aufmerksamkeit einiger Schüler auf sich. Zum Glück verflog ihr Interesse schnell wieder. Meine Freundin kreischte nämlich nur dann, wenn ein Test anstand oder wir einen unbeliebten Vertretungslehrer hatten. »Rettet euch! Die Apokalypse nahet ... nähet ... sie nähert sich!«

»Oh Gott, steckt ein Dolch in meinem Rücken?«, schrie Violet. Sie fasste sich nach hinten, aber Nell beruhigte sie.

»Warum das?«, fragte ich.

»Du ... du umarmst uns nie ... Oh Gott ...« Violet wurde ganz bleich um die Nase. »Was hast du gestern getan?«

»Nichts!«, entgegnete ich wie aus der Pistole geschossen. Da ich es eindeutig zu schnell gesagt hatte, erregte ich sofort Misstrauen, wie ich in den Gesichtern meiner Freundinnen lesen konnte. »Ich … fernsehen, lesen … Leute umbringen!« Ich warf die Hände in die Luft. »Ganz normale Sachen eben! Ist das jetzt ein Verhör, oder was?«

»Acid?«, fragte Violet Nell und Serena.

»Acid.« Die beiden nickten. »Sie haben miteinander …«

»Nichts getan.« Alex war hinter meinen Freundinnen aufgetaucht. »Glaubt ihr wirklich, ich lasse mich mit Kali ein, wenn sie mich beim Küssen schon beißt? Wenn ich mit ihr schlafe, laufe ich Gefahr, von ihr kastriert zu werden.«

»Ja«, stimmte ich ihm fassungslos zu. Alex half mir? Das war etwas ganz Neues, schließlich versuchte er sonst, mich noch tiefer in die Scheiße zu reiten. »Knabenchor und so.«

Als die Mädchen nicht hinsahen, zwinkerte mir Alex zu, was mir sofort die Luft aus der Lunge drückte. Wechseljahre, Atemnot und Bauchschmerzen – vielleicht lief mein Verfallsdatum tatsächlich ab.

»Danke«, flüsterte ich Alex zu, als er neben mir saß.

»Bedank dich nicht zu früh«, meinte dieser dazu. »Ich werde bald darauf zurückkommen.«

Und das tat er, fünf Stunden später nach dem Sportunterricht. Alex hatte Sport natürlich geschwänzt. Nicht dass mich sein Fehlen irgendwie gestört hätte … Okay, das war eine dreiste Lüge. Ich hätte ihm nur allzu gern einen Völkerball in sein wirklich attraktives Gesicht geworfen. Natürlich wäre das nur ein tragisches, versehentlich gewolltes Missgeschick meinerseits gewesen.

Da ich ohnehin schon spät dran war, weil ich noch mal in die Turnhalle zurückgeeilt war, um mein Handy zu holen, wollte ich nur schnell in die Garderobe zurück und mich umziehen. Mein Plan wurde durchkreuzt, weil die Tür neben mir aufgerissen wurde, zwei kräftige Hände mich packten und mich in die Abstellkammer zogen. Glücklicherweise war mein Angreifer so blöd, mir eine Hand auf den Mund zu legen, weshalb ich meine spitzen Zähne in sein Fleisch graben konnte.

»Nicht schon wieder! Scheiße!«, fluchte Alex lautstark. »Kali!«

»Alex?« Ich riss mich von ihm los. Er hatte das Gesicht vor Schmerzen verzogen und fuchtelte mit der verletzten Hand herum. »Was willst du von mir? Warum ziehst du mich in eine Abstellkammer? Herrgott noch mal, man erschreckt keine psychopathischen Mädchen wie mich!«

»Mit dir reden? Weil es hier romantisch ist?«, fragte er sarkastisch. »Uh, gibst du jetzt zu, dass *du* eigentlich die weiße Jacke tragen müsstest?«

Bei diesen Worten flackerte die Glühbirne wie in einem Horrorfilm. Sehr romantisch. In der Abstellkammer, in der dicht gedrängt kaum mehr als drei Personen Platz hatten, roch es nach Spülmittel und Tabak, und in meinen Rücken bohrte sich ein Besenstiel. Unglaublich romantisch.

»Was willst du?«, knurrte ich. »Ein Schäferstündchen à la Boris Becker?«

»Ich habe mir den Platz hier nur ausgesucht, weil ich am liebsten mit dir allein rede, weit weg von den ganzen Schülern und den aufgetakelten Tussen, die sich meine Fans schimpfen. Okay, vielleicht habe ich auch hier drin geraucht.« Er drückte mit seinem Fuß eine Kippe aus. »Aber ich musste dir noch etwas sagen, Kali.« Er hob mit zwei Fingern mein Kinn an und zwang mich so, ihn anzusehen. Seit gestern flatterte ein unglaublich komisches Gefühl in meinem Magen, wenn ich in seine Augen blickte. »Weißt du noch, wie ich dich jeden Tag um Nachhilfe gebeten habe, bis du eingeknickt bist? Genauso lange werde ich dich jetzt nerven, bis du mit mir schläfst. Sieh es doch als Ehre, Kali. Ich werde dich entjungfern.«

»Krieg ich dann eine Urkunde?«, fragte ich entnervt. »Dumm nur, dass ich dir die Nachhilfe nur gegeben habe, weil du in Chemie das Leben meiner Haare gerettet hast.«

»Darum gehe ich diese Sache auch ein wenig anders an.« Alex lächelte. »Wie wäre es, wenn ich dir jeden Tag einen Kuss gebe? Jeden Tag ein wenig mehr Leidenschaft einfließen lasse? Wie lang könntest du mir widerstehen?«

Seine Hand glitt tiefer an den Ausschnitt meines Tops, verharrte dort kurz und wanderte dann blitzschnell unter mein schweißnasses Oberteil. Ein leises Stöhnen kam mir über die Lippen, als seine Finger kreisförmig über meine nackte Haut fuhren.

Ich näherte mich mit geschlossenen Augen seinem Gesicht.

»Ich hol einen Lappen!«, brüllte jemand vor der Tür und im nächsten Moment stand unser Turnlehrer vor uns.

»Scheiße«, sagten Alex und ich gleichzeitig.

Ich wollte einfach nur sterben. Mein Gehirn gab den Äderchen in meinem Kopf den Befehl zu platzen, so dass ich tot umfallen konnte, aber nein, ich erfreute mich gerade bester Gesundheit.

»Zoey!«, donnerte mein Großvater. »Was hast du … Wie … Was habt ihr …?« Anscheinend suchte er angestrengt nach den richtigen Worten. Er lief hektisch in seinem Büro umher und ich fühlte mich noch unwohler in meiner Haut. »Was genau ist vorgefallen?«

»Alex und ich …« Ich musste mir genau überlegen, was ich Großvater erzählen würde, und wenn ich log, wie glaubwürdig es war. »Ich bin mit Alex zusammen. Also, richtig zusammen.«

Plötzlich erstarrte er. »Was?«

»Mom und Dad wissen darüber Bescheid«, log ich, oder wie ich es neuerdings nannte: Ich beschrieb unser Verhältnis in einer Parallelwelt. Ich war erstaunt, wie gut ich neuerdings improvisieren konnte. »Sie sind zwar nicht gerade glücklich darüber, dass wir ein Paar sind, aber wo die Liebe hinfällt … oder?« Ich versuchte, ein Lächeln aufzusetzen, doch ich war mir ziemlich sicher, dass meine Lippen der Fratze eines Kürbisses zu Halloween ähnelten.

»Und was war jetzt in der Abstellkammer los?« Er schien zwar nicht ganz überzeugt von der Sache, aber er glaubte zumindest einen kleinen Teil meiner Lüge. Solange er meine Eltern nicht nach meiner *Beziehung* fragte, war es mir egal.

Schnell reimte mein Gehirn etwas halbwegs Plausibles zusammen. »Wir wollten nur ein paar Minuten Ruhe für uns allein, aber in dieser Schule hat man scheinend nicht mal in einer schmierigen Kammer Zeit für sich.«

»Zoey …« Er seufzte und setzte sich auf die Kante des Schreibtisches. »Weißt du, was Alexander schon alles verbrochen hat? Er hat mehr Fehlstunden als sonst jemand zuvor in der Schule, er raucht unerlaubt im Gebäude, ist unpünktlich und unhöflich. Außerdem sind mir einige Gerüchte über seine Bekanntschaften zu Ohren gekommen. Willst du auch zu diesen Mädchen gehören?«

»Ich gehöre doch schon längst dazu«, sagte ich. Ich stand auf, schnappte meinen Rucksack und spazierte zur Tür. »Es wird nicht wieder vorkommen«, versprach ich ihm. »Und ich werde mich nicht als Schulsprecherin bewerben. Ich habe ein verlockenderes Angebot von anderer Seite bekommen.«

Dass es sich bei dem *Angebot* um einen Posten als Sängerin in Alex' Band handelte, verschwieg ich. Vielleicht würde ich es werden, vielleicht auch nicht. Wenn ich in seiner Band sang, konnte ich vielleicht herausfinden, was zwischen Simon und Serena geschehen war, und im besten Fall ihre Beziehung wieder hinbiegen, aber vor allem hätte ich Alex immer *griffbereit*. Er benutzte mich, also würde ich ihn auch benutzen.

»Und außerdem ...«, ich machte eine kurze Pause, »... tue ich ab jetzt, was ich will. Ich lasse mir von niemandem mehr etwas einreden.«

Meine Stimmung hatte beim Verlassen des Direktorenbüros einen neuen Tiefpunkt erreicht. Sie hob sich auch nicht, als ich bemerkte, dass Alex vor der Schule auf mich gewartet hatte. Er war sowieso mal wieder zu leicht aus der Sache herausgekommen: Mein Großvater hatte ihn angeschrien, dass sein Verhalten untragbar sei, aber das war's auch schon.

»Tja, Alex, sieht so aus, als wäre es mit der Belästigung in der Schule vorbei.« Ich versuchte, nicht enttäuscht zu klingen. Seine Küsse hatte ich wirklich genossen, aber besser, es war jetzt Schluss damit, bevor ich noch süchtiger nach seinen Lippen wurde. »Schade, dann kannst du nicht mehr versuchen, mich zu verführen.«

Alex lachte. »Oh, weißt du, wo wir gerade sind? *Vor* der Schule.« Er griff nach meinen beiden Handgelenken und zog mich an sich. »Ich werde es schon irgendwie schaffen, in der Schule die Finger von dir zu lassen, aber wenn wir nicht in der Schule sind ...«

Mein Herz schlug umso schneller, je näher sich Alex' Kopf zu mir herunterbeugte. Und dann, völlig unerwartet, drückte er die Lippen nicht auf meinen Mund, sondern an meinen Hals und saugte daran.

»Nein!« Ich versuchte mich loszureißen. »Bitte nicht!«

Doch es war bereits zu spät: Alex hatte mir wahrscheinlich meinen ersten Knutschfleck verpasst.

»Die Rache für Samstag«, sagte er grinsend. »Ich bin gespannt, wie du es mir heimzahlen wirst, Kali. *You stupid girl, I love the way you're killing me.*«

In diesem Moment war ich unglaublich froh darüber, ihn hassen zu können, denn was ich seit gestern in seiner Nähe verspürte, war beunruhigend.

20. KAPITE

FÜR IHN IST NIVEAU EINE HAUTCREME …

Zwei komplett schwarze Augen starrten mich mit markdurchdringendem Blick an. Das Grinsen auf dem orangefarbenen Gesicht fachte die Wut in meinem Bauch noch mehr an. Lachte mich dieser Totenschädel etwa aus?

Ich legte den Kopf schief und drehte die Schwefelsäure in meiner Hand. Wenn ich die Flasche auf ex austrinken würde, würden sich all meine Probleme in Luft auflösen: Ich musste nicht mehr vor meinen Freundinnen die verzwickte Situation mit Alex verheimlichen oder vor meinem Großvater auf große Liebe mit dem schwarzhaarigen Rockstar machen; außerdem würde Ian erleichtert sein, wenn ich nichts mehr mit Alex am Hut hätte. Und ich müsste nie wieder bei fünfundzwanzig Grad einen kratzenden Schal tragen, um Alex' Knutschfleck zu verstecken, weil ich nichts Besseres im Kleiderschrank gefunden hatte. Ich hatte mir heute schon einige dumme Kommentare zu meinem selbst gestrickten Kunstwerk anhören müssen und war kurz davor, die nächste Person, die mich darauf ansprach, zu erdrosseln – egal, ob ich dadurch den Knutschfleck nun enthüllte oder nicht.

»Sein oder nicht sein?«, fragte ich den Totenkopf.

Natürlich war ich in keinster Weise lebensmüde, aber in letzter Zeit war ich zu einer richtigen Drama-Queen mutiert. Da hatte Alex leider ein wenig auf mich abgefärbt.

»Spinnst du?« Nell riss mir das Fläschchen aus der Hand und stellte es zwei Tische weiter weg. »Was ist nur los mit dir?«

»*Ich will nur setzen meinem Leid ein baldiges End'*«, proklamierte ich wie eine schlechte Schauspielerin. Ich warf den Kopf in den Nacken und berührte mit dem Handgelenk meine Stirn. »*Die Pein ist gar grenzenlos, und das alles nur, weil schwach ist das Fleisch* …« Ich schüttelte den Kopf. Ganz sicher würde ich Alex nicht die Befriedigung verschaffen, wegen ihm in der Irrenanstalt zu landen, nur weil ich dachte, ich wäre ein besserer Hamlet als … Hamlet eben.

»Alex«, klagte ich. »Er macht mich fertig und außerdem …«, ich zeigte auf den leeren Platz neben mir, »… ich kann nicht ohne ihn sein.«

»Wie süß!«, quietschte Serena. Irgendwie hatte sie das Gespräch von ihrem Platz drei Reihen hinter mir gehört. Sofort war sie zu mir und Nell gestürmt. »Du liebst Alex also? Serena freut sich für dich!«

»Lieben!« Ein hysterisches Kichern kam über meine Lippen. »Ich kann in Chemie nicht ohne Alex sein, weil ich die Aufgaben nicht allein lösen kann. Nur weil Mister Möchtegern-Jared-Leto nicht auftaucht, habe ich keine Lust, länger hierzubleiben und Chemikalien zusammenzuschütten. Also, Nell, würdest du so nett sein, mir die Schwefelsäure zu geben?«

»Nein«, erwiderte diese. »Was hat Alex getan, dass du dich umbringen willst?«

Er hat mich abhängig von seinen Küssen gemacht, dachte ich. *Außerdem besteht sein neuer Lebensinhalt darin, mir die Fragen* Darf ich mit dir schlafen? *und* Darf ich jetzt mit dir schlafen? *zu stellen.*

»Dieser Typ hat kein Niveau. Mehr müsst ihr nicht wissen. Wartet mal …« Da ich spürte, dass mein Handy in der Jeans vibrierte, zog ich das Teil heraus und traute meinen Augen kaum.

»Ich … äh, mir ist schlecht!«, sagte ich, nahm meinen Rucksack und hetzte aus dem Raum. »Überlegt euch eine Ausrede für mich. Ich schwänze.«

Bevor ich den Raum verließ, hörte ich noch, wie meine Freundinnen erschrocken nach Luft schnappten. Ich schwänzte *nie*. Ich schleppte mich sogar lieber mit vierzig Grad Fieber in die Schule, als eine Stunde Unterricht zu verpassen.

Normalerweise.

So schnell es ging, rannte ich aus der Schule. Ich wollte nicht, dass mein Chemielehrer mich sah und womöglich zurück in den Saal schleppte. Aber in meinem Leben gab es nun mal wichtigere Sachen als Chemie, zum Beispiel …

»Du bist so ein Arsch«, herrschte ich Alex an, der auf den Stufen saß, die zur Schule führten, genüsslich eine Zigarette qualmte und auf seinem Handy herumtippte.

… Alex zu beleidigen!

Als er mich sah, blickte er auf und lächelte mich an. »Auch schön, dich zu sehen, Kali.«

Oh Gott, sieh nur, wie süß er ist, wenn er lächelt!, hörte ich Nells Stimme in meinem Kopf quieken. Zum Glück konnte ich sie wie ein Radio abstellen. Obwohl er schon süß war. Seit dem Gespräch über seine Kindheit war Alex ein Stück menschlicher geworden und deshalb durfte ich mir ab und zu so einen Gedanken genehmigen.

»Woher hast du meine Nummer?« Sicherheitshalber riss ich ihm sein Handy aus der Hand und löschte sie wieder, auch wenn ich einige Minuten brauchte, um sein kompliziertes Handy zu bedienen.

»Das nützt dir nichts.« Er sagte meine Nummer auf und tippte sich an den Kopf. »Ist hier alles abgespeichert.«

»Nichts, was man mit einer Axt nicht löschen könnte«, erwiderte ich kühl. »Also, was willst du, Alex?«

»Ich wollte sehen, ob du kommst, wenn ich dir schreibe.« Er lachte leise. »Und es hat geklappt!«

»Darum hast du mich angestiftet zu schwänzen?«, schrie ich ihn an. Und ich dumme Kuh hatte wirklich geglaubt, dass es in seiner SMS mit der Nachricht *Ich muss unbedingt sofort mit dir vor der Schule reden. Alex* um einen Notfall ging.

»Ich liebe es nun mal, dir erste Male zu rauben.« Er stand auf. Obwohl ich eine Stufe höher stand als er, überragte er mich um ein paar Zentimeter. »Dein erster Kuss, dein erstes Konzert, dein erstes Mal Schwänzen ...« Er machte eine Pause. »Am allermeisten würde ich dein *erstes Mal* gern in meiner Sammlung haben.«

»Erstens war mein erstes Konzert mit sechzehn! Nur weil du dort auch gesungen hast, hast du es noch lange nicht geraubt«, keifte ich wie ein altes Weib. »Und wenn du so aufs Sammeln aus bist, dann kauf dir ein *Pokémon*-Stickeralbum oder eines von *My Little Pony*.«

»Du warst schon mal auf einem meiner Konzerte?«

»Du hast dich verhört«, entgegnete ich hastig. »Ich sagte, dass mein ... Was hört sich so ähnlich an wie Konzert?«

»Wir müssen wirklich miteinander reden, Kali. Willst du etwas unternehmen?«

Ich zog eine Augenbraue hoch. »Meinst du mich, dich und deinen kleinen Freund? Ich finde es ja voll ... Na ja, eine Ehre ist es nicht, aber ich finde es echt gut, dass sich deine ganze Umwerberei und dein Paarungstanz auf mich konzentrieren und du so andere Mädchen in Ruhe lässt, aber ...«

»Das war keine Aufforderung, mit mir ins Bett zu steigen. Ein ganz normales Gespräch. Nur du und ich. Und wir reden.«

»Gut, aber nur, weil ich jetzt eh nicht mehr zurück in den Unterricht kann.« Ich seufzte und setzte mich in Bewegung. »Komm schon, Alex, oder bist du wegen der Raucherei schon ganz außer Atem?«

»Du warst also schon mal auf einem meiner Konzerte?«, fing er an.

Ich hatte inständig gehofft, dass sein Fliegenhirn das wieder vergessen hatte. »Ich war gerade sechzehn geworden und wurde gegen meinen Willen ins *Pulse* geschleift«, erzählte ich ihm. Wir schlenderten einfach die Straße entlang, ohne Ziel. »Tja, das ist die ganze Geschichte.«

Er musste ja nicht erfahren, dass ich wegen ihm beinah die Hochzeit meiner großen Schwester ruiniert hatte. Ian fand die Geschichte ganz witzig, aber ich lief immer noch rot an, wenn ich daran dachte. Zu meinem Pech waren meine Schwester und ich uns ähnlich, und das hieß, dass sie danach getobt und geschrien hatte.

»Und du fandst mich damals schon heiß?«, fragte Mister Riesen-Ego. »Ich muss dir ja vorgekommen sein wie ein gefallener Engel, mit meinem dämonischen Grinsen auf den Lippen, einfach unglaublich sexy!«

Wahrscheinlich hatte er bei sich zu Hause alle Spiegel aus dem Haus verbannt, weil er Gefahr lief, sonst sein Spiegelbild flachzulegen. »Ich hab dich für einen versoffenen Rockstar gehalten, der täglich in seinem eigenen Erbrochenen aufwacht.«

Es verschaffte mir ein wenig Genugtuung, dass Alex' Mundwinkel steil nach unten wanderten. Nie würde ich ihm gegenüber zugeben, wie sexy ich ihn fand! »Nur deine Stimme … Du singst … gut.« Es fühlte sich an, als würde ich die Worte erbrechen. Alex ein Kompliment zu machen war unter meiner Würde. »Du kannst es … zu was bringen … mit der Musik … Aber das ist nichts Besonderes. Viele Leute bringen in der Musikbranche etwas zu Stande. Und wenn sogar ich singen kann, hat das noch weniger zu bedeuten!«

»Danke, Kali«, sagte er mit dieser einen Stimme, die sich so normal anhörte; man konnte nicht glauben, dass sie Alex gehörte.

Die Umgebung kam mir mittlerweile vertrauter vor. Schon bald würden wir bei mir zu Hause sein. Sollte es mich beunruhigen, dass Alex noch genau wusste, wo ich wohnte?

»Aber jetzt darf ich dich etwas fragen«, sagte ich nach einem Moment des Schweigens. »Warum gehst du noch zur Schule? Du machst bereits zum dritten Mal die Zwölfte! Warum hörst du nicht einfach auf? Du könntest dich doch einfach komplett auf die Musik konzentrieren.«

Alex blieb so abrupt stehen, dass ich fast in ihn reingerannt wäre. »Meine Eltern waren und sind wahrscheinlich noch der Meinung, dass ich die Schule ohnehin nicht schaffe. Das ist mein Ansporn. Ich will ihnen zeigen, dass ich etwas kann und dass ich nicht dumm bin.«

Wow. Mir blieb mein sarkastischer Kommentar im Hals stecken. So etwas hätte ich nicht von ihm erwartet.

»Tja, ich werde schon dafür sorgen, dass du dieses Jahr packst«, meinte ich ganz von mir überzeugt. »Ich weiß, wie man sich fühlt, wenn die Eltern kein Vertrauen in einen haben.«

»Erzähl mir etwas von dir«, forderte er mich auf.

»Warum?«

»Warum nicht?«

»Weil wir keine Freunde sind?«

»Stimmt, denn wir sind mehr«, raunte er in mein Ohr.

Mein ganzer Körper erschauerte bei seinen Worten. Dumme Hormone, die bei seinen falschen Liebesbekenntnissen immer durchdrehten!

»Also, ich bin Zoey, siebzehn und ich hasse dich. Ich mag meine Freundinnen und ich mag dich nicht. Habe ich schon erwähnt, dass ich dich hasse?«

»Du hasst mich nicht«, widersprach er mir. »Auf jeden Fall hasst du mich nicht mehr so wie früher. Du hast nur Angst davor, mich zu mögen.«

Schlagartig wich mir das Blut aus dem Gesicht. Hatte er damit Recht? Ich war momentan – und wahrscheinlich die nächsten Milliarden Momente – zu verwirrt, um meine Gefühle richtig einschätzen zu können. Hass und Liebe lagen eng beieinander.

»Es wird Zeit für den Kuss.« Alex drehte sich um. »Dann sehe ich ja, wie sehr du mich hasst.«

Ich legte meine Arme um seinen Hals. »Lass es schnell vorbei sein, damit ich wieder Zeit habe, dich zu hassen«, entgegnete ich ohne Gefühlsregung – ich war eben verwirrt.

»Du genießt es doch, Kali.« Er strich mir ein paar Strähnen aus dem Gesicht. Das Blut kehrte sofort in meine Wangen zurück. »Es macht dir doch Spaß. Sonst hättest du mich damals weder im Club noch im Studio geküsst.«

»Studios sind sexuell erregend«, sagte ich. »Craig hatte Recht, weißt du?«

»Du kannst mich nicht belügen.« Alex' Lippen kamen immer näher. Als sie meine nahezu streiften, erblickte ich eine Gestalt hinter seinem Rücken, die mich sofort veranlasste, ihn von mir wegzustoßen.

»Mom?«

Vor meinen Augen sah ich den orangenen Totenkopf lachen.

21. KAPITEL

DER WOLF IM TEDDYBÄR-PELZ

Als ich das Gesicht meiner Mutter entdeckte, dachte ich, dass es nicht mehr schlimmer kommen konnte. Doch ich täuschte mich. Ein paar Sekunden später tauchte auch noch mein Vater in meinem Blickfeld auf.

Hätten meine Eltern doch heute das Auto genommen, um zur Kanzlei meines Dads zu fahren! Es waren immerhin volle drei Kilometer. Scheiß auf die Umwelt! Die Welt wäre nicht gleich draufgegangen, wenn meine Eltern *einmal* die Strecke vom Haus bis zu ihrer Arbeit mit dem Auto gefahren wären! Aber *jetzt* ging die Welt unter ... Zwar nur meine persönliche, kleine, gestörte Welt, aber die war nicht weniger wichtig.

Ich tat das, was man am besten in so einer Situation macht: Ich drehte mich um und starrte in die Luft, als würde ich meine eigenen Eltern nicht kennen. Nach jahrelanger Übung fiel mir die Sache gar nicht schwer. Seit Jahren musste ich mir von meinem Vater auf Familienfeiern den gleichen peinlichen Witz anhören und meine Mutter ertragen, die nach zu viel Wein wie eine Irre dazu kicherte. Dadurch war ich Meisterin darin geworden, unwichtige Dinge wie die Blasen in einem Sektglas oder die Flusen auf einem Teppich interessant zu finden.

Vielleicht würden mich meine Eltern übersehen, wenn ich stocksteif stehen blieb?

Die Antwort war: Nein, das taten sie nicht.

»Zoey?« Meine Mutter eilte zu mir, so dass ihre Stöckelschuhe auf dem Gehweg dieses Tock-Tock-Geräusch machten, das mir schon öfter paranoide Anfälle beschert hatte. »Was machst du denn um die Zeit schon hier?« In diesem Moment fiel ihr wohl endlich auf, dass ich nicht allein war. Sie blieb eine halbe Armlänge vor Alex stehen und musterte ihn von oben bis unten, und zwar so gründlich, dass ich sie mit einem genervten »Mom!« daran erinnern musste, dass so etwas unhöflich war. »Darf ich erfahren, was meine minderjährige Tochter während der Unterrichtszeit hier zu suchen hat?« Zunächst hatte meine Mutter vielleicht kindisch und nett gewirkt, aber jetzt war ihr strenger Tonfall zurückgekehrt. Ein Ton, der sich bereits in frühester Kindheit in meinen Kopf gebrannt und mich von vielen dummen Sachen abgehalten hatte … bevor ich meinen Freundinnen und Alex begegnet war. »Und wer bist du?«, wandte sie sich an Alex, dessen dummes – aber auch sexy! – Grinsen endlich mal wieder aus seinem Gesicht gewichen war.

»Und ich würde gern wissen, was die eindeutige Pose von vorhin zu bedeuten hatte«, mischte sich mein Vater mit seiner Anwaltsstimme ein.

»Ähm …« Ich starrte meine Eltern an – beide in Hosenanzug und perfekt für die Arbeitswelt gestylt – und dann Alex, der wie immer völlig rockstarmäßig, sprich locker und bequem gekleidet war. Nur zu gut wusste ich, was meine Eltern von Jugendlichen hielten, die so waren wie Alex, aber ich konnte mein loses Mundwerk nicht halten.

»Alex ist mein Freund«, sagte ich, packte seine Hand und verschränkte meine Finger mit den seinen. »Liebe ist schon toll. Liebe, Freude, Schokokuchen oder so.« Oh Gott, ich war echt eine schlechte Schauspielerin!

Zum Glück war Alex besser darin und vermittelte ein wenig mehr von der scheinbaren Romantik, die zwischen uns herrschte. Er legte den Kopf schief, so dass seine Wange über meine Haare strich. Ich versuchte die Luft anzuhalten, um nicht seinen herrlichen Duft einzuatmen. Um nicht wegen Atemnot umzufallen, schien es mir jedoch irgendwann sinnvoller, seinen Duft zu inhalieren. »Zoey ist die Liebe meines Lebens«, sagte er so ernst, dass mir ganz anders wurde. Mein Herz klopfte wild und in meinem Bauch ... Bekam ich einen Blinddarmdurchbruch? Das wäre im Moment eigentlich die perfekte Lösung. »Ihre Tochter macht einen besseren Menschen aus mir.«

Meine Mom rang sich zu einem Lächeln durch, während mein Dad immer noch nicht überzeugt wirkte. Doch ich kannte Moms Lächeln. Es konnte genauso gut echt wie falsch sein. Wenn meine Eltern nicht zu sehr von Alex ... halt, was interessierte mich das?

»Wir sind Zoeys Eltern. Tut uns leid, dass wir uns nicht gleich vorgestellt haben«, sagte meine Mutter schließlich. »Ich bin Nina, Zoeys Mutter, und das ist mein Mann Viktor. Es wäre uns jedoch lieber, wenn du uns Herr und Frau Kramer nennst.«

Alex nickte lächelnd. »Ich bin Alex. Alexander Seidl.«

»Will der Junge vielleicht mit reinkommen?«, meinte mein Vater. »Ich brauche jetzt einen Kaffee und habe keine Lust, hier Wurzeln zu schlagen.«

»Nein, will er nicht«, beantwortete ich die Einladung. »Alex geht jetzt nach Hause.«

»Nein, das tue ich nicht«, entgegnete dieser mit der gleichen süßen, aber gestelzten Stimme, die ich sonst an den Tag legte, wenn ich mich einschleimte. »Ich komme gern mit und lerne die

Eltern meines Schatzes näher kennen. Das wollte ich schon seit langem tun!«

Also folgten Alex und ich meinen Eltern ins Haus. Doch kaum wandten sie den Blick von mir und meinem Freund – in Anführungszeichen – ab, warf ich ihm todeswünschende Blicke zu und stieß stumme Drohungen aus. Er wirkte allerdings äußerst gut gelaunt. Wahrscheinlich war er es schon gewohnt, vor Eltern auf süß und niedlich zu machen. Ein Wolf im Teddybär-Pelz eben.

Während meine Mutter den Kaffee aufsetzte, beäugte mein Vater misstrauisch meine Eroberung. Alex schien das allerdings nicht zu stören. Er hatte sich in einen Ledersessel gesetzt und sah überaus entspannt aus.

»Ich schaue mal nach, ob ich Mom helfen kann.« Mit diesem Satz wollte ich mich wegschleichen, rechnete aber nicht mit Alex' Reaktion auf Dads Frage, wie ernst unsere Beziehung sei.

»Ach, ich liebe meine kleine Zoey über alles.« Er packte mich an der Taille und zog mich auf seinen Schoß. »Sie ist mein kleiner Sonnenschein!«

»Ach, Alex.« Ich schlang meine Arme um seinen Hals, so dass sich meine Fingernägel in seinen Nacken gruben. Meine sadistische Natur genoss es zu sehen, wie er vor Schmerzen die Lippen ein wenig nach unten verzog. »Wenn es dich nicht gäbe, wäre mein Leben so anders!« Ruhiger, normaler und vor allem langweiliger – aber das würde ich nicht zugeben.

Meine Mutter brachte den Kaffee, und mein Vater nutzte die Situation, um einen dummen Witz loszulassen.

»Manche Leute raten mir dazu, meine Frau nicht länger als meine Sekretärin zu beschäftigen, aber so entgehe ich der Strafe der stärksten Macht der Welt.« Er beugte sich grinsend ein wenig vor. »Eine eifersüchtige Frau.«

Ich verzog das Gesicht, während Alex sich zu einem schwachen Grinsen durchrang. Der Witz war wirklich gut – und Ronnie Radke ein Schmusesänger.

Bevor meine Mutter das Wohnzimmer wieder verließ, nickte sie mir zu. Ich wand mich aus Alex' Klammergriff und folgte ihr in die Küche, wo sie nur darauf wartete, mit mir allein zu reden.

»Zoey Maria!« Oha, mein Zweitname, das bedeutete, dass sie wütend war. »Warum schwänzt du die Schule?«

»Ich schwänze doch n...«, entgegnete ich, aber sie hob die Hand und schnitt meine Lüge ab. Ich senkte den Kopf. »Es tut mir leid.«

»Das tut es mir auch«, sagte sie harsch. »Diesen Monat kannst du auf Taschengeld verzichten. Hausarrest – ist klar, oder?«

Ich ballte die Hände zu Fäusten. Als i-Tüpfelchen kam auch noch mein Vater in die Küche gelaufen. Er ließ sich auf einen Stuhl sinken und starrte mich mit seinem durchdringenden Anwaltsblick an, der mir durch Mark und Bein fuhr.

»Wir mögen den Jungen nicht.« Meine Mutter legte eine Hand auf die Schulter meines Vaters. »Er hat dich doch überhaupt auf diesen dummen Gedanken gebracht, oder?«

Ich hasste es, dass meine Eltern mich manchmal besser durchschauten als ich mich selbst. Statt zu antworten, betrachtete ich die Fliesen in der Küche.

»Wir wollen, dass du dich von ihm trennst«, herrschte mein Vater. »Er tut dir nicht gut und ...«

»Gut!« Ohne ein weiteres Wort verließ ich die Küche, packte Alex am Arm und zerrte ihn mit ganzer Kraft aus dem Raum. »Es ist aus!«, rief ich so laut, dass es meine Eltern in der Küche hören konnten.

»Wow«, sagte er. »Langsam, Kali. Was ist los?«

»Ich muss mich von dir trennen«, sagte ich eine Spur leiser. »Tut mir leid und so. Es liegt an dir, nicht an mir. Außerdem hier bitte billige Ausrede einfügen.«

»Und ich dachte immer, dass ich ein Elternliebling bin.« Alex seufzte und rollte mit den Augen. »Kein Wunder, dass kein Mädchen eine Beziehung mit mir wollte.«

»Du hattest noch nie eine Freundin?«

»Nö.« Er zuckte mit den Schultern. »Mir fällt auch gerade ein, dass ich noch nie mit einem Mädchen so viel geredet habe wie mit dir. Oder zählt Stöhnen und Schreien auch als Konversation? Also, ich erwarte dich am Samstag wieder im *Pulse*.«

»Warum?«, fragte ich. Noch immer verwirrte mich die Tatsache, dass Alex nie eine Freundin gehabt hatte.

»Umsonst spiele ich nicht deinen Freund und lasse mir einen Kuss entgehen.« Alex fuhr mit seinen Fingern die Kontur meiner Lippen nach. Meine Füße fühlten sich an wie Blei – Bleipudding, um genau zu sein – und ich konnte meinen Blick nicht von dem Blau seiner Augen abwenden. »Und dieses Mal ohne deine Freundinnen. Ich will, dass du allein zu mir kommst.«

»Ich werde kommen.«

Immer wieder geisterte eine Frage in meinem Kopf herum, die es mir unmöglich machte, ihm zu widersprechen: Konnte es sein, dass er einfach nicht das Gefühl kannte, von jemandem geliebt zu werden?

22. KAPITEL

DER DIABOLISCHE MASTERPLAN ODER EIN ANDERES WORT FÜR FLIRT

Ich hatte siebzehn Jahre lang den rebellierenden Teenager in mir unterdrückt, weshalb ich am Samstag leichte Probleme damit hatte, mich unbemerkt aus meinem Zimmer zu stehlen. Mir fehlte die praktische Übung in solchen Angelegenheiten. Auch mein Outfit erinnerte mehr an einen Bankräuber als an ein Mädchen, das sich aus ihrem Zimmer schlich, um sich heimlich mit einem Jungen zu treffen.

Ach, Alex ... Ich hatte ihn siebzehn Stunden lang nicht gesehen. Schon jetzt spürte ich Entzugserscheinungen, weil er mich so lange nicht geküsst hatte. Die böse Zoey wollte Alex sofort und auf der Stelle! Die gute Zoey tüftelte währenddessen bereits fleißig an diversen Ausreden für diverse Leute, die sie heute in diversen Zuständen antreffen könnten.

Schnell warf ich mir meine Handtasche um und zog die schwarze Kapuze über den Kopf. Meine Sonnenbrille verdeckte den größten Teil meines Gesichts.

Ich kam mir vor wie in einem typisch amerikanischen Teenie-Film, als ich ein paar Stofftiere und Kleidungsstücke unter meine Decke schob und versuchte, etwas Menschenförmiges daraus zu basteln. Gewöhnlich sahen meine Eltern nicht mehr nach mir, aber in so einer Situation musste man auf alles vorbereitet sein.

Ich trat auf den Balkon und warf einen Blick nach unten. Normalerweise drückte ich mich vor der Hausarbeit, nur heute hatte ich mich wie eine Irre darum gerissen, das Laub zusammenzukehren, um darunter alte Decken und Polster verstecken zu können – eine Vorsichtsmaßnahme, wenn ich von meinem Zimmer aus in den Laubhaufen springen würde.

Ich war gerade bereit zu springen und hoffte, dass, wenn ich schon starb, ich Alex wenigstens als Geist belästigen konnte, da bemerkte ich, dass unsere Holzleiter noch am Balkon lehnte. »Das wäre einfacher gewesen!« In Gedanken dankte ich Ian, dass er vergessen hatte, seinen Teil der Arbeit ganz zu erledigen und die Leiter wieder in den Schuppen zu stellen. Zum Glück hatte ich den Blätterhaufen dennoch zusammengetürmt, denn tollpatschig, wie ich war, kippte ich mitsamt der Leiter um und landete laut fluchend darin. Nachdem ich drei Blätter aus meinem Mund hervorgewürgt hatte, hörte ich Schritte auf dem gepflasterten Gehweg. Eilig warf ich mich in den Haufen zurück und bedeckte mich mit Blättern.

»Die Ratten werden auch immer größer«, sagte Ian und stocherte mit seinem Schuh in dem Haufen herum. »Und sie sehen meiner Schwester ähnlich.«

Schnaubend fuhr ich aus den Blättern hoch. »Halt deine beschissene Klappe, Ian!«

»Hey, Zo.« Ian zog eine Augenbraue hoch und lächelte neckisch. »Wo kommst du denn plötzlich her?«

Ich musste meinen großen Bruder gar nicht fragen, wo er gewesen war. Er spazierte bei fast jeder Witterung einmal am Tag durch die Straßen, um seine unbegrenzt freie Zeit totzuschlagen oder, wie er es nannte, über das Leben zu philosophieren. Nun ja, Programmierer waren nun mal anders als andere Menschen.

»Ich ... ich ...«

Ian musterte mich, so gut es im Dunklen ging. »Schwarze Sonnenbrille und schwarze Kleidung. Sieh einer an. Meine kleine Zo wird wie ihr großer Bruder und drückt sich vor dem Hausarrest.« Er half mir tatsächlich hoch und klopfte mir auf die Schulter. »Ich wusste doch, dass du nach mir kommst und nicht nach Ellen. Aber warum gehst du nicht durch die Tür?«

»Weil mich Mom und Dad so sehen würden«, fauchte ich. »Ich kann nicht einfach an ihnen vorbeigehen und sagen: *Ich geh mal auf die Party. Bleibt geschmeidig. Bis Morgen!*«

Ian hatte das einmal getan. Er wäre fast wegen eines einmonatigen Computerverbots durchgedreht. Die letzten Tage seines Verbotes hatte er damit verbracht, an der Mikrowelle wahllos irgendwelche Knöpfe zu drücken.

»Aber die sind selbst auf einer Party.« Er grinste schadenfroh. »Passt du beim Abendessen gar nicht auf?«

»Nein, da hatte ich ganz andere Gedanken«, entgegnete ich giftig. Ich hatte meinen diabolischen Masterplan weiter ausgeheckt und deshalb keine Zeit gehabt, mich auf andere Sachen zu konzentrieren.

»Soll ich dich irgendwohin fahren?«, bot er mir an.

»Nein«, sagte ich vorsichtig. »Trotzdem danke.«

War das der Schlüssel zu Ians Sympathie? Eigentlich ganz logisch: Ellen war die perfekte Tochter, die mit guten Noten und anständigem Benehmen. Ein Grund, warum meine Eltern nie mit Ians Freigeist zurechtgekommen waren. Ian mochte Ellen zwar, aber dennoch hätte er wahrscheinlich lieber ein Geschwisterchen gehabt, das ihm ähnelte. Mit beinah achtzehn Jahren hatte ich mich von einer Ellen-Kopie zu einem Ian-Abklatsch gewandelt.

»Betrink dich nicht zu sehr, Schwesterchen«, meinte Ian noch. »Ansonsten: Lass die Sau raus.«

Ich grinste. Die Sau würde ich nicht rauslassen, aber dafür mein böses Ich. Wenn Alex auf mich stand, wenn ich brav war, dann würde er wahrscheinlich mein anderes Ich nicht mögen. War doch ein guter diabolischer Masterplan, oder? Nein, eigentlich war es der mieseste Plan der Welt ...

Vor dem *Pulse* tat sich heute rein gar nichts. Keine Alkoholleichen oder herumschlagende Typen. Das ließ mich darauf hoffen, dass es im Club auch ruhig war.

Ich atmete noch einmal tief ein und aus. Heute Nacht würde ich meinen Verstand und meinen Anstand einfach ignorieren und die böse Zoey sich austoben lassen. Vielleicht würde ich nach dieser Nacht nie wieder das Bedürfnis verspüren, Alex zu küssen?

Entschlossen machte ich einen Schritt nach vorn und stieß gegen irgendjemanden. An der Weichheit und den Konturen konnte ich fühlen, wen ich vor mir hatte.

»Aua, pass doch auf!« Die dunkle Gestalt, die ich durch die Sonnenbrille zuerst nicht erkannt hatte, drehte sich zu mir um. »Oh, du bist es, Kali. Sind wir jetzt bei Real Life Facebook, dass du mich anstupsen musst?«

»Hallo, Alex«, raunte ich. »Es freut mich auch, dich zu sehen.«

Meine verführerische Stimme hörte sich nach der einer fünfzigjährigen Frau mit Kehlkopfkrebs an. Ich hätte doch noch ein bisschen mehr mit meinem Spiegelbild das Anmachen üben sollen!

»Bist du krank?«, fragte er mich ein klein wenig besorgt. »Deine Stimme hört sich grauenhaft an.«

Ich schnaubte.

»Und warum trägst du mitten in der Nacht eine Sonnenbrille?«, fragte er mich weiter. »Bist du betrunken?«

Ich schnaubte erneut und riss mir die Brille herunter. »Nein!«

»Aber du hast dich geschminkt!« Alex lächelte. »Für mich?«

Tatsächlich hatte ich den gestrigen Abend damit verbracht, Schminken zu üben. Nach zwei Packungen Abschminktüchern hatten sich meine Fähigkeiten ganz passabel entwickelt, und es sah nicht mehr so aus, als hätte ich mein Gesicht mit Fingermalfarbe bekleckert. Wenn Superhelden nur eine dumme Maske aufsetzen oder die Brille abnehmen müssten, dass niemand mehr wusste, wer sie waren, dann erkannte mich in den Klamotten und mit dem Make-up erst recht keiner. Und ja, vielleicht hatte ich mich auch für ihn geschminkt, weil die böse Kali gern mit Alex flirtete.

»Sexy, Kali«, sagte Alex ironisch. Mit dem Kinn deutete er auf meinen schlabbrigen schwarzen Kapuzenpullover, der mir bis über die Knie reichte. »Aber ich finde dich so oder so sexy. Egal ob nackt oder nackt. Würdest du dich gern ausziehen? Der Pullover tut in den Augen weh.«

Ich lächelte Alex an. Dann zog ich mir den Pullover über den Kopf und zeigte ihm mein wahres Outfit. Gestern hatte ich eine Drogerie um etliche Kosmetikartikel beraubt und mir ein paar neue Klamotten gekauft. Eigentlich hätte ich rot anlaufen müssen, weil der Minirock nicht mal bis zu den Knien oder in deren

Nähe reichte und mein Shirt auch nicht viel bedeckte. Aber mein Anstand war heute auf Urlaub.

Außerdem fühlte ich mich so auch mal ... sexy.

»Alex, mach den Mund zu«, sagte ich mit zuckersüßer Stimme. »Sonst bleibt dieser Ausdruck auf ewig.«

»Kali, du ...« Er schüttelte den Kopf. Zum Glück hatte die Zeit gereicht, dass sich sein überraschter Gesichtsausdruck in mein Hirn brennen konnte. »Verdammt. Warum ist mir nie aufgefallen, wie überaus geil du bist?«

»Ach, Alex, du drückst dich so gewählt aus.« Ich verdrehte die Augen. »Aber danke für das nette Kompliment.«

»Ich kauf mir einen Gedichtband, dann dichte ich darüber, wie geil du bist.« Sein Blick war immer noch auf mich geheftet. Wenn Alex glaubte, dass er mich mit seinem schwarzen, offen stehenden Hemd schwach machen konnte, bekam er das alles zurück. »Bist du zufälligerweise betrunken?«

»Nein, habe ich doch schon gesagt! Die drei Gläschen Beruhigungsschnäpschen waren für meinen Magen.« Der jetzt schon wieder so komisch rebellierte.

»Das erklärt, warum du so angezogen bist.« Alex grinste. Er legte einen Arm um meine Schulter, den ich ausnahmsweise nicht abschüttelte, und führte mich an dem Türsteher vorbei in den Club. Tatsächlich tat sich auch drinnen nicht viel und die Musik spielte außerordentlich leise. »Du darfst öfter leicht angeheitert sein.«

Wir gingen zur Bar.

Scheiße, sagte ich mir, *was für ein hirnrissiger Masterplan! Warum gehe ich die ganze Sache so physikalisch an? Nur weil mich Alex mag, wenn ich brav aussehe, muss das nicht heißen, dass er das Gegenteil von mir verabscheut.*

Welcher Masterplan?, entgegnete eine zweite Stimme, die nicht mein Verstand war. *Der Masterplan ist doch nur eine Ausrede dafür, dass du dich einmal gewagter anziehst und mit Alex flirten kannst.*

Während ich in mein Gespräch zwischen guter Zoey und böser Zoey vertieft war, sprach mich irgendein Typ an.

»Darf ich dir einen Drink ausgeben?«, fragte der Junge mit langen braunen Haaren und zahlreichen Piercings um die Mundpartie.

Ich wollte dankend ablehnen, aber Alex vertrieb ihn mit einem netten »Fick dich!«.

»Hey, da geht mein Gratisgetränk dahin«, schmollte ich und verschränkte die Arme vor der Brust. »Danke.«

»Er wollte mit dir flirten«, knurrte Alex. Er warf ihm noch einen giftigen Blick hinterher. Manchmal waren Jungs doch die größeren Zicken.

»Darf man das nicht?«

»Niemand darf mit dir flirten. Wenn doch, hacke ich ihm die Zunge ab.«

»Dann fang bei dir an«, antwortete ich kühl. »Du flirtest die ganze Zeit mit mir.«

»Du würdest meine Zunge aber vermissen«, meinte Alex grinsend. Bevor ich realisieren konnte, wie er das meinte, hatte er seinen Mund auf meinen gepresst. Seine Zunge teilte wie ein einschlagender Blitz meine Lippen. Meine wollten den Eindringling natürlich vertreiben. Ich küsste Alex sicherlich nicht leidenschaftlich, weil ich es so wollte. Genau. Und wenn doch, war das die böse Zoey.

»Niemand darf mit dir flirten außer mir«, sagte er ernst, nachdem er sich von mir gelöst hatte. »Nur ich.«

»Und wer hat dir das Recht dazu gegeben?«

»Natürlich ich mir selbst.«

»Und ich habe dazu nichts zu sagen?« Ich stieß einen lackierten Fingernagel drohend gegen seine Brust.

»Na ja, ich habe dafür im Gegenzug aufgehört, andere Mädels anzugraben.« Oh Gott, mir wurde ganz schwindelig bei den Worten, was an der stickigen Luft im Club liegen musste. Hier drin mangelte es an Sauerstoff. Atemnot war eine ganz normale Reaktion meines Körpers. »Du allein brauchst meine Batterien völlig auf. Sprachlos, Kali?«

Ich schüttelte den Kopf.

»Dann ist gut.« Erst jetzt bemerkte ich die Flaschen, die er an der Bar geholt hatte. »Die Jungs wollen dich nämlich ein wenig näher kennenlernen.«

»Die Jungs?«, echote ich. »Was machen die hier?«

»Saufen? Abhängen?« Er zuckte mit den Schultern. »Es ist Samstagabend.«

»Aber du hast gesagt … Ich musste auch allein kommen!«

»Ich habe nur gesagt, dass *du* allein kommen sollst. Davon, dass ich auch allein komme, war nie die Rede.«

Ich seufzte genervt. Irgendwie hatte ich mich darauf gefreut, eine Nacht allein mit Alex zu verbringen. Äh, natürlich hätte ich ihn nur geküsst! Ich wollte immer noch nicht mit Alex schlafen. Bei ihm würde ich ein Ganzkörperkondom brauchen, weil ich sonst Angst hätte, mich mit irgendeiner ekligen Krankheit anzustecken.

Murrend folgte ich ihm zu seinen Kumpels. Komischerweise erinnerte mich die schwarze Couch, auf der seine Bandkollegen saßen, an einen Harem. Ich fragte mich, ob das an den ganzen

Mädchen lag, von denen die Jungs umschwärmt wurden, oder an … Es lag ganz klar an den Mädchen.

»Mädels weg«, befahl Alex. »Kali und ich brauchen Platz.«

Es folgten Beschwerden von Alex' Freunden, Gezeter von den ganzen Mädchen und entspanntes Ausatmen von Alex. Da nur noch eine einzige Person auf dem Sofa Platz fand, musste ich mich auf seinen Schoß setzen. Was sich als gar nicht mal so unbequem erwies, wie man meinen mochte. Nach dem dritten Versuch hatte ich den perfekten Schoßplatz gefunden. Die böse Zoey legte einen Arm um Alex' Hals, um nicht auf den staubigen Boden zu rollen, und schmiegte sich ein kleines bisschen an seine Brust.

»Ein Mädchen für uns alle?«, fragte Simon. »Alex, drehst du jetzt komplett durch?«

»Das ist unsere neue Sängerin«, entgegnete er. Ihm gefiel der Rock scheinbar gut, denn er konnte seine Hände nicht von dem Stoff lassen. Vielleicht würde ich ihm auch einen kaufen. Und Eyeliner. Ein richtiger Rockstar brauchte Eyeliner! »Und jetzt frag ja nicht, wer sie ist. Sie war letzte Woche auch hier.«

»Und sie hat meine Theorie bestätigt.« Craig lachte und beugte sich zu mir vor, eine Hand zur Faust geballt. »Check!«

Da ich von Ians idiotischen Kumpels diesen recht fragwürdigen Einschlag kannte, ballte ich meine Hand auch zur Faust und stieß sie gegen Craigs. »Check.«

»Sie?« Simon zog eine Augenbraue hoch. »Kann sie singen?«

»Ja«, sagte Alex.

»Ich bin gut«, mischte ich mich ein.

»Hat sie Ahnung von Musik?«

»Ja«, bestätigte Alex.

»Voll den Durchblick«, fügte ich hinzu.

»Wisst ihr was?« Kyle nahm eine Flasche und öffnete sie mit einem Plopp. »Es ist eine Schande, dass ich um elf noch stocknüchtern bin. Unterhalten können wir uns besoffen auch noch.«

»Genau«, sagte ich, nur weil ich mich irgendwie einbringen wollte. »Besoffen ist gut.«

»Kali, du solltest nicht ...«

Mit einer Handbewegung schnitt ich seine restlichen Worte ab. Es war unglaublich, wie Alex auf mich hörte! Demnächst würde ich ihm Leckerlis kaufen, um ihn noch besser auf Anstand zu trainieren.

»Aber wenn du zu viel trinkst, kippst du um!«

»Woher willst du das wissen? Ich weiß wohl selbst am besten, was ich tue.« Ich prostete mit meinem Gläschen, das schon griffbereit auf dem Tisch stand, Kyle zu. »Hau rein das Zeug.«

Gegen Alex' Befürchtung kippte ich nicht um. Nein, nach dem Glas Nummer keine Ahnung wurde einfach alles um mich herum schwarz.

23. KAPITEL

EINMAL EINEN SCHNELLEN TOD ZUM MITNEHMEN, BITTE!

Das Erste, was ich wahrnahm und was nicht den zusammenhanglosen Bildern und Tönen eines schlechten Musikvideos aus den achtziger Jahren glich, war, dass ich auf etwas sehr Weichem lag. Unmittelbar in meiner Nähe hörte ich ein leises, gleichmäßiges Atmen. Ich fühlte mich wie auf einer Wolke. Alles drehte sich um mich, selbst im liegenden Zustand. Da ich mich noch unglaublich schwach fühlte, wickelte ich mich tiefer in die Wolkendecke ein. Ein paar Minuten Schlaf waren schon noch drin. Mom und Dad frühstückten sowieso sonntags erst um zehn, und ich hatte auch nicht wirklich Hunger – mir war sogar ein wenig schlecht.

»Lass mir auch noch ein Stück Decke«, murmelte Alex schlaftrunken. Er zog anscheinend an der Wolke, denn ich spürte die Kälte auf meinen nackten Armen. »Es ist kalt hier.«

Hm, komisch … Alex lag auch hier. Da wäre mir die Hölle mit ihren Schwefelgruben und Feuerzungen lieber gewesen. Wir befanden uns mit Sicherheit in der Unterwelt, aber war die Hölle zugefroren?

»Mir ist auch kalt«, jammerte ich. Ich gähnte und kuschelte mich näher an Alex. »Wenigstens bist du warm.«

Ich hörte sein raues Lachen ganz nah an meinem Ohr. Plötzlich spürte ich etwas Kratziges an meiner Wange und roch

Zedernholz, vermischt mit dem Geruch von Tabak. »Kali, wie restalkoholisiert bist du?«

»Ein wenig«, nuschelte ich. »Warum?«

»Weil du mich noch nicht geschlagen hast.« Alex drückte seine warmen Lippen auf meinen Hals. »Wie weit muss ich gehen, um dich wieder in die Wirklichkeit zurückzuholen?«

Okay, wenn ich nicht fürchterliche Kopfschmerzen gehabt hätte, hätte ich über seine Worte nachgedacht, so murmelte ich einfach »Weiß nicht«.

Seine Küsse wanderten zu meiner Wange hinauf und dann zu meinem Mund. Warum raschelte die Wolke eigentlich wie eine kratzige Decke? Dann drückte er seine Lippen auf die meinen, meine Augenlider flatterten bei der Berührung unserer Münder und ich realisierte endlich die Situation: Ich lag mit Alex in einem Bett!

Erschrocken stieß ich einen leisen Schrei aus und fiel aus dem Bett – das sich dabei als zwei Matratzen auf dem Boden herausstellte.

»Oh mein Gott«, sagte ich mit zittriger Stimme. Ich blinzelte ein paarmal, aber die Situation blieb unverändert: Alex saß grinsend auf den Matratzen, mit nichts weiter bekleidet als seinen schwarzen Boxershorts und einem Hemd, das in der Mitte von ein paar Knöpfen zusammengehalten wurde. Doch das, was mich am meisten in Verlegenheit brachte, war, dass er meinen schwarzen BH um seinen Hals trug. Darunter lugten einige violette Flecken hervor. Oh Gott, hatte ich schon wieder Lust auf sein Fleisch gehabt und ihn gebissen?

»Ich will sterben«, krächzte ich. »Los, Alkohol, zersetz meinen Körper.«

»Ach, Kali. Was siehst du mich denn so an?« Alex klang ziemlich belustigt. Nun ja, schließlich hatte ich anscheinend mit ihm geschlafen. Wenn das wirklich passiert war, hatte ich keine Erinnerungen an diesen Vorfall. Trotzdem würde ich mir zu Hause ein paar Hautlagen abschrubben, nur um sicherzugehen, dass ... Ach, es wäre doch am besten, wenn ich einfach durch eine Krankheit verrecken würde.

»Jetzt hast du das, was du wolltest«, fuhr ich ihn erzürnt an. Es kostete mich meine ganze Kraft, mich auf meine schwachen Beine zu stützen. Wenigstens hatte ich noch meinen Rock und ... meine Strumpfhose an? Mein T-Shirt war nur ein wenig hochgeschoben. Ich war ... angezogen?

»Ich habe, was ich wollte?« Alex schnaubte. »Wann wollte ich, dass du betrunken *neben* mir schläfst? Ich hatte Angst, dass du dich übergibst, weshalb ich fast den ganzen Morgen aufgeblieben bin und auf meinen Schönheitsschlaf verzichtet habe.«

Tatsächlich lagen unter Alex' Augen dunkle Schatten. Er hatte auf mich aufgepasst?

Mir fiel ein Stein, so groß wie der Planet Erde, vom Herzen. »Wir haben nicht miteinander geschlafen?«

Er starrte mich entgeistert an. »Mit dir schlafen, wenn du so voll bist wie eine Konzerthalle bei einem Auftritt von *Linkin Park*? Kali, ich bin enttäuscht.« Er legte eine Hand auf seine Brust. »Auch ich habe so etwas wie Anstand und Würde.«

»Würde?«, kicherte ich. »Sagt der Typ, der meinen BH wie einen Schal trägt.«

»Sagt wiederum das Mädchen, das mir seinen BH geschenkt hat.«

»Was habe ich?« In meinem schmerzenden Kopf suchte ich nach der Erinnerung, die bewies, dass Alex meine Unterwäsche als Schal tragen durfte, aber ich fand nur ein großes schwarzes Loch. »Was ist gestern passiert?«

»Du hast ironischerweise die ganze Zeit *Blackout* von *Breathe Carolina* gesungen.« Alex gähnte und streckte sich. Entweder er tat das absichtlich, damit ich beobachten konnte, wie sich seine Muskeln unter dem dünnen Stoff bewegten, oder ich wurde paranoid. »*I won't blackout* hat es anscheinend nicht richtig getroffen.«

»Ich hab Lyrics zitiert wie …«

»Wie ich«, beendete Alex breit grinsend meinen Satz. »Ich bin ein viel besserer schlechter Einfluss, als ich dachte.«

»Ich hätte die Schwefelsäure schlucken sollen«, murmelte ich mit finsterer Stimme. »Was ist sonst noch passiert?«

»Setz dich erst einmal hin«, wies mich Alex streng an. »Du bist immer noch nicht ganz fit. Was mich nicht überrascht, nach dem, was du gestern allein vernichtet hast.«

Langsam wackelte ich wieder zu dem improvisierten Bett. Ich war mit Alex in dem Zimmer, in dem ich ihn zum zweiten Mal geküsst hatte … äh, natürlich das Zimmer im *Pulse*, das seiner Band gehörte. Das mit dem Kuss war überhaupt nicht erwähnenswert.

Ich zog meine Füße eng an meinen Körper und legte den Kopf auf die Knie. Wie konnte ich nur immer tiefer sinken? Ich hatte so etwas wie eine *Knutschaffäre* – vielleicht sollte ich es einfach Speichelaustauschaffäre nennen, damit es sich nicht so kindisch anhörte – mit Alex angefangen, die Schule geschwänzt, jeden in meiner Nähe belogen, und jetzt durchlitt ich auch noch meinen ersten richtigen Blackout, weil ich mich aus Trotz selbst abgefüllt hatte. Ich benahm mich wie ein Kind, dem man verboten hatte, mit diesem einen Spielzeug zu spielen, und genau das machte es so überaus verführerisch. Meine Eltern, Ian und mein Großvater mochten ihn nicht. Genau das war es, was ihn für mich so verlockend machte.

»Geht's dir gut, Kali?«

Ich schnaubte, als ich Alex' vorgespielte Besorgnis hörte. »Ausgezeichnet«, sagte ich. Bei der letzten Silbe überschlug sich meine Stimme. »Jetzt hast du ein paar weitere erste Male für deine kleine perverse Sammlung.«

Alex murmelte etwas, das ich unmöglich verstehen konnte.

»Was hast du gesagt?«, fragte ich.

Ich wusste nicht einmal, warum ich wütend auf ihn war. Ihn traf keinerlei Schuld an dem, was passiert war. Er hatte sogar noch versucht, mich aufzuhalten, aber ich hatte mich ihm widersetzt und nun musste ich die Konsequenzen tragen. »Ich ... Du ...«, begann er. Anscheinend hatte er keine Ahnung, wie er es ausdrücken sollte. Doch ich hatte ein komisches Gefühl bei der Sache. Mein Herz schlug mir bis zum Hals. »Glaubst du, man kann dein erstes Mal bestellen? So wie die fehlenden Sticker bei einem Album?«

Ich schüttelte den Kopf. War ja klar, dass Alex nur wieder an das eine dachte!

Schnell lenkte er das Gespräch auf ein anderes Thema. »Willst du die Fotos von gestern sehen?«, fragte er mich.

Interessiert hob ich den Kopf. Meine Augen tränten, obwohl fast kein Licht in den Raum drang. »Fotos? Du hast Fotos gemacht?«

Er nickte und reichte mir sein Handy. Die ersten Aufnahmen waren noch ganz normal: Ich saß auf dem Tisch und trank ein Gläschen nach dem anderen. Doch dann wurde es ziemlich … tief, wie man so schön sagte. Auf ein paar Bildern klebte ich wie ein Blutegel an Alex' Hals, Craig und Simon ahmten uns nach. Nur sah es bei ihnen gestellt aus, was mir in unserem Fall auch lieber gewesen wäre. Die anderen Bilder zeigten die Jungs mit … mit meinem BH als Hut auf dem Kopf.

»Ich möchte sterben«, bat ich nach jedem Foto.

Plötzlich fiel mir auf, dass mich Alex komisch anstarrte. Und ich meine damit nicht dieses *Du bist doch verrückt*-Anstarren, an das ich über die Jahre durch die häufige Verwendung durch meine Freundinnen gewöhnt worden war.

»Was denn?«

»Du wirst immer interessanter für mich«, gestand er leise. Seine Hand glitt in meine Haare. Ich saß einfach da, unfähig, mich zu bewegen. Das Blut schoss in meine Wangen und ich hörte es in meinen Ohren rauschen. »Zuerst warst du für mich nur ein kleines Spielzeug, aber jetzt …«

Die Luft in dem Raum war schon so aufgebraucht, dass mir das Atmen richtig schwerfiel … oder lag es am Restalkohol? Die ganzen Spirituosen, die ich intus hatte, benebelten meine Sinne derart, dass ich mich wie eine Puppe in seine Arme ziehen ließ.

Dieser eine Kuss unterschied sich von den anderen. Er war zärtlich und nicht fordernd, das genaue Gegenteil von Alex. Alex schlang seine Arme um mich und drückte mich an seinen warmen Körper, während er mir kreisförmig über den Rücken strich. Er wusste gar nicht, wie sehr ich eine Umarmung wertschätzte, jetzt, da ich mich nicht unwohler in meiner Haut fühlen konnte.

Irgendwie spendete mir dieser Kuss Trost. Auch wenn mein Leben momentan völlig außer Kontrolle geraten war, gab es noch jemanden, der zu mir hielt. Der mich nicht im Stich lassen würde: Alex.

Erschrocken von meinen eigenen Gedanken stieß ich ihn von mir weg. Er starrte mich überrascht an, während ich total fassungslos war. Alex hatte mich doch zu dem Häuflein Elend gemacht, dass ich jetzt war. Und er würde nicht mehr für mich da sein, wenn ich erst einmal mit ihm geschlafen hatte.

»Ich muss los«, sagte ich. »Bevor ich für ewig in meinem Zimmer eingeschlossen werde.« Was wohl besser wäre, damit die böse Zoey nicht noch mehr Unheil anrichtete. Ich fand meine Handtasche neben der Matratze und stürmte aus dem Zimmer. Alex' Rufe beachtete ich nicht. Ich musste so schnell wie möglich hier weg, bevor mir die ganze Situation noch über den Kopf wuchs und ich meinem Herzen erlaubte, etwas anderes für diesen Arsch zu empfinden.

24. KAPITEL

ENGEL GEGEN ZOEY

Mir war es so was von scheißegal, dass sich alle Leute nach dem Mädchen umdrehten, das seinen inneren Konflikt *Gut gegen Böse, Engel gegen Teufel, Luke Skywalker gegen Darth Vader* laut mit sich selbst ausfocht. Muss ich noch erwähnen, dass ich dieses Mädchen war? Ich!

Zum Glück besaß ich keine Würde mehr, die ich verlieren konnte, als ich mit zerrauften Haaren, verwischtem Make-up und nach Tabak stinkend in die Straßenbahn stieg. Oh, und natürlich ohne BH, da ihn Alex als Trophäe behalten hatte.

»Du bist so eine Idiotin!«, beschimpfte ich zwar mich selbst, aber die ältere Frau, die neben mir in der Bahn saß, rutschte eine Armlänge von mir weg. Unbeirrt fuhr ich fort. »Nur weil er dich umarmt hat, heißt das nicht, dass er etwas für dich empfindet. Wahrscheinlich hat er dich aus Versehen so geküsst, als würdest du ihm mehr bedeuten als nur die Befriedigung seiner Libido.« Eine junge Mutter, die gerade mit einem Kind an der Hand vorbeiging, starrte mich kurz an, bevor sie zügig ihre Tochter von mir wegzog. »Ich meine, Alex kann sich nicht in mich verliebt haben. Das ist noch unmöglicher als ein Perpetuum Mobile! Physikalisch völlig ausgeschlossen. Ich beleidige ihn die ganze Zeit. Ich habe ihm nie gezeigt, dass ich ihn ...« Das Wort blieb mir im Halse stecken. Was wollte ich denn sagen? Gar nichts. Weil ich für Alex nur Hass, Abneigung und Ekel empfand. Und eine gewisse Sehnsucht, die mir ein klein wenig Angst machte. »Du bist so dumm, Zoey. Jetzt hast du zugelassen, dass er dich verdirbt. Pass wenigstens auf, dass er dich nicht auch noch komplett verführt.«

Zum hundertsten Mal kramte ich mein Handy aus der Rocktasche und musste feststellen, dass meine Eltern immer noch nicht angerufen hatten. Entweder hatte ich unglaubliches Glück und sie hatten selbst auf der Party ein wenig zu viel getrunken, oder sie brachten gerade Gitterstäbe an meinem Fenster an. Ich wollte mich schon immer mal wie Harry Potter fühlen – nicht.

Ich spürte bereits ein mulmiges Gefühl, als ich in der Nähe unseres Hauses ausstieg. Wie sollte ich bei einer Konfrontation das alles erklären?

Hey, Mom. Hey, Dad. Ah, was ich gestern gemacht habe? Ich war mit einem attraktiven Typen ... Ah ja, ihr kennt ihn ja als meinen Exfreund! Natürlich treffe ich mich noch mit ihm, weil alles eine Lüge war. Ich war nie mit ihm zusammen, ich knutsche nur fast jeden Tag mit ihm rum. Also, ich habe mich wieder mit Alex getroffen. Nein, ich habe nicht mit ihm geschlafen! Ich hab mich nur bis zur Bewusstlosigkeit betrunken und dann geglaubt, ich hätte mit ihm geschlafen. Und wie war eure Party?

Auf keinen Fall würde ich ihnen die Wahrheit erzählen.

Wie ein Einbrecher schlich ich mich unter den Fenstern entlang bis zur Leiter. Leise kletterte ich die Leiter bis auf den Balkon hoch und erntete dabei komische Blicke von unserer alten Nachbarin. Aber was machte schon eine Person mehr, die mich für verrückt hielt?

Ich wollte gerade wieder in mein Zimmer schlüpfen, als plötzlich meine dunkelblauen Vorhänge zurückgerissen wurden. Erschrocken wich ich ein paar Zentimeter zurück, doch statt in die wütenden Augen meiner Mutter zu blicken, sah mich Serena mit hochgezogenen Augenbrauen und aufgerissenem Mund an.

»Zoey, was machst du da draußen?«, schrie sie so laut, dass ich es selbst durch die Glasscheibe hören konnte. »Und ... oh mein Gott, Leute, seht euch das an!«

»Sei still!«, knurrte ich. Sobald ich mein Zimmer betreten hatte, presste ich meine Hand auf Serenas Mund. Nell und Violet waren mit ihr gekommen und sahen mich genauso schockiert an wie sie. »Ich ... ich kann euch das alles erklären.«

»Meinst du deine heimlichen Treffen mit Acid?«, fragte Nell. »Von denen wissen wir doch schon längst. Wir sind eher über deinen Zustand entsetzt.«

»Was?«, fragte ich erstaunt. »Ich meine ... äh, was denkt ihr euch? Ich stehle mich doch nicht heimlich davon, um mit Alex und seiner Band abzuhängen. Ich war glückliche Paare im Park vergiften.«

Meine Freundinnen verdrehten wieder einmal synchron die Augen.

»Setz dich aufs Bett«, wies mich Nell streng an. »Du siehst absolut grauenhaft aus.«

Violet reichte mir in der Zwischenzeit ein Abschminktuch und Serena eine Haarbürste. Nell versicherte mir, dass sie mir pures und kein russisches Wasser oder ähnlichen Alkohol geben wollte, und drückte mir eine dunkelgrüne Flasche in die Hand. »Ist gut gegen den Kater.«

»Musst du kotzen?«, fragte Violet besorgt. »Das wäre ziemlich unpraktisch, da deine Eltern gerade frühstücken und Ian duscht.«

»Wenn Ian duscht, hält Serena ihr die Haare aus dem Gesicht, wenn sie kotzt«, rief Serena überglücklich.

»Ich muss nicht kotzen«, enttäuschte ich sie. »Ich habe zwar nichts bezahlt, aber es bleibt trotzdem drin. Warum seid ihr überhaupt in meinem Zimmer?«, kam es mir plötzlich.

»Uns war langweilig«, begann Serena. »Da haben wir gedacht, wir kommen zu dir und helfen dir bei deinem Problem, weil du für uns auch immer da warst«, fuhr Violet fort. »Weil du nicht auf unsere SMS geantwortet hast, sind wir vorbeigekommen.«

»Wir müssen noch einmal darauf zu sprechen kommen: Was bedeutet dir Alex?« Nell drehte sich zu mir um. »Keine Ausflüchte.«

»*Bedeuten* ist so ein starkes Wort«, wich ich aus. »Könnt ihr euch nicht damit zufriedengeben, wenn ich sage, dass ich nicht mehr das starke Bedürfnis verspüre, ihn zu töten?«

»Warum willst du ihn nicht mehr töten?«, bohrte Serena weiter. »Und jetzt sag nicht, weil du endlich kapiert hast, dass es strafbar ist.«

»Ich glaube jetzt felsenfest an Karma. Alles Böse, was ich tue, kommt dreifach auf mich zurück.«

»Serena.« Nell nickte meiner Freundin zu. »Los.«

»Serena tut es leid, aber wenn du nicht redest, muss Serena zu anderen Mitteln greifen.« Demonstrativ griff sie nach meinem LAN-Kabel. In der einen Hand hielt sie eine Schere. »Wir haben uns ein wenig auf deinem Computer umgesehen. Du lädst täglich fast fünfzig Songs runter. Willst du das heute wieder tun?«

Ich zuckte zusammen. »Das könnt ihr mir nicht antun! Ich brauche die Musik!« Alex hatte mich nicht nur süchtig nach seinen Küssen gemacht. »Okay, okay!« Ich hob die Hände. Dann würde ich mich eben ergeben. »Es könnte sein, dass ich mit einem minimalen Prozentanteil ganz gut finde, wie mein Leben gerade läuft.« Mit ungefähr neunundneunzig Komma neun Prozent empfand ich mein Leben als Schutthaufen, mit den restlichen Prozenten tanzte ich auf den Trümmern und erfreute mich an der Musik und an Alex' Küssen. »Es könnte auch möglich sein, dass ich mich neuerdings unglaublich lebendig fühle und sogar ein wenig begehrt. Wobei ich mir sicher bin, dass Alex nur eine Show abzieht.«

»Warum sollte er das?«, fragte Violet naiv.

»Weil er mich im Bett haben will, vielleicht?« Ich schnaubte. »Sein neuestes Spiel heißt *Nerv Kali, bis sie dich ins Bett zerrt.*«

»Bei so einem Spiel würde Serena verlieren«, sagte Serena, worauf Nell und Violet eifrig nickten. »Äh, und wie sieht der Spielverlauf so aus?«

Ich wandte den Blick ab und sah auf meine lackierten Nägel. »Seine Spielfigur ist zu dicht hinter mir. Heute hat er mich zum ersten Mal so behandelt und berührt, als würde ihm tatsächlich etwas an mir liegen, und ich habe gemerkt, dass ich damit überhaupt nicht zurechtkomme.«

»Du kommst mit seinen Gefühlen nicht zurecht?« Violet war aufgesprungen. »Zoey! Da ist einmal ein Typ total scharf auf dich und du packst die Gelegenheit nicht beim Sch…«

»Schwanz«, kicherte Serena dazwischen. »Sorry, aber das wollte Serena schon immer mal sagen!«

Ich ignorierte ihren dummen Spruch. »Ich habe Angst, dass er es nicht ernst meint …« Das alles auszusprechen kostete mich ungemein viel Kraft. »Wer kann sich denn sicher sein, dass er nicht so verzweifelt ist, dass er alles daransetzt, mich zu kriegen? Ich würde es ihm zutrauen.«

»Du meinst also, dass es ein Typ nicht ernst mit dir meint, der dir jeden Tag ein Video auf die Pinnwand postet und dir interessante Sachen per Mail schreibt?« Nell seufzte verträumt. »Manchmal ist er echt süß.«

»Ihr habt euch in meinen Account eingeloggt und meine Privatnachrichten gelesen?«, donnerte ich. »Geht es euch noch gut? Schon mal etwas von Privatsphäre gehört?«

»Wer auf Facebook ist, verzichtet sowieso auf Privatsphäre«, entgegnete Nell. »Und so konnten wir herausfinden, wo du bist. Echt eine gute Idee von Acid, diese ganzen Videos vor allen anderen Usern zu verbergen.«

»Serena und die anderen dachten wirklich schon, dass du und Acid euch wirklich hasst.« Serena lächelte spitzbübisch. »Das vorgestern hat uns das echt glauben lassen.«

Wie das Schicksal so wollte, hatte ich im Deutschunterricht mit Alex ein Kurzreferat über Alkohol und Drogen ausarbeiten müssen. Ich hatte beinah nach jedem Satz gesagt: »Und dann endet ihr so wie der Typ neben mir.« Meine Deutschlehrerin hatte mir eine Vier und Alex eine Zwei gegeben, aber das war es mir wert gewesen. Alex hatte auf schmollend und verletzt gemacht, ehe er mich nach der Schule in der Bibliothek abgefangen hatte, wo wir im hintersten Eck rumgemacht hatten.

»Es war alles eine Lüge«, sagte ich. »Es tut mir so leid! Aber ich wollte nicht, dass ihr wisst, dass zwischen mir und Alex mehr läuft als nur Wortgefechte.«

»Wir können es dir verzeihen«, meinte Violet ehrlich. »Schließlich hat sich jede von uns schon mal wegen eines Jungen total dämlich aufgeführt. Oder mehrmals.« Sie sah zu Nell, die hilflos mit den Schultern zuckte.

»Und jetzt erzählst du uns die ganze Geschichte, von Anfang an«, sagte diese. »Und bitte, lass nicht aus, wie gut Acid küsst. Von uns allen hast du als Einzige im Moment etwas, das man als intaktes Liebesleben ansehen könnte. Und, Zoey …«

»Ja?«

»Kann es sein, dass du keinen BH trägst?«

25. KAPITEL

EINE KLEINE LEHRSTUNDE ÜBER ALEX' VORLIEBEN

✿

»Zum hundertsten Mal!« Ich hatte meine Stimme ein klein wenig erhoben. Na gut, ich schrie herum. Aber nur, weil meine Freundinnen mal wieder auf meinem Aussehen herumritten, als würde ich gleich von Typen mit Kameras überrascht und zum achten Weltwunder erklärt werden. Warum der ganze Wirbel? Wegen ein wenig Make-up und ein paar neuen Klamotten! »Ich habe mich nicht extra für Alex zurechtgemacht!«

Ich strich über meinen schwarzen Rock, der über den Knien endete, dann richtete ich mein ebenfalls schwarzes Top mit violettem Blütenmuster. Darüber trug ich die Lederjacke, an der ich irgendwie Gefallen gefunden hatte. Über mein Make-up fuhr ich besser nicht. Nicht dass ich in der Schule wie ein Emo-Clown herumlief. Stattdessen musterte ich mich im Display meines Handys.

Ich konnte es kaum erwarten, in Alex' Gesicht wie in einem Bilderbuch zu lesen, dass ihm mein Outfit gefiel. Deshalb beschleunigte ich meine Schritte ein wenig. Wir hatten dummerweise den Bus verpasst, da meine Freundinnen minutenlang unfähig zum Gehen gewesen waren, nachdem sie mich so angezogen das Haus verlassen gesehen hatten.

»Lass mal deine heutige Ausrede hören«, meinte Serena und verdrehte die Augen. »Hat dein schizophrenes Ich die Herrschaft über deinen Körper übernommen?«

»Oder bist du in deinen Kleiderschrank und in das Schminkzeug gefallen?«, kicherte Violet. »Ist glaubhaft.«

»Nein.« Nell schüttelte lachend den Kopf. »Zoey wurde von Aliens entführt. Die haben sie so gestylt vor der Haustür abgestellt, bevor wir sie für die Schule abholen kamen.«

»Haha, ihr seid so witzig«, entgegnete ich ironisch. »Als baldiges Mitglied einer Post-Hardcore-Band, die Alex mit mir wohl eher in eine Punk-Rock-Band verwandeln will, sehe ich mich gezwungen, mein Äußeres anzupassen.«

»Die Aliens waren glaubhafter«, meinte Serena nur. »Oder das Amok laufende Ich, aber das mit der Band …«

»Könnt ihr das glauben?«, fragte Nell. »Zoey kann singen! Und sie kann bald mit den heißen Typen aus der Band herumhängen.«

»Zoey …« Serena blieb stehen und blockierte damit mir und den anderen den Weg in die Klasse. »Wenn du Snake versehentlich mit dem Mikrofon erdrosseln würdest, würde es dir Serena nicht übel nehmen.«

»Oh nein!« Ich stemmte die Hände in die Hüften und beugte mich zu Serena vor. »Dein Problem mit Simon kannst du allein lösen.«

Plötzlich wandte Serena den Blick ab. Für einen kurzen Moment hatte ich etwas in ihren blauen Augen aufblitzen sehen, von dem ich nicht gedacht hatte, es jemals bei ihr zu entdecken: Trauer, aber auch Wut. Oh Gott, hatte ich auch so einen wütenden Blick draufgehabt, als ich Alex gehasst hatte?

»Du musst ihn heute dazu bringen, dir zu sagen, dass er dich liebt«, wechselte Violet das Thema. »Ich hab extra Taschentücher für diesen Moment eingepackt.« Sie stellte ihren Rucksack auf den Boden und kramte tatsächlich eine Fünfzig-Stück-Kartonpackung heraus. »Ich werde noch mehr heulen als beim alternativen Ende von *Beastly*!«

Meine Freundin Nummer eins hegte ähnliche Mordgedanken wie ich bei einem Jungen, Nummer zwei reagierte überemotional und die Dritte in der Runde verhielt sich verdächtig still.

»Ich geh jetzt in die Klasse«, sagte ich. »Spinnt ihr weiterhin euren Kitschroman zusammen.«

Sie folgten mir dicht hintereinander, weil sie in der schmierigen Romantikkomödie die Plätze in der ersten Reihe beibehalten wollten. Doch was ich in der Klasse sah, verwandelte das Genre des Romantikfilmes in einen Splatter-Film mit mäßig Blut und abgetrennten Körperteilen.

Stephanie saß gefährlich nah an Alex. Zwar hatte er die Arme vor der Brust verschränkt und grinste sie nicht an, aber es beunruhigte mich trotzdem. Allein der Gedanke, dass Alex jemanden wie das Klassenflittchen anlächelte ... Nein, Alex' süßes Grinsen hatte niemand außer mir verdient! Was ich alles für ihn und mit ihm durchmachen musste, hatte mir eindeutig ein alleiniges Recht auf diese Geste zugesprochen.

Auf leisen Sohlen näherte ich mich Stephanie, die mit ihrem hässlichen Nutten-Rock auf meinem Tisch hockte und mit ihren weißen Stiefeln – weiße Stiefel! – meinen Stuhl in Anspruch nahm.

»Ja, die höre ich auch voll gern«, sagte sie gerade und kicherte dümmlich. Noch nie hatte ich in Alex' Nähe Mordgedanken für jemand anderen gehegt als ihn. »Wir könnten doch gemeinsam auf ein *Chemical Romance*-Konzert gehen.«

»Diese Band hat sich erst vor kurzem getrennt«, mischte ich mich ein. Meine Schultasche landete mit einem lauten Knall neben Stephanie, die sofort zusammenzuckte. »Comeback leider ausgeschlossen.« Das hoffentlich nie stattfinden würde. Sicherlich würden die beiden nach einem solchen Konzert im Bett landen.

»Kali!« In Alex' Stimme schwang Erleichterung mit, und in seinem Gesicht konnte ich lesen, dass ich das perfekte Outfit herausgepickt hatte.

»Zoey?« Stephanie zog eine perfekt gezupfte, dünne Augenbraue hoch. »Was ist mit dir los?«

»Was sollte denn mit mir los sein?«

»Kali möchte gern auf ihren Platz«, meldete sich Alex zu Wort. »Würde es dir etwas ausmachen, deinen Hintern dort wegzubewegen?«

Stephanies entsetztes *Oh!* war ein Wohlklang in meinen Ohren. Doch die blutrünstige Seite in mir gab sich mit diesem *Oh!* und ihrem dummen Gesichtsausdruck nicht zufrieden. Dieses Ich hungerte nach mehr. Sobald Stephanie sich vom Platz verzogen hatte, sah es seine Chance gekommen.

Ich war mir sicher, dass ich etwas Verbranntes roch, als ich das Dümmste tat, was man in so einer Situation machen konnte. Da ich mich unaufhaltsam meinem Verfallsdatum näherte, sprang mir regelmäßig die Sicherung raus. Wie in diesem Moment. Ich küsste Alex. Vor allen Leuten in meiner Klasse, vor Stephanie und meinen Freundinnen.

Mein Verhalten konnte ich nur damit erklären, dass ich als Alphaweibchen das starke Bedürfnis hatte, mein Revier zu markieren. Alex gehörte mir. Nur ich durfte ihn küssen. Stephanie hätte ihn sicher durch nur einen einzigen Kuss mit exotischen Krankheiten übersät – wer wusste schon, wo die sich überall herumtrieb? – und Alex anschließend mich. Nein, ich musste mich meinem Instinkt ergeben und dafür sorgen, dass niemand in mein Revier eindrang.

Wenigstens lenkten mich die ganzen Gedanken ab. Eigentlich hätte ich schon an unsere Berührungen gewöhnt sein müssen, stattdessen war jedes Mal so intensiv wie der erste Kuss. Ich hätte noch länger an Alex' Lippen gehangen, hätte mir der Rücken nicht wegen der dummen Verrenkung wehgetan, die ich machen musste, um mich zu ihm hinunterzubeugen.

»Oh nein!«, hauchte ich, als ich mich von ihm löste. »Ich wollte dich doch nicht mehr in der Schule küssen.«

Alex hingegen grinste mich an. »War sowieso eine wirklich dumme Einschränkung.«

Da ich Angst hatte, das wenn ich mich umdrehte, alle Mädchen in meiner Klasse mit Fackeln und Heugabeln hinter mir stehen würden, wandte ich meinen Blick nicht von ihm ab. »Hilf mir«, flehte ich verzweifelt. »Ich … ich habe Angst, dass ich hierfür gejagt werde.«

»Leute, alle mal herhören!« Alex brüllte laut durch die Klasse. Um sich noch mehr Gehör zu verschaffen, stieg er auf seinen Stuhl und dann auch noch auf den Tisch. »Nur zur Information an die Ladys und Jungs unter euch, die an mir interessiert sind. Ich muss euch alle enttäuschen.«

»Alex!«, versuchte ich ihn aufzuhalten und schnappte mit meiner Hand nach seiner Jeans. »Halt deine Klappe!«

Doch er fuhr unbeirrt fort. »Nicht dass ihr Jungs jemals eine Chance bei mir gehabt hättet. Nichts gegen euch, aber ich steh mehr auf Mädels. Doch ab heute habt ihr alle keine Chance mehr. Denn Kali, oder Zoey, wie ihr sie nennt, hat ihren Anspruch auf mich erhoben.«

»Anspruch erhoben?« Ich zog eine Augenbraue hoch. »Habe ich ein Formular ausgefüllt?« Ich wurde scharlachrot im Gesicht. Als wäre es nicht schlimm genug, dass ich mit ihm vor allen Leuten rumgemacht hatte. Und ich war noch nicht einmal betrunken gewesen!

»Also, seid bitte alle nett zu mir, denn ich steh unter ihrem Pantoffel, der mich sicherlich zerquetschen würde, wenn sie wegen der Kusssache von euch aufgezogen wird.«

Nach seiner peinlichen Rede – jedenfalls war sie überaus unangenehm für mich – sprang er vom Tisch herunter.

»Ich hasse dich!« Wütend stieß ich meinen Zeigefinger an seine Brust. »Ich ... Was soll unsere Klasse jetzt nur von uns denken?«

»Keine Ahnung«, sagte er locker und zuckte mit den Schultern. »Mir ist das ziemlich egal. Hauptsache, diese blonde Tussi versucht mich nicht noch einmal anzugraben.«

»Ha!« Ich stieß ein abwertendes Lachen aus. »Weil du es nicht genießt, dass dir jemand wie Stephanie nachrennt.«

»Das tue ich wirklich nicht«, erwiderte Alex. »Hast du jemanden wie sie schon mal auf einem meiner Konzerte gesehen? Oder im *Pulse*?«

Ich schüttelte den Kopf.

»Ich bin nicht an jemandem interessiert, der nicht das kleinste bisschen mit mir gemeinsam hat«, erklärte er mir. Da ich immer noch unfähig war, jemand anderen als ihn anzusehen, setzte ich mich auf meinen Platz. Wenigstens versicherten mir meine Freundinnen, im Notfall Bodyguards für mich zu spielen. »Ich will eine, die sich mit meiner Musik auskennt und mit mir darüber diskutieren kann. Eine, die mich zum Lachen bringt und mich nicht wünschen lässt, dass irgendjemand so gnädig wäre, mir einen Stift ins Hirn zu rammen, wie bei Stephanie. Ich brauche eine wie ...« Alex schüttelte den Kopf. »Ist egal. Kali, hättest du morgen Zeit für Nachhilfe?«

»Äh, du ... gleich.« Alex' Worte ließen meinen Körper wieder außer Kontrolle geraten. Magenschmerzen, Atemnot, weiche Glieder und so weiter. »Ich muss auf die Toilette.«

Ich rutschte vom Stuhl und krabbelte ohne Scherz auf allen vieren aus der Klasse. Draußen auf dem Gang stieß ich allerdings bald gegen die Beine von Nell, die mich eingeholt hatte.

»Was ist nur los mit dir, Zoey?«, fragte sie mich. »Ich habe genau gehört, über was ihr euch unterhalten habt! Und vorher hast du ihn auch noch geküsst! Was treibt dich dazu, dich einfach so davonzustehlen?«

Zum Glück war kein Schwein mehr auf dem Gang.

»Er ... er empfindet nicht wirklich etwas für mich«, sagte ich leise. Ich kniete immer noch am Boden. »Sonst hätte er etwas wegen Sonntag gesagt. Wahrscheinlich ist ihm die Sache egal. Ganz im Gegensatz zu mir. Und den Rest hat er nur gesagt, um sich Nachhilfe zu sichern.«

Nell protestierte. »Du bist am Sonntag abgehauen!«, schrie sie. »Weißt du, was es für einen Jungen wie Alex bedeutet, sein Ego beiseitezulassen und zu sagen, dass er dich liebt?«

»Das Gleiche wie für mich, wie es aussieht.« Ich sah zu Nell auf. »Ich will ihn.«

26. KAPITEL

VON BÖSEN STAUBKÖRNERN UND DEM L-WORT

Ich hockte auf allen vieren auf dem staubigen Schulflur, wurde von diversen Lehrern und Schülern dumm angestarrt oder mit einem Kopfschütteln als verrückt abgestempelt. Meine Schamgrenze ähnelte der Stange beim Limbo-Tanzen; sie war auf den Boden gefallen. Es gab rein gar nichts mehr, was sich darunter durchschleichen konnte. Etwas Gutes konnte ich der ganzen Sache mit Alex also abgewinnen. Nackt durch die Schule zu krabbeln hätte mir keinen einzigen Tropfen Blut in die Wangen getrieben – weil ich Alex vor versammelter Klasse geküsst hatte!

Ich sah zu meiner Freundin hoch.

»Du willst ihn?« Nell schüttelte den Kopf. »Kannst du dir nicht einfach eingestehen, dass du ihn liebst?«

»Ich tue das L-Wort doch nicht! Nie im Leben!«, protestierte ich lautstark. Ich lie... Alex doch nicht, oder? Ich konnte ihn nicht ...! Was würden meine Eltern dazu sagen? Ian? Mein Großvater? Wer gab mir die Sicherheit, dass er mir nicht das Herz brach? »Ich will nur, dass er niemand anderen als mich küsst. Ich will nur, dass er öfter etwas mit mir unternimmt, und wenn es nur eine Nacht im *Pulse* mit der Band ist. Und irgendwann will ich auch, dass ich neben ihm aufwache und es nicht bereue, mit ihm ... äh, ihm etwas für seine Sammlung geschenkt zu haben.«

Nell verstand den letzten Satz zwar nur zur Hälfte, aber sie konnte sich zusammenreimen, dass ich gerade zugegeben hatte, nicht abgeneigt zu sein, mit Alex zu schlafen. Wenn er mich danach noch so umwarb wie jetzt, dann hatte ich die Bestätigung, dass er mich lie... mich auch wirklich wollte. Dumm nur, dass ich unglaubliche Angst davor hatte, diesen Schritt zu wagen. Ich wollte nicht benutzt und weggeworfen werden, wie es Alex schon mit so vielen anderen Mädchen vor mir gemacht hatte.

»Du willst also auch, dass er dich liebt, aber du umgehst das L-Wort mit allen Mitteln. Hab ich Recht?«

Ich schwieg.

»Einmal zwinkern für Nein, zweimal zwinkern für Ja«, sagte Nell. »Dein Unterbewusstsein soll mir die Antwort geben.« Sie sah mich mit ihrem analytischen Blick an. »Ist ja interessant.«

»Habe ich zweimal gezwinkert?«, fragte ich. »Oh Gott, ich habe doch nicht gezwinkert? Nell, da war ein böses Staubkorn, das mich angegriffen hat! *Zwei Mal!*«

»Ich hoffe, dieses Staubkorn fliegt mal in deinen Mund, wenn Alex in der Nähe ist, und verursacht einen Hustenanfall, der sich anhört wie ein Liebesgeständnis.« Nell packte mich an den Armen und zog mich hoch. Bei vier älteren Brüdern war es wahrscheinlich normal, kräftige Oberarmmuskeln zu entwickeln. »Jetzt steh auf, klopf dir den Staub vom Rock und zeig Alex, dass er dir etwas bedeutet. Kopf hoch, Pony aus den Augen und Busen raus!«

Ich grummelte, tat aber dann, was mir meine beste Freundin aufgetragen hatte – bis auf den Punkt mit Alex. Ich würde ihm erst klarmachen, dass er mir etwas bedeutete, wenn er mir gezeigt hatte, dass ich etwas Besonderes für ihn und kein Spielzeug war.

»Bin wieder da«, knurrte ich, als ich zurück auf meinen Sitz krabbelte. Ich hatte der versammelten Klasse nur einen kurzen

Blick zugeworfen, um die Peinlichkeit besser verdrängen zu können. Die meisten beachteten mich zwar nicht mehr, aber Stephanie und ihre Clique heckten anscheinend schon einen Mordplan aus. Wie ein Hexenzirkel standen sie um die blonde Schlange herum und beratschlagten sich, wobei sie mir immer und immer wieder giftige Blicke zuwarfen. Nur Serena und Violet belohnten mich mit einem Daumen. »Ich konnte mich leider nicht mit dem Toilettenpapier aufhängen.«

»Ach, Kali«, seufzte Alex, lächelte aber dabei. »So schlimm ist die Sache doch nicht. Also, wie sieht es jetzt aus mit Nachhilfe? Morgen? Und danach noch ein wenig Sex? Jetzt, wo ich ja dir gehöre.«

Er gehört mir ...

»Wenn es sein muss«, sagte ich gelangweilt und tat so, als wäre es mir völlig egal, dass ich morgen wieder Zeit mit ihm verbringen konnte. Allein. »Und nein, Alex. Ich schlafe nicht mit dir. Du weißt gar nicht, wie viele Sachen mir gehören, mit denen ich auch nicht schlafe.«

»Aber keine der Sachen küsst dich so wie ich. Komm schon, sag mir wenigstens, dass du es dir schon überlegt hast!«

»Was überlegt habe?«, fragte ich unschuldig. »Ich denke, wenn ich mit dir zusammen bin, die ganze Zeit an Schwefelsäure und Desinfektionsmittel.«

»Leute, hört auf, solche intimen Sachen vor dem Unterricht zu diskutieren!«, ermahnte mich Nell. »Wenn ihr euch schon darüber unterhalten wollt, dann macht eine Präsentation, so dass unsere ganze Klasse etwas davon hat.«

»Wäre eine ganz nette Idee ...«

»Halt die Klappe, Alex!« Ich schnaubte und lehnte mich in meinen Sitz zurück. »Ihr beide seid unglaublich eklig.«

»Themawechsel!«, verkündete Alex. »Kali, du musst am Samstag wieder in den Club kommen.«

»Warum?«

»Weil ich es will?«

»Ach ja, ich vergaß. Ich tue ja genau das, was du willst. Darum habe ich auch schon mit dir geschlafen.«

Das hatte richtig gesessen. Alex gab für geschätzte dreißig Sekunden Ruhe.

»Nell, du bist auch herzlich eingeladen«, sagte er schließlich und zwinkerte ihr zu. »*Besonders* herzlich.«

Wütend fuhr ich herum und funkelte meine Freundin eifersüchtig an. Was hatte sie mit Alex zu schaffen?

Nell zuckte zusammen. »Äh ... danke, Acid.« Sie sah mich flehend an. »Zoey, bitte mach mir keine Angst. Ich bin durch den Horrorfilm-Marathon vom Wochenende immer noch ein wenig paranoid. Auch tagsüber.«

»Böse Kali.« Alex lachte leise. Er legte eine Hand auf meine nackte Schulter, wahrscheinlich um mich zu beruhigen oder im Notfall zurückzuziehen. Statt die Hand abzuschütteln oder gleich mit einem Karateschlag zu brechen, ließ ich sie dort ruhen. Ach, seine Hand war so warm und so ... Aus, Kopfkino! »Lass deine Freundin bitte am Leben. Snow würde es dir sonst übelnehmen.«

Snow? Was hatte Craig mit Nell zu tun? Doch kaum hatte Alex seinen Namen ausgesprochen, lächelte Nell verträumt. »Oh! Tut mir leid, dass ich es dir nicht gesagt habe«, sagte sie schnell. Ihre Wangen hatten sich rot verfärbt. »Snow und ich sind noch nicht *so* zusammen, aber es könnte demnächst passieren.«

»Er liebt dich«, mischte sich Alex ein. »Ich habe eure SMS gelesen. Wenn Snow so kitschig wird, dann weiß man, dass ihm etwas an dem Mädchen liegt.«

»Seit wann? Wie? Was?«, wollte ich wissen. »Wissen Serena und Violet schon davon?«

»Nein, nein.« Nell schüttelte den Kopf. »Ich will es ihnen auch nicht sagen, wegen der *anderen* Sache.«

Ich stöhnte auf. So, wie ich meine Freundin kannte, wollte sich Nell nicht aufdrängen, weil Serena und Violet ihr dann geholfen hätten, die Sache mit Craig auf die Reihe zu bekommen, anstatt mir mit Alex zu helfen. Nell brauchte allerdings mit ihrem speziellen Charme sowieso keine Hilfe.

»Es ist jetzt ein paar Wochen her. Seitdem wir zu viert im *Pulse* waren. Als ich gemerkt habe, dass zwischen Serena und Snake etwas in der Luft lag, habe ich mich eben mit Snow unterhalten und …« Sie strahlte über das ganze Gesicht, »… jetzt bin ich total verknallt in ihn.«

Ich freute mich wirklich riesig, dass Nell endlich einen neuen Freund gefunden hatte, aber ich musste ihr einfach etwas sagen.

»Ah … ja.« Ich kaute auf meiner Lippe. »Versteh mich nicht falsch, ich mag Craig wirklich, aber als ich mit Alex in seinem Studio war …«, *haben wir einen BH gefunden,* dachte ich. Wollte ich meiner Freundin wirklich auf die Nase binden, dass Craig es wie Alex wahrscheinlich nur scheinbar ernst mit ihr meinte? Sie wirkte so glucklich!

»Uh, das ist voll cool, nicht?«, rief sie aus und kicherte leise. »Studios sind sexuell erregend! Das ist übrigens mein neuer Lieblingsspruch. Craig fand ihn wahnsinnig witzig. Ein Grund, warum ich ihn liebe.«

»Der dumme Spruch ist von dir?«, kam es von Alex und mir wie aus einem Mund. »Ich fand gleich, dass er einen leichten Nell-Touch hat«, sagte ich. »Und du hast mich dumm auf meinen fehlenden BH angesprochen.«

Nell zuckte lächelnd mit den Schultern. »Hey, bei mir ist es nicht außergewöhnlich, aber bei dir …«

»Snow und ich machen jetzt ein Museum für BHs auf, dank euch beiden«, sagte Alex, aber ich ignorierte seinen schlechten Scherz. »Wir danken für jede Spende.«

Die restlichen Schulstunden verstrichen ohne wirkliche Vorkommnisse. Ich bemerkte nur, dass Nell wieder in ihre Herzkritzelei verfallen war. Nach der sechsten Stunde zierten mindestens zehn Herzen in allen möglichen Farben meine Hand; selbst Alex hatte sich nicht vor ihr retten können.

»Wie viele Phasen durchlebt Nell noch mal, wenn sie verknallt ist?«, fragte Alex und versuchte, sich das schwarze Edding-Herz von der Wange zu rubbeln.

»Ungefähr fünf«, antwortete ich. »Demnächst wird sie zu allem *süß* sagen. *Oh, schau mal, der Typ bei* Saw *schneidet sich einen Fuß ab. Wie süß!*«

Alex lachte leise.

Ich hatte Nell geraten, Serena und Violet einzuweihen; deshalb waren meine Freundinnen noch in der Schule geblieben. Da ich aber unter Hausarrest stand und befürchtete, Ärger zu bekommen, wenn mich meine Eltern erwischen sollten, war ich schon abgehauen. Dicht gefolgt von Alex.

»Wo soll ich dir morgen Nachhilfe geben?«, fragte ich Alex. »Zu mir nach Hause kannst du nicht und ich habe Hausarrest …«

»Scheiß auf den Arrest! Du kannst gern zu mir kommen«, bot mir Alex mit rauer Stimme an. »Meine Matratze ist seit Wochen kalt und unbequem. Es wäre mir eine echte Hilfe, wenn du und ich sie wieder einliegen würden.«

»Ja klar«, antwortete ich und versuchte tatsächlich, auf ernst zu machen. »Ich habe schon viel zu lange gegen die Lust angekämpft. Nimm mich jetzt und auf der Stelle, Alex!«

Ich fragte mich, ob es mir so leichtfiel zu lügen, weil ich Alex nicht mehr wirklich abgeneigt war.

Er verzog die Mundwinkel nach unten. »Du meintest das jetzt nicht ernst, oder?«

»Natürlich meinte ich es ernst«, sagte ich mit gespielter Empörung. »Zuerst will ich über ein blühendes Feld zu dir rennen, dann will ich in deinen starken Armen vor einem Kamin meine Jungfräulichkeit verlieren und dich so lange lieben, bis das Feuer erloschen ist.« Ich machte eine Pause.

»Natürlich ist das nicht mein Ernst.«

»*You know, there are some days when I really feel like this could work. Like, you and I are finally gonna get it right.*« Zwar zitierte Alex einen Song namens *Forget About It* von *All Time Low*, aber dieses Mal klang seine Stimme nicht so spöttisch wie sonst, wenn er mich mit ein paar Zeilen aufzog. Das war es, was mich dazu brachte zu schlucken. Alex klang ein wenig verletzt. Wahrscheinlich weil ich seinen Stolz angekratzt hatte – schon wieder. »*Then there are days like today, when you make me want to tear my fucking hair out.*«

»Alex, muss ich dir noch einmal sagen, warum ich nicht mit dir …«

»Nein, Kali. Komm jetzt nicht damit, dass du es nicht willst.« Alex blieb stehen. »Warum belügst du dich nur immer selbst?«, fragte er ernst und schüttelte leicht den Kopf. »Ich könnte mich niemals anlügen. Du leugnest die Sachen, die du magst, die du *liebst*. Und für was? Nur damit du nicht zugeben musst, dass du dich verändert hast. Aber willst du etwas wissen, Kali? Du hast dich nicht wirklich verändert, du warst schon immer so, nur hast du es unterdrückt.«

»Alex, ich finde es ja schön, dass du dich auch so wortreich ausdrücken kannst, aber …«

»Keinen dummen Spruch, bitte«, sagte er. Er kam einen Schritt näher und ich wich an eine Mauer zurück. »Wenn du jemals vollständig leben willst, dann komm zu mir, Kali. Ich weiß, dass du es willst.«

Und damit ging er einfach weg.

Schwer atmend lehnte ich mich noch ein paar Minuten gegen die Mauer. »Warum …«, flüsterte ich leise. »Warum will ich dich? Warum weißt du, was ich will?«

Doch die Antwort kannte ich nur zu gut.

27. KAPITEL

ROCKSTAR MIT HAUSTIER

Es gab einige Orte, vor denen ich – und wohl auch der Großteil der Menschheit – wirklich Angst hatte, sie zu betreten: die Gegend um Tschernobyl beziehungsweise Fukushima, eine verlassene Irrenanstalt, in der die Insassen grausam zu Tode gefoltert wurden und in der es spukte, und Alex' Wohnung, natürlich wegen der ganzen Viren und Bakterien. Doch in genau diese hatte er mich eingeladen, um ihm Nachhilfe zu geben.

Das war ein Grund, auf dem Schulparkplatz eine Show für alle, die an uns vorbeikamen, abzuliefern. Alex saß auf seinem niedlichen Roller und ich lief gestikulierend um ihn rum. Okay, vielleicht war meine Schilderung ein wenig aufgebauscht. Ich wirbelte um ihn herum, weil er nicht begreifen wollte, dass ich nicht in seine Wohnung kommen wollte.

»Ich bin noch nicht dafür bereit«, sagte ich. »Ich kann doch ni…«

»Kali, ich lade dich zu mir nach Hause ein!« Alex stieß einen leisen Grummel-Laut aus. »Ich überrede dich nicht dazu, dir ein Tattoo stechen zu lassen oder mich spontan in Las Vegas zu heiraten!«

»Hochzeit?« Ein kleines, aber umso hysterischer klingendes Lachen kam über meine Lippen. »Jetzt übertreibst du es wirklich mit den Vergleichen.« Um das Gesagte zu bestärken, gab ich Alex einen festen Klaps auf den Rücken, so dass sein Kopf fast gegen den Lenker flog. Wieder einmal hatte ich meine Kraft überschätzt. »Du bist so unwitzig!«

Alex starrte mich ein paar Sekunden verwundert an. Noch nie hatte mich eine seiner Bemerkungen so in Alarmbereitschaft versetzt. Dabei hatte er nur einen dummen Scherz gemacht! Hoffentlich würde ich nicht noch einmal so austicken, wenn er ein Wort fallenließ, das direkt oder indirekt mit dem L-Wort zu tun hatte.

Dann zuckte er mit den Schultern. »Und, kommst du jetzt?«

»Ich kann nicht«, sagte ich und ruderte mit den Händen in der Luft. »Mom und Dad killen mich, wenn ich nicht zu Hause bin, wenn sie von der Arbeit kommen.«

»Ruf doch deinen Bruder an«, schlug mir Alex vor. »Und sag ihm, dass dich irgendetwas in der Schule aufhält. In deinem hübschen Kopf steckt doch auch ein Gehirn, Kali.«

Welches Gehirn?, fragte ich mich. *Das, das mich dazu gebracht hat, meine Mordpläne nicht in die Tat umzusetzen, weil es mit meinem Herzen zusammenarbeiten muss?*

Das einzig Gute daran war, dass sich Hirn und Herz gegen den Schulsprecherjob entschieden hatten, denn eigentlich hatte ich das nie selbst gewollt. Meine Eltern und Großvater hatten mir das eingeredet, seit ich auf die Schule gekommen war.

Das ist es!

Ich kramte mein Handy aus meinem Rucksack und wählte Ians Nummer.

»Schwester?«, meldete er sich schläfrig. Es war ja erst halb zwei. In Ians Welt schlief man eben von fünf Uhr früh bis drei Uhr nachmittags, nachdem man den ganzen Tag programmiert hatte. Natürlich bestätigten Ausnahmen die Regeln, aber meistens war mein Bruder ein nachtaktives, lichtscheues Wesen. »Was gibt es denn so Dringendes, dass du mich nicht an meinem Masterprogramm weiterarbeiten lässt?«

»Du hast geschlafen«, entgegnete ich kühl. »Heute ist ein Treffen für diejenigen, die sich als Schulsprecher bewerben wollen. Ich werde also vor«, ich blickte zu Alex, »vor sechs nicht zu Hause sein.«

»Schule oder *Schule*?«, hakte Ian nach.

»Danke, Ian«, antwortete ich kurz, um die Frage zu umgehen, die in seinem Unterton mitschwang, und legte auf. Ian würde mich auf der Stelle umbringen, wenn er wüsste, dass ich mit dem Typ abhing, der ihm die Freundin ausgespannt hatte. Ich sollte laut Alex' Meinung ehrlich zu mir sein? Wie konnte ich ehrlich zu mir sein, wenn ich dauernd die anderen anlügen musste?

Je mehr Stufen wir zu Alex' Wohnung erklommen, desto dringender hatte ich das Bedürfnis, mir einen Schutzanzug mit integrierter Gasmaske zuzulegen. Gut, das Gebäude stand nicht in der schrecklichsten Gegend, wie ich es eigentlich erwartet hatte, aber ein Highlight war es auch nicht gerade.

Als wir vor einer unauffällig normal wirkenden Tür stehen blieben, dachte ich zuerst, Alex hätte sich geirrt. Doch vor uns prangte tatsächlich ein Namensschild mit der Aufschrift »Alexander ›Acid‹ Seidl«.

»Oh, keine *Vorsicht Strahlengefahr*-Schilder an der Wohnungstür?«, wunderte ich mich.

Alex schüttelte den Kopf über meinen Scherz und stieß die Tür auf. Was ich sah, zerstörte beinah das Bild, das ich mir von ihm gemacht hatte. Der Eingangsbereich war klein, nichts Besonderes, aber es türmte sich nirgendwo Müll. An ein paar Haken, die an der Wand montiert waren, hingen ordentlich ein paar schwarze Jacken und Schals, darunter standen Alex' Schuhe.

Es wunderte mich nicht, dass er alleine wohnte. Nach dem, was er mir von seinen Eltern erzählt hatte, war ich mir sicher, dass er, sobald er gedurft hatte, ausgezogen war.

»Äh … hast du nicht mal gesagt, dass Simon auch hier wohnt?«, fragte ich.

»Ja, das tut er, aber momentan ist er lieber bei Snow, zockt mit seiner PS3 und vermeidet es, sich eine Arbeit zu suchen.« Er verdrehte die Augen. »Zieh die Schuhe bitte aus«, wies mich Alex an und ging an mir vorbei. »Ich habe gestern erst gewischt.«

Ich nickte benommen. War das wirklich seine Wohnung? Hatte er vielleicht eine Haushälterin oder gab es zauberkräftige Wichtel, die in wenigen Sekunden den Staub und Dreck einfach verschwinden ließen?

Mit offenem Mund begleitete ich ihn in ein gemütlich aussehendes Wohnzimmer mit dunkelrot angestrichenen Wänden. Komisch war nur, dass er keinerlei Bilder oder Fotos aufgehängt hatte, weshalb mir ein Bilderrahmen auf dem Glastisch sofort auffiel. Ich huschte an ihm vorbei und nahm das Bild in meine Hände. Darauf waren Alex und ein Junge zu sehen, der ihm fast bis aufs Haar, oder sollte ich sagen: bis auf die Augen, glich. Seine funkelten in einem dunklen Grün, zahlreiche Tattoos übersäten seinen Oberarm. Er sah ein klein wenig älter aus als Alex – zwei, allerhöchstens vier Jahre.

»Wer ist das?«, fragte ich, als Alex sich dem Tisch näherte.

»Niemand«, antwortete er mit verbitterter Stimme. Er nahm mir das Bild aus der Hand und legte es umgedreht auf den Tisch. »Niemand, der wichtig ist.«

Da ich annahm, dass mich ein erneutes »Wer ist das? Wer ist das? *Wer ist das?*« nicht weiterbringen würde, setzte ich mich auf die schwarze Kunstledercouch. »Willst du was? Kaffee oder Tee?«, fragte mich Alex, der noch neben dem Tisch stand. »Ich hab sicherlich auch noch irgendwo Wein, wenn du etwas für die Nerven brauchst.«

»Du hast eine Küche?«, fragte ich. »Eine Küche mit Spüle, Herd und so weiter? Keinen Wasserhahn, der aus einer Mauer ragt?«

»Ich mach dir eine Tasse Tee«, sagte er und ging nicht weiter auf meine Verwunderung ein. »Ich hoffe, es stört dich nicht, dass ich ihn dir in einem Nachttopf serviere, weil ich keine Tassen besitze.«

»Wirklich nicht?«, rief ich ihm nach, als er schon in der Küche war.

Sein genervtes Seufzen hörte ich bis hierher.

Ich konnte es nicht glauben. Alex und ich waren uns tatsächlich ähnlicher, als ich glauben konnte. Wenn ich noch ein einziges Vorurteil gegen den Rockstar gehabt hatte, war es jetzt zerstört worden.

Er war so … anders!

Ganz kurz erlaubte ich mir eine Fantasie, die mein Herz vor Freude herumtollen ließ: Ich, auf der Couch sitzend, irgendwelche Zettel mit Songtexten studierend und leise vor mich hin summend, Alex kommt mit einer Flasche Sekt und zwei Gläsern in den Raum spaziert, unsere Blicke kreuzen sich, niemand sagt etwas – wir lächeln uns nur an.

Ich zwickte mich, um mich aus den Tagträumereien zu reißen.

So eine Träumerei durfte ich mir erst erlauben, wenn ich mir sicher war, dass Alex mich liebte, denn sonst würde ich wie so viele Mädchen vor mir mit gebrochenem Herzen enden.

Die Zeit, die Alex in der Küche verbrachte, nutzte ich, um mich ein wenig im Wohnzimmer umzusehen. Auf dem Tisch stapelten sich ein paar Musik- und Gitarrenmagazine. Spielte Alex Gitarre? Bis jetzt hatte ich ihn noch nie mit diesem Instrument gesehen; in seiner Band gab es ja schon zwei Gitarristen und einen Bassisten.

Der Raum wirkte eigentlich schöner und ordentlicher als mein Zimmer. Den Fernseher überdeckte keine Staubschicht, ebenso wenig den Laptop, der auf einem kleinen Tisch vor einem Fenster stand; die CDs daneben stapelten sich ordentlich übereinander. Es war wirklich sauber, bis – »Eine Ratte!«, quiekte ich und sprang auf die Couch. Zu meinen Füßen war gerade ein braunes Etwas vorbeigewuselt. »Alex, da ist eine Ratte im Wohnzimmer!«

Für einen Retter in der Not kam Alex unglaublich langsam ins Wohnzimmer zurück. Er stellte eine Tasse mit dampfendem heißen Tee vor mir ab. »Eine Ratte?«

»Da!«, schrie ich und sprang auf dem Sofa herum. Entsetzt musste ich mit ansehen, wie das Tier an Alex' Hosenbein emporkletterte, von seinem Arm zu seinem Hals hinauflief und seinen pelzigen Kopf an seine Wange schmiegte ... Moment mal!

»Das ist Ronnie«, stellte Alex die vermeintliche Ratte vor und tätschelte ihr den Kopf. »Mein *stubenreines* Frettchen. Würde es dir etwas ausmachen, von meiner Couch runterzugehen? Ich hab gestern erst geputzt!«

Ronnie lag zusammengerollt auf den Magazinen und sah ab und an zu uns. Irgendwie mochte ich diesen flauschigen Haufen. Hoffentlich nahm er es mir nicht übel, dass ich ihn für eine Ratte gehalten hatte.

»Ich glaube, du hast Chancen auf eine akzeptable Note«, sagte ich und klappte das Mathebuch zu. »Du machst Fortschritte in Mathe.«

Wirklich, das war kein Standardspruch, den man nur sagte, damit der andere nicht die Hoffnung verlor. Alex erwies sich als nicht so dumm, wie ich angenommen hatte. Aber ich war ja auch eine ausgesprochen gute Nachhilfelehrerin.

»Machst du auch Fortschritte?«

Ich wandte mich ihm zu und sah, dass er mich mit seinen blauen Augen voller Verlangen musterte. Ich schluckte schwer. Da ich nur zu gut wusste, was jetzt kam, rückte ich ein paar Zentimeter näher zu ihm. »Verrate du es mir.«

Im nächsten Moment spürte ich eine Hand in meinem Nacken und meine Lippen auf seinem Mund. Doch dieses Mal war etwas anders. Viel zu schnell zog sich Alex zurück. Er legte seine Hände auf meine Schultern und drehte mich so zu ihm, dass ich ihm in die Augen blicken musste.

»Ich würde dir niemals etwas antun, was du nicht möchtest«, versicherte er mir und küsste mich am Hals. »Niemals.«

Seine Hände wanderten von meinen Schultern hinab zu meiner Taille und glitten dann unter mein Shirt.

»Alex«, keuchte ich erschrocken. »Was tust du da?«

Die Szene kam mir ungemein vertraut vor. Genau das Gleiche hatte er getan, als wir allein in der Abstellkammer gewesen waren. Noch immer fragte ich mich, wie weit er – und besonders, wie weit ich – damals gegangen wäre.

»Ich lasse dich ein wenig leben, Kali«, antwortete er wieder einmal mit dieser unglaublich rauen, erotischen Stimme. »Entspann dich.«

»Wie soll ich mich entspannen, wenn du mich die ganze Zeit so …«

Ich verstummte, als Alex anfing, mir immer wieder mit kreisenden Bewegungen den Rücken zu streicheln. So gut es ging, versuchte ich zu verbergen, dass mir gefiel, was er mit mir tat, aber dann entwich mir ein leises Stöhnen, das ihm einen zufriedenen Ausdruck ins Gesicht zauberte.

Ich schloss kurz die Augen, um die Situation zu … genießen. Oh ja, ich genoss es viel zu sehr, Alex' kleines Spielchen mit meinem armen Körper, der die Situation im Gegensatz zu meinem prüden Verstand als schön empfand.

»Gefällt dir, was ich mit dir mache?« Als ich die Augen aufschlug, musste ich feststellen, dass ich irgendwie in eine liegende Position gerutscht war und Alex auf mir lag. Seine Brust drängte sich gegen meine, unsere Beine waren ineinander verschlungen und unsere Lippen nur einen Zentimeter voneinander getrennt. »Bevor du wieder etwas Dummes sagst, sag lieber gar nichts. Und wenn es dir nicht gefällt, schlag mich bitte nicht gleich wieder.«

In dem Moment war ich unfähig zu sprechen, weil zu viele Fragen in meinem Kopf herumgeisterten. Wie viele Mädchen hatten sich schon in der gleichen Situation mit Alex befunden wie ich? Ich nahm an, dass, wenn er noch nie eine Freundin gehabt hatte, er auch noch nie jemanden geliebt hatte. War es dieses Mal anders? Nur einer kannte die Antwort …

»Alex«, begann ich mit fester, entschlossener Stimme. Doch dann bekam ich die Frage nicht über die Lippen. Was, wenn mich Alex auslachte, weil ich so dumm war und ihm glaubte, dass er etwas für mich empfand? Nein, der werte Herr sollte, wenn, von ihm aus sagen, dass er mich *L-Wort*! »Mir gefällt es.«

»Du bist ehrlich«, stellte er erfreut fest. »Das ist gut, Kali.«

Alles Weitere war nebensächlich, denn Alex senkte endlich seine Lippen auf meine. Ich erlaubte ihm, seine Erkundungstour fortzusetzen. Ich war sogar einverstanden damit, dass er mir zuerst die Weste und dann mein Top über die Arme zog. Es war sowieso unglaublich heiß hier drin, obwohl draußen eisige Herbsttemperaturen herrschten.

Alex drückte seine Lippen wieder auf meinen Hals und begann eine Spur von Küssen bis zu meinen Brüsten zu ziehen, dann bis zum Bauch und dann bis zu ...

»Lass das!«, raunte ich Alex zu. »Ich bin extrem kitzeli...«

Alles andere verlor sich in einem extrem lauten Lachanfall. Alex hatte mir ein paar Küsse an meine empfindliche Stelle, über meiner Hüfte, gedrückt. Ich brach schon in gackerndes Kichern aus, wenn mir jemand mit den Fingern über die Stelle strich, aber mit der Zunge ...!

Als ich mich beruhigt hatte, sah ich, dass Alex mich grinsend beobachtete.

»Was denn?«, keifte ich ihn an.

»Du bist wunderschön, wenn du lachst«, sagte er wieder mit dieser herrlich rauen Stimme. »Du wirkst so lebendig und menschlich dabei.«

Darauf wusste ich beim besten Willen nichts zu erwidern. Dafür liefen meine Wangen hochrot an. Oh Gott, zur Krönung war ich auch noch halb nackt!

»Alex«, fragte ich vorsichtig. »Darf ich noch ein wenig bei dir bleiben?«

28. KAPITEL

GIBT'S VERTRAUEN AUCH AUF EBAY?

Ich erwartete jeden Moment, dass mich Alex auf eine sehr unfeine Art aus seiner Wohnung schmeißen und mir damit heimzahlen würde, wie ablehnend ich sonst zu ihm war.

Noch nie hatte ich ihm auf irgendeine Art und Weise gezeigt, dass ich ihn *brauchte*. Gut, bis zu diesem Moment hatte ich auch noch nie so ein starkes Verlangen gehabt, in seiner Nähe zu sein. Zu küssen – ja. Ihn in meiner Nähe zu haben – nie auf diese Art. Ich wollte mit ihm alleine sein und ihn ganz für mich haben. Und mit dieser neuen Schwäche konnte er mich quälen.

Mein Herz klopfte wie wild. Was auch daran lag, dass mir Alex so nah war. Wenn wir nackt gewesen wären ... Nein! Ich durfte nicht einmal an Sex mit ihm denken! Es fiel mir ohnehin schon viel zu schwer, meine Hormone in ihrem Elektrozaun zu halten. Viel zu oft entwischte mir so ein Vieh.

»Natürlich kannst du bleiben, Kali«, sagte Alex lächelnd. Schwups! Ein weiteres Hormon-Schäfchen sprang über den Zaun in Alex' Gefilde. »Ich habe dir doch gesagt, dass du immer zu mir kommen kannst.«

Er ließ seine Hände in meine Haare gleiten und zog meinen Kopf zu seinen Lippen, aber ich drehte mein Gesicht zur Seite.

»Ja.« Ich schnaubte. »Du hast immer gesagt, dass ich zu dir kommen kann, wenn ich Sex mit dir haben will.«

Alex rollte von mir herunter, hob mein Top vom Boden hoch und hielt es mir vors Gesicht. »Zieh dich an, Kali.«

Ich spürte, wie sich ein paar Tränen in meinen Augen sammelten, und gleichzeitig stand ich kurz davor, Alex seinen hübschen Kopf abzureißen. Oh ja, ich würde ihm den Kopf abreißen, die Haut abziehen, den Schädel trocknen und mir daraus einen Trinkbecher machen. Danach würden mein neuer hübscher Becher und ich auf ein Metalfest gehen, und ich würde Met hineingießen, dorthin, wo eigentlich sein Hirn hätte sein müssen. Täuschte ich mich oder wurde ich immer morbider?

»Alles klar, dann gehe ich.« Ich versuchte, jegliche Emotionen in meiner Stimme zu unterdrücken. »Tschüs, Alex.«

Ich zog mir das Top an und war schon halb auf den Beinen, als mich Alex fest am Handgelenk packte. »Setz dich wieder hin.«

»Warum?«, fragte ich, riss meine Hand los und verschränkte die Arme vor der Brust. »Ich dachte, ich bin hier nicht willkommen, wenn ich nicht bereit bin, deine Matratze einzuliegen.«

»Und genau darum haben die meisten Mädchen den Titel Drama-Queen verdient«, murmelte er. Er setzte sich wieder zu mir auf die Couch. »Ich wollte, dass du dich anziehst, weil ich nur an Sex denken kann, wenn du nur im BH vor mir liegst. Versteh das, Kali. Ich bin ein Mann und ich finde dich überaus attraktiv.«

War das ein Kompliment, versteckt in einer Beleidigung?

»Komm zur Sache«, zischte ich ungeduldig. »Bla, bla, bla, du willst damit sagen, dass?«

»Dass du natürlich hierbleiben kannst«, sagte Alex. »Ich bin immer so allein. Nur Ronnie, ich und die hundert Kakerlaken, die sich von Menschenfleisch ernähren. Simon wohnt auch hier, aber das tut nichts zur Sache. Er sucht sich sowieso bald eine eigene Wohnung.«

»Kakerlaken?« Ich stieß einen leisen Schrei aus und zog die Füße an, bis ich merkte, dass Alex wieder nur einen dummen Scherz gemacht hatte. »Du bist so ein Arsch!«

»Du hast gedacht, dass ich in einer Müllhalde wohne.« Er klang leicht gekränkt. »Du hast Ronnie sogar für eine Ratte gehalten. Du bist der größere Arsch.«

Bei der Erwähnung seines Namens öffnete das Frettchen schläfrig die Augen, ließ den Kopf aber rasch wieder sinken und schlief seelenruhig weiter.

»Bin ich nicht«, erwiderte ich trotzig.

»Bist du wohl«, beharrte er stur.

»Du bist fünfmal schlimmer als ich«, sagte ich. »Ha!«

Alex lachte. »Du bist wirklich kindisch, Kali.«

Ich sog scharf die Luft ein. »Davon musst du nicht reden!«

Alex ließ sich nicht ärgern, er lachte weiter vor sich hin. Der Typ hatte wirklich Spaß daran, wenn ich mich aufregte, weil er so ein Ekel war.

Plötzlich fiel mir ein Satz ein, den Alex erst vor einigen Tagen gesagt hatte: *eine, die mich zum Lachen bringt.* Er wollte jemanden, der ihn zum Lachen brachte ... Konnte es sein, dass er damit mich gemeint hatte? Dass er mich tatsächlich wollte?

Frag ihn, drängte mein Verstand. Du und Alex, ihr seid doch so etwas wie Kumpels!

Genau, seinen Kumpels sagt man ja auch, dass man sie mehr als nur mag, wies ich meinen dummen Verstand zurück. Man macht auch halb nackt mit ihnen rum und denkt darüber nach, mit ihnen zu schlafen.

»Ich kann also wirklich bleiben?«, fragte ich noch einmal nach. »Und du würdest mich nicht zum Sex drängen?«

»So bin ich nicht, Kali.« Alex schüttelte leicht den Kopf. »Ich nerve dich damit, aber nötigen ist unter meiner Würde. Schließlich bin ich dafür zu gut aussehend.«

Ich lächelte. Alex würde sein Riesen-Ego wohl nie verlieren.

Obwohl ich nur zu gern bei ihm geblieben wäre, musste ich gehen, weil ich nicht dafür garantieren konnte, was sonst passieren würde.

»Ich muss trotzdem nach Hause … wegen meinen Eltern«, sagte ich hastig. Mit einer Handbewegung wischte ich mein Buch und meine Stifte in meine Schultasche. Ronnie stieß einen leisen Grummel-Laut aus, weil ich ihn schon wieder aufgeweckt hatte. »Aber … äh, danke!«

Bevor ich mich aus dem Staub machen konnte, stand Alex von der Couch auf.

»*You'll always find me right there, again*«, flüsterte er in mein Ohr. Und dann küsste er mich sachte auf die Lippen. Das war kein *Wenn du nicht aufpasst, schiebe ich dir meine Zunge in den Mund* oder ein *Ich würde dir am liebsten die Lippen wegbeißen*-Kuss, sondern fast so einer wie bei einem Paar. Liebevoll, beruhigend, *schmetterlingsverursachend*.

Ich stieß Alex weg. »Ich muss los«, wiederholte ich fast atemlos.

Als ich die Wohnung verließ, war ich unglaublich sauer auf mich selbst. »Hey, Zoey! Ich will dich verführen und verderben. Die Reihenfolge ist nicht wichtig«, äffte ich Alex' samtene Stimme nach. »Oh, Alex! Ich L-Wort dich über alles, und dann, wenn ich mir fast sicher bin, dass du mich auch L-Wort, dann haue ich einfach ab!«

Wie Godzilla stampfte ich die Treppe hinunter und hinaus aus dem Gebäude.

»Zoey!« Diese kindlich klingende Stimme kannte ich nur zu gut. »Bleib sofort stehen!«

Augenblicklich erstarrte ich zu Eis. Warum besaßen meine Freundinnen nur die Gabe, in den unpassendsten Momenten aufzutauchen? Oder mich in einer Stadt mit über hundertfünfzigtausend Einwohnern zu finden?

Ich drehte mich um und war überrascht, neben Nell Craig mit seinen weißen Haaren zu erspähen. Noch mehr überraschte mich die Tatsache, dass die beiden tatsächlich Händchen hielten.

»Wo warst du?«, fragte Nell.

Sie strahlte heller als eine 100-Watt-Glühbirne. So viel Leuchten tat ja richtig weh in den Augen.

»Bei Acid«, beantwortete Craig ihre Frage. »Er wohnt hier.«

Nells Augen weiteten sich, und ich wusste, dass mir nur eine Sekunde Zeit blieb, bevor sie mich mit Fragen bombardierte.

»Und was macht ihr beiden hier?«, fragte ich und hoffte, dass ich Nell dadurch ein wenig ablenken konnte. Vielleicht hatte sie sich als Serienjunkie eine neue Staffelbox von was weiß ich gekauft und würde mich gleich über jedes winzige Detail der Serie informieren.

»Haarfarbe kaufen«, antwortete Nell. Sie und Craig hoben beide gleichzeitig eine Einkaufstüte vom Drogeriemarkt hoch. Andere Pärchen machten miteinander Spaziergänge, dieses spezielle Exemplar färbte sich anscheinend miteinander die Haare. »Aber jetzt lenk nicht ab. Was hast du bei Acid gemacht?«

»Ich habe ihm nur Nachhilfe gegeben«, sagte ich. »Und natürlich das übliche Rumgemache, wenn wir alleine sind«, fügte ich leise vor mich hin murmelnd hinzu. Ich hatte beschlossen, wenigstens meinen Freundinnen gegenüber ehrlich zu sein. Und Craig ... Craig war Alex' Freund.

»Ach so.« Nell lächelte. »Wie *süß*!«

Ich war ein klein wenig verwundert. »Du fragst gar nicht, ob wir miteinander geschlafen haben?«

Nell rollte mit den Augen. »Zoey, ich bin mir sicher, dass ich es auf der Stelle erkennen würde, wenn du mit Acid so etwas getan hättest. Und ...« Sie seufzte und schüttelte den Kopf. »Wie ich sehe, hast du das mit den Gefühlen immer noch nicht hinbekommen.«

»Welche Gefühle meinst du?«, schnaubte ich. »Wut, Zorn oder ein anderes? Alex ist einfach so ein Arsch!«

»Du bist wieder einmal einfach abgehauen, als er sentimental wurde?«

Wütend starrte ich die Mauer an. Vielleicht hatte ich eine kleine Phobie vor Alex' Gefühlen entwickelt, besonders da ich nicht wusste, ob er es ernst meinte. Ob er *überhaupt* je ernst zu mir gewesen war.

»Snow, sag ihr bitte, dass Acid sie liebt!« Sie wandte sich an ihren Freund, oder Beinahe-Freund.

»Ich ... äh, weiß nicht, ob er sie liebt«, sagte Craig zögernd. Unter Nells bösem Blick zuckte er zusammen. »Er mag sie, das ist sicher. Nur hatte er noch nie eine Freundin. Ich weiß nicht, wie er sich verhält, wenn er verliebt ist, aber ...«

»Was ist an *Sag ihr, dass Acid sie liebt* so schwer zu verstehen?«, keifte Nell.

»Ist schon gut«, beruhigte ich meine Freundin mit sanfter Stimme. Ich wollte nicht, dass Snow sah, zu welchem Monster sie mutieren konnte, wenn man etwas tat, was gegen ihren Willen verstieß. Das würde er früher oder später – spätestens, wenn er bei einer ihrer Serien umschaltete – noch oft genug erleben. »Ich muss selbst herausfinden, was ich Alex bedeute. Wenn mir Craig jetzt erzählen würde, dass Alex mich über alles L-Wort, dann würde ich es ihm sowieso nicht glauben, bis ich es nicht mit eigenen Ohren von ihm gehört habe.«

»Sie kann das Wort *lieben* wirklich nicht aussprechen«, stellte nun auch Craig fest. Er schüttelte lächelnd den Kopf. »Ist das nur im Deutschen so oder auch im Englischen? Es wäre doof, wenn du beim Singen ins Stocken gerätst, weil dir *love* nicht über die Lippen kommt.«

»Gute Idee!« Nell klatschte in die Hände. »Sag zu Acid einfach *Ich love dich*. Das wäre total *süß*!«

»Das wäre total dumm«, verbesserte ich sie. »Da kann ich auch sagen, dass ich ihn herze!«

»Gar nicht wahr!«, meinte sie bockig. »Und herzen ist auch *süß*.«

Craig drehte sich zu ihr. »Ich herze dich, Nell.«

»Okay, es ist dumm.«

Als Nächstes durfte ich beobachten, wie Craig Nell in seine Arme zog und sie auf den Mund küsste. »Ich liebe dich«, murmelte er, nachdem ich mich lautstark geräuspert hatte.

Nell lachte. »Ich dich auch, Craig.«

Sie nannte ihn beim richtigen Namen? Sie liebte ihn also wirklich über alles, ohne Sarkasmus.

»Craig, darf ich dich noch etwas fragen?« Ich sah den weißhaarigen Musiker an. »Es könnte wichtig sein.«

Er zuckte mit den Schultern. »Klar.«

»Kennst du einen Song, in dem eine Zeile *You'll always find me right there, again* lautet?«

Craig nickte. »Natürlich. *Have Faith in Me* von *A Day To Remember.*«

Vertrauen in Alex. Oh ja, so etwas konnte ich gut gebrauchen. Gab es das auch bei eBay?

29. KAPITEL

ZWEI SCHWARZE SCHAFE, EINE GELBE KARTE

»This city is so pretty
Under moonlit skies, we'll be hanging like a cigarette
So stunning start runnin'
Tonight's like a knife, would you cut me with your kiss?«

Nell klatschte begeistert in die Hände und holte mich damit in die Wirklichkeit zurück. »Du singst wirklich gut, Zoey.«

Ich wäre beinahe von dem Sessel gefallen, auf dem ich balancierte, um mit einem Staubwedel den Staub von meinen Schränken zu wischen. Für ein paar Sekunden hatte ich tatsächlich vergessen, dass meine Freundin auch anwesend war und dann natürlich mitbekam, wenn ich *Hello Brooklyn* von *All Time Low* aus vollem Hals trällerte.

Ich brachte nur ein verlegenes »Ähm, kann schon sein« zu Stande. Doch dann kam mir noch ein zickiges »Das weiß ich doch selbst!« über die Lippen.

Nell, die gerade auf meinem Bett saß und versuchte, die schwarzen Wandsticker in Form von Rosenranken von ihrem Blatt zu lösen, um sie dann an meine Wand zu kleben, grinste mich breit an. »Oh, du bist zum ersten Mal richtig schüchtern. Wie süß!«

»Du bist so dermaßen scheiße.«

»Ich liebe dich auch, Zoey.«

Wegen der Sache mit ihrem Freund war ein riesiges Lächeln in ihr Gesicht gemeißelt, das gar nichts, absolut gar nichts, vertreiben konnte.

»Aber danke, dass du mir hilfst«, wechselte ich schnell das Thema. »Für die anderen bin ich ja nicht wichtig genug.«

Serena hatte leider keine Zeit, da sie öfter am Freitagnachmittag in dem Gasthaus einer Bekannten kellnerte, um sich ein bisschen was dazuzuverdienen. Warum sich Violet nicht blicken ließ, war mir allerdings ein Rätsel. In der Schule war sie heute im Unterricht beinah eingeschlafen. Vielleicht war die Sache zwischen Kyle und ihr doch ernster und sie schlug sich mit ihm die Nächte um die Ohren. Sie redete nämlich nicht darüber, in welchem Verhältnis sie zu dem Drummer stand, und ließ uns drei im Dunkeln tappen.

Selbst Serena, die Person, die ihr am nächsten stand, hatte keine Ahnung, was mit ihr los war.

»Klar doch«, meinte sie nur und zuckte mit den Schultern. »Ich bin schließlich deine beste Freundin. Und«, ich wusste, dass jetzt etwas Unangenehmes kommen würde, »so haben wir Zeit, über Jungs zu reden. Böse Jungs.« Sie biss sich verzückt auf die Unterlippe. »Ganz böse, ganz heiße Jungs.«

»Lass deine dummen Anspielungen sein«, wies ich sie an. »Ich weiß, dass du über Craig und Alex reden willst.«

Ich hüpfte vom Stuhl herunter und deutete mit dem Staubwedel auf sie. Dunkle Staubhäschen purzelten auf meinen Boden.

Mir genügte das Chaos in meinem Kopf schon, da brauchte ich nicht noch eine Freundin, die versuchte, Alex wie einen Mixer auf dem Homeshopping-Kanal anzupreisen.

»Doch«, widersprach sie mir lächelnd. »Jahrelang haben wir nicht wirklich mit dir über das Thema reden können. Jedenfalls nicht über den Part, in dem du auch einen Kerl hast. Jetzt hast du fast einen Freund, der ein böser Junge ist. Mach Platz.« Sie klopfte auf die unbezogene Matratze. »Komm schon! Ich will auch ein bisschen über Craig schwärmen, der total süß und nett ist. Ein richtiger Gentleman.«

Letztlich machte ich dann den Musikplayer meines Handys doch aus und setzte mich zu meiner Freundin aufs Bett.

Nicht, weil ich so heiß darauf war, von Alex zu reden, sondern weil es mich freute, dass sie mit Craig so glücklich war, und sie ruhig ein bisschen von ihm schwärmen sollte. Der weißhaarige Gitarrist war nach drei Jahren der erste *richtige* Freund, den Nell hatte. Vorher war sie mit Marcel zusammen gewesen, dem größten Idioten der Galaxie. Nicht nur, dass er uns nicht wirklich gemocht und wir ihn im Gegenzug dafür gehasst hatten, nein, nachdem er Nell entjungfert hatte, ließ er sich bereits am nächsten Tag mit einem neuen Mädchen blicken. Natürlich war das der Arschloch-Code für *Es ist aus*.

Meiner Freundin ging es die darauffolgenden Tage wirklich sehr dreckig. Sie hockte mit einem Jahresvorrat an Fruchtzwergen in ihrem abgedunkelten Zimmer und weinte sich bei Horrorfilmen wie *Saw, My Bloody Valentine* und *The Blair Witch Project* die Augen wund.

Danach war ihre Beziehung zum männlichen Geschlecht ein bisschen zweifelhaft.

Aber jetzt hatte sie Craig. Die Zeit der One-Night-Stands war bei ihr wohl endlich vorbei. Fragte sich nur, für wie lange …

Ich sackte ein bisschen in mich zusammen. Von den Problemen meiner Freundinnen hatte ich immer viel mitbekommen. Deshalb hatte ich auch ein bisschen Angst davor, wie Alex zu mir sein würde.

»Dann reden wir«, sagte ich und zupfte den Staub in meinen Papierkorb. »Aber nicht über Alex.«

»Ich weiß nicht, was du hast, Zoey.« Nell kratzte sich am Kopf. »Acid ist ein toller Typ! Ich hätte meine Seele für einen Jungen wie ihn gegeben. Na ja, jetzt habe ich Craig und immer noch eine Seele.«

»Und ich habe immer noch Alex im Nacken.«

»Schreibt er dir eigentlich auch immer so süße SMS?«, fragte mich Nell und hielt mir ihr Handy hin.

*Freu mich schon auf morgen! :** hatte der Gitarrist meiner Freundin geschrieben.

»So in etwa«, druckste ich herum.

Da man Nells *Bitte zeigs mir!*-Blick nicht lange widerstehen konnte, zog ich mein Handy aus der Hosentasche und zeigte ihr die letzten SMS des Rockers: *Snake und ich glotzen grad den Film* The Devil Inside. *Haha. Muss an dich denken, meine kleine Kriegsgöttin.* Die zweite war nur zwei Minuten später abgeschickt worden: *Kannst du deine Gliedmaßen auch so wie die im Film verdrehen?* Und dann die dritte: *Weißt du, wie geil es wäre, wenn du wie die wirkliche Kali sechs Hände hättest?*

»Er denkt an dich!«

Das war natürlich das Einzige, was Nell aufgefallen war. Seine Sex-Fantasien hatte sie stur ignoriert.

»Ja, wenn er sich einen Film über Exorzismus ansieht«, murrte ich beleidigt.

Nell grinste so breit, dass ich befürchtete, ihr Lächeln könnte *über* ihr Gesicht hinauswachsen. »Du hast dich trotzdem über die Aufmerksamkeit gefreut, oder?«

Einen Moment lang blickte ich sie stumm an. Obwohl mir Alex zu neunzig Prozent irgendwelche dummen Nachrichten schickte oder irgendwelche Songs, die ich seiner Meinung nach hören musste, freute ich mich jedes Mal, wenn mein Handy eine neue Nachricht von ihm anzeigte.

»Na und? Ist das strafbar?«, regte ich mich auf. »Ich freu mich schließlich auch über eure Nachrichten! Wenn du noch länger so lächelst, bleibt dein Gesichtsausdruck so«, merkte ich finster an. »Dann muss man dir das Grinsen operativ entfernen.«

»Und wenn du *so* dreinschaust, muss man dir *das* operativ entfernen«, sie zog demonstrativ mit den Fingern die Mundwinkel nach unten.

Als ich sie gut zwei Minuten mit unveränderter Miene anstarrte, brach sie in lautes Gelächter aus und ich musste mitlachen.

Drei Stunden später verabschiedete ich mich von meiner besten Freundin, die mit einem meiner wenigen Horrorfilme zu Craig nach Hause fuhr. Das war für sie anscheinend ein romantischer Abend: Horrorfilme mit dem Liebsten glotzen. Ehrlich gesagt beneidete ich Nell in diesem Moment ein wenig. Ich spielte mit dem Gedanken, Alex anzurufen, ließ es aber dann doch bleiben. Wenn ich meine Eltern anlog, fühlte ich mich schlecht. Wenn ich ihnen die Wahrheit sagte, dann durfte ich sicher nicht zu ihm.

Da ich jetzt wieder alleine war, konnte ich laut und in Ruhe Musik hören – und dabei singen.

»Kiss it all goodbye tonight, you've never been more alive. You're so alive.«

Ich schmiss meine ganzen Klamotten auf mein Bett. Mit ein paar Nieten zum Ankleben könnte ich ein paar fade Shirts sicher aufpimpen. Und wenn ich in meine Jeans ein paar Löcher reinmachte, könnte ich wirklich interessante Einzelstücke fabrizieren.

»You're not afraid to die and I can see it in your eyes, your ey...«

»Seit wann kannst du denn singen, Zo?«

Ich stieß eine Mischung aus Schreien und Knurren aus und ließ ein paar meiner Sweatshirts auf den Boden fallen. Warum erwischte mich heute jeder bei meinem Gesangstraining? Ich wollte doch nur ein bisschen üben, damit ich die Band nicht blamierte!

Mein Bruder lehnte am Türrahmen. Auf seinem grauen Shirt stand dieses Mal *In: Coffee – Out: Java* – und da wunderte er sich, dass er keine Freundin abbekam?

Ich schnappte mir den Staubwedel und tat so, als hätte ich keine Zeit zu reden. »Was gibt es denn, Ian?«, fragte ich ungehalten. »Ich bin sehr beschäftigt. Also kusch, kusch.« Ich bewegte den Staubwedel, als wäre er ein Laserschwert. Zum Glück war er keins, da Ian sonst einen Arm verloren hätte.

»Zoey!«, schallte es eine Etage tiefer. »Herkommen! Sofort!«

»Ich habe mir gerade Cornflakes gemacht und dabei aufgeschnappt, dass unsere Eltern mit dir reden wollen.«

»Was du nicht sagst!«

Mit gesenktem Kopf marschierte ich in Richtung Wohnzimmer. Kaum hatte ich die Schwelle überschritten, wollte ich am liebsten gleich wieder verschwinden: Meine Eltern saßen nebeneinander auf der Couch und beobachteten jede meiner Bewegungen, als ich in den Raum kam. Das konnte einfach nichts Gutes verheißen, und als mein Vater den Mund aufmachte, bekam ich die Bestätigung. Ohne irgendeine eindrucksvolle Einleitung sagte er: »Nicht nur, dass du mit diesem Jungen«, wow!, bei ihm klang das Wort *Junge* wie das größte Schimpfwort, das es gab, »in einer Besenkammer irgendwelche Sachen gemacht hast ...«

Es hätte mich auch gewundert, wenn Großvater die beiden nicht angerufen hätte.

»Ich hab mit Alex nur *fast* rumgemacht«, verteidigte ich mich. Ich versuchte nicht einmal, mir eine Lüge aus dem Ärmel zu schütteln, da ich von den ganzen Gewissensbissen genug hatte. »Da ist nichts Weiteres passiert.«

Meiner Mutter fielen beinahe die Augen aus den Höhlen. Ich hätte nur zu gerne über ihren fassungslosen Gesichtsausdruck gelacht, aber ich wollte nicht noch mehr Ärger bekommen.

Dad fing sich schneller wieder: »Und dann weigerst du dich, Schulsprecherin zu werden! Weißt du denn nicht, dass sich so etwas wie Schulsprechersein gut in deinen Bewerbungsschreiben macht, wenn du später einmal Anwältin wirst?«

Seit wann wollte ich Anwältin werden?

Das fragte ich auch meine Eltern. »Warum nicht?«, warf meine Mutter ein. »Das ist ein guter und angesehener Job. In Wien gibt es eine hervorragende Uni. Dein Vater hat sie auch besucht.«

»Aber ich will nicht nach Wien! Und auf keinen Fall will ich Anwältin werden! Ich will hier bei meinen Freundinnen bleiben.«

Die drei waren sich zwar auch noch nicht sicher, was sie nach dem nächsten Schuljahr machen würden ... Nell überlegte, an der Uni Journalismus zu studieren und vielleicht bei einer Zeitung zu arbeiten. Serena hatte jedes halbe Jahr einen anderen Berufswunsch, momentan wollte sie Barkeeperin werden. Violet war sich nur sicher, dass sie nicht aufs Mozarteum wollte, um ihre Karriere als Pianistin wieder aufzunehmen … aber wir hatten geschworen, uns nicht aus den Augen zu verlieren, und Wien war ein ganzes Stück von Salzburg entfernt.

»Dann studierst du eben Medizin und wirst Ärztin. Oder würde dir Psychologie gefallen?«

»Das ist nicht euer Ernst!«, schrie ich meine Eltern an. Entsetzen machte sich in ihren beiden Gesichtern breit. »Mich interessiert das alles nicht! Weder Jura noch Medizin oder Psychologie! Ich weiß nicht einmal, ob ich nach der Matura etwas studieren *will*. Vielleicht mach ich eine ganz normale Lehre?«

»Du studierst!«

Mein Vater redete mit mir, als wäre ich seine Marionette, die keinen eigenen Willen hatte.

Und da sollte es jemanden wundern, dass ich mich so veränderte! Meine Eltern schrieben mir immer vor, was ich zu tun hatte.

Ganz überraschend meldete sich noch jemand zu Wort: »Das ist nicht fair.« Ich drehte mich zu Ian um, der aus einer blauen Schüssel seine Cornflakes löffelte. Er trat neben mich und zeigte mit dem Löffel abwechselnd auf meinen Vater und auf meine Mutter. »Sie ist fast achtzehn Jahre alt! Lasst sie doch ein bisschen das ungetrübte Teenie-Leben genießen. Und jetzt sagt nichts über Ellen und was sie getan hätte. Ihr denkt nur, dass sie die perfekte Tochter ist, aber genau dieses Perfektsein macht sie innerlich kaputt. In spätestens zwei Jahren ist sie von ihrem jetzigen Leben zwischen Ehe und Lehramtsreferendariat so gefrustet, dass ihr sie als Häuflein Elend aufkehren dürft!«

»Hast du nicht mitbekommen, was deine Schwester getan hat und was sie verlangt?«, fragte ihn mein Vater mit dröhnender Stimme. »Sie hat …«

Ian hob die Hand. »Mir egal, was sie gemacht hat. Es kann nicht so schlimm sein, dass ihr ihr Hausarrest oder Sonstiges verpasst. Gelockerte Regeln, habt ihr das denn vergessen?«

Als mir Ian eine Hand auf die Schulter legte und sich noch mehr für mich ins Zeug legte, spürte ich ein noch nie gekanntes Gefühl in meinem Bauch. Es erinnerte mich ein bisschen an das, was ich bei Alex spürte, war aber ganz was anderes: Bruderliebe. »Ich schlage vor, dass Zo einfach eine gelbe Karte bekommt. Dann ist jeder zufrieden. Zufrieden?«

Meine Eltern nickten beide mit hochroten Köpfen. Vielleicht wussten sie sich nach Ians Kopfwäsche nicht anders zu helfen, als seine Kritik stumm anzunehmen. »Wenn noch einmal etwas vorkommt, dann gibt es aber …«

»Konsequenzen«, sagte er vor ihnen. »Schon klar.«

Die Wut meiner Eltern hatte ein bisschen abgenommen, trotzdem konnte ich beinah mit ansehen, wie sich einige ihrer Strähnen grau verfärbten, als mich mein Bruder aus dem Raum navigierte.

»Noch einmal Glück gehabt, Zo«, sagte er leise zu mir. »Mann, jetzt ist mein Müsli ganz labbrig!«

»Warum hast du mir geholfen?«, platzte es aus mir heraus. Ich deutete in die Richtung des Wohnzimmers. »Du hättest dich bei ihnen jetzt einschleimen können.«

Mein Bruder verdrehte die Augen. »Heiße ich Ellen und bin das Schoßhündchen unserer Eltern? Versprich mir einfach, dass du dich nicht zu sehr hängenlässt. Keine Drogen, keine Sex-Orgien oder etwas, womit du dich strafbar machst, sonst bekommst du es mit mir zu tun. Abgesehen davon mach das, was du willst. Opa Kramer wollte mich immer an seiner Schule sehen oder wie Ellen am Gymnasium, und was habe ich gemacht? Ich habe das gemacht, was mir gefallen hat, und das sollst du auch tun.« Er legte eine Hand auf meine Schulter und lächelte mich an. »Aber vergiss ja nicht, dass ich das schwarze Schaf der Familie bin.«

»Tja, es sieht so aus, als würde es bald zwei schwarze Schafe geben.«

30. KAPITEL

INNERLICH VERDORBEN – ABER WENIGSTENS EHRLICH

Am Samstag war es wieder so weit: Meine zartbesaiteten Nerven verabschiedeten sich in den Kurzurlaub.

Meine Freundinnen fanden mich deshalb halb in den Abgrund des Wahnsinns hinabgerutscht in der Küche vor. Ich hatte penibel aufgepasst, dass kein Backzeug mein perfektes Outfit zerstörte oder auch nur ein bisschen befleckte. Ich hätte mich in diesem Moment über mich selbst aufregen können: Den ganzen Nachmittag hatte ich gebacken, dann hatte ich mich fertig gemacht und anschließend wieder mit dem Backen angefangen, weil ich meiner Nervosität irgendwie Raum machen musste.

Wer hätte gedacht, dass ich jemals so etwas sagen würde? Ein weiterer Beweis dafür, wie *verdorben* ich geworden war. Verdorben, aber dafür lebendig und irgendwie ... glücklich.

»Sie backt wieder«, flüsterte Serena Nell zu. »Warum das denn? Hat Acid etwas gema...«

»Warum?« Ich fuhr zu den beiden herum. »Ach, ich dachte nur, dass ich ein wenig Teig schlagen könnte, jetzt, wo ich aus der Übung bin. Vielleicht muss ich demnächst meine Faust wieder einsetzen, aber im Moment ...«

Ich konnte Alex einfach nicht mehr schlagen. Wirklich! Das Einzige, woran ich in seiner Nähe denken konnte, war, mich an ihn zu schmiegen und seine Nähe zu genießen. In Chemie war es deshalb zu einer recht peinlichen Situation gekommen, als mein Körper gegen meinen Willen von Alex angezogen wurde. Leider hatte der sich gebückt, um seinen Stift aufzuheben, dabei war mein Kopf unsanft gegen seinen Stuhl geknallt. Ich wusste nicht, was peinlicher war: dass mein Kopf eine schmerzhafte Begegnung mit der Stuhllehne durchlitten und Alex darüber laut gelacht hatte – den Schmerz hätte er wirklich wegküssen dürfen! – oder dass ich mich im Chemieunterricht am liebsten an ihn gekuschelt hätte. In einer Chemiestunde über das allerromantischste Thema der Welt, das da lautet: Penicillin.

Wie eine Irre rührte ich den Teig in der Schüssel um. Wenn ich weiterhin so viel Teig schlagen würde, würde ich in einem Jahr mehr Muskeln in den Armen haben als Arnold Schwarzenegger. »Wo ist Violet?«, fragte ich.

»Sie ist krank«, sagte Nell und legte ihre weiße Strickjacke über die Stuhllehne. Sie trug ein über und über mit Pailletten besetztes Top, mit dem sie mich an einen Fisch mit bunt glitzernden Schuppen erinnerte. Hatte ich schon erwähnt, dass neuerdings neben schwarzen, pinken und violetten nun auch weiße Strähnen ihr Haar durchzogen? Ich fragte mich, ob Craig mit pinken Highlights herumlief.

»Sie hat sich die Grippe eingefangen«, fügte Serena hinzu. Im Gegensatz zu Nell trug sie ein schlichtes gelbes Top und eine schwarze Jacke – unter der hoffentlich keine Mordwerkzeuge versteckt waren. »In letzter Zeit haben viele diese komische Ein-Tages-Grippe.« Serena zuckte mit den Schultern. »Glaubt ihr, Serena könnte irgendwo Pestbazillen auftreiben? Nicht für Serena, sondern als kleines Geschenk für Snake.«

Nell hüpfte auf einen Stuhl, roch an einem meiner schon fertigen Brownies und reichte ihn dann Serena. »Gib ihm so einen und er ist innerhalb von einer Minute tot.«

Serena nahm den Brownie in die Hand. »Serena will ihn doch nicht auf so eine unmenschliche Art quälen!«

»Die sind gut«, keifte ich meine Freundinnen an. Zur Demonstration biss ich ein Stückchen ab – das ich sofort in hohem Bogen wieder ausspuckte. »Das ist wirklich, wirklich eklig. Ich glaube, ich habe wieder das Mehl mit dem Salz, das Salz mit dem Zucker und den Zucker mit dem Mehl verwechselt.« Ich stellte den fertigen Teig beiseite und wandte mich an Serena, die mit traurigem Blick den Brownie anstarrte. Hatte sie Mitleid mit dem fehlgeschlagenen Experiment oder dachte sie wieder an Simon?

»Du willst uns immer noch nicht erzählen, was mit Simon vorgefallen ist, oder?«, fragte ich Serena, die sofort den Kopf schüttelte. »Irgendwann vielleicht, aber nicht jetzt. Genießt ihr die gemeinsame Zeit mit euren Freunden oder ...«, sie sah zu mir, »... wie auch immer man die komische Beziehung zwischen dir und Acid nennen kann, während Serena deine Mordfantasien übernimmt.«

»Pass gut auf meine Ideen auf«, sagte ich zu ihr. »Vielleicht brauche ich sie nach diesem Wochenende wieder.«

»Warum das?« Nell, die gerade mit ihren Fingern Herzchen in das Mehl gemalt hatte, sah auf. »Ich dachte, die Sache mit dir und Acid läuft total gut. Schließlich hast du zugegeben, dass du ihn liebst«, bei dem Wort kam ein halb erstickter Ton aus meiner Kehle, »und ihm scheint auch etwas an dir zu liegen.«

»Dann soll er mir sagen, dass ihm etwas an mir liegt«, sagte ich mit kalter Stimme. »Alex versteht sich außerordentlich gut darin, mich zu verwirren. Wer kann mir garantieren, dass das nicht alles ein Spiel ist?«

»Ähm, dein Herz?«, Nell hörte sich kitschig wie aus einer Liebesromanze der Neunziger an. »Hör auf dein Herz, Zoey.«

Erstaunlich, dass sie wieder so von der Liebe überzeugt war, nachdem ihr Ex ihr das Herz in viele kleine Teile zerbrochen hatte.

Trotzdem wollte ich nicht riskieren, dass mir Alex das Herz brach, wenn er mich nicht wirklich liebte.

»Serena würde mehr von Acid verlangen als nur einen Satz mit drei Wörtern.« Sie schnaubte verächtlich. Ihr Blick war auf eines der Messer gerichtet, die ich verwendet hatte, um den Teig umzurühren, weil sich all unsere Löffel schon ungewaschen in der Spüle versammelten. Natürlich hätte ich einen Löffel abwaschen können – *hätte können*. »So etwas wie einen Vertrag, der besagt, dass, wenn er dich hintergeht, du seine Eier über dem Kamin aufhängen darfst.«

»Serena, du bist wieder im totalen Psychomodus«, bemerkte ich mit ein wenig Angst in der Stimme. Nell stand auf und warf die Messer, die in Serenas Nähe lagen, in das Waschbecken. »Sie wird wie du«, bemerkte sie spitz. »Suchen wir ihr einen Freund? Spike ist doch noch frei, wenn Violet Black möchte.«

»Serena braucht keinen Freund!« Sie lehnte sich zurück und verschränkte die Arme vor der Brust. »Bei Serena halten Beziehungen sowieso nur ein paar Tage, weil ...«

»Weil du *ihn* nie vergessen kannst«, seufzten Nell und ich gleichzeitig. »Deinen geheimnisvollen ersten Freund. Den Typen hätte ich gern einmal kennengelernt«, sagte Nell interessiert. »So, wie du von ihm schwärmst, muss er genau das Gegenteil von Snake gewesen sein.«

Plötzlich wurde Serena ganz bleich im Gesicht. »Ja … er war das genaue Gegenteil von Snake.« Schnell wechselte sie das Thema. »Bist du fertig, Zoey?«

Ich goss den ungenießbaren Teig in die Spüle und zog die Schürze aus. »Lasst mir Zeit, Leute. Ihr wisst ja …« Ich verstummte schlagartig. Serena zog eine Grimasse, und Nell spuckte gerade Milch, die sie direkt aus der Tüte getrunken hatte, auf den Tisch. »Sagt jetzt ja nicht *Wie siehst du denn aus?!*«

»Zoey!« Serena bekreuzigte sich, ein Überbleibsel aus ihrer Zeit in einer katholischen Mädchenschule, die sie früher besucht hatte. »Willst du, dass Serena und Nell sterben?«

Ich schnaubte empört und verschränkte die Arme vor meinem kurzen schwarzen Neckholder-Top. »So anders sehe ich jetzt auch nicht aus.«

»Oh doch!« Nell rubbelte ihre Sauerei mit meiner Schürze wieder sauber. »Das Make-up, okay, daran haben wir uns gewöhnt, aber nicht dieser kurze Minirock und diese Schuhe! Wie kannst du dazu nur Pantoffeln anziehen?«

»Weil ich die *nicht* anziehe!« Ich deutete auf meine grauen Filzpantoffeln. »Ich hab mir vor ein paar Tagen die perfekten Schuhe gekauft.«

»Die hier?« Schon hatte Serena den Schuhkarton, den ich auf einen Stuhl gelegt hatte, geöffnet. »Uh! Die sind hübsch! Und sie passen total gut zu dir.« Meine blonde Freundin hielt die schwarzen Schuhe mit silbernen Nieten in die Höhe. Sie berührte den spitzen Absatz. Die Schuhe waren ungefähr vier Zentimeter hoch. »Bei dem Absatz muss Serena keine Angst haben, dass du den Boden küsst. Glaubst du, du kriegst deine Beine hoch genug, um Snake versehentlich ein Auge auszupiksen?«

»Sie will Acid verführen!« Nells Augen weiteten sich. »Hab ich Recht? Als du sagtest, dass du mit ihm schlafen willst, um auszutesten, ob er dich danach noch anschaut, dachte ich, das wäre schlechter Sarkasmus.«

»Ich will ihn nicht verführen«, murmelte ich. »Jedenfalls bin ich mir noch nicht sicher. Sicher ist nur, dass ich für heute Nacht und morgen früh ein Alibi brauche. Von euch.«

»Du willst doch niemanden töten, oder?«

Ich schüttelte den Kopf. »Ich weiß nur, dass mich meine Eltern heute nicht mehr ins Haus lassen werden.« Bevor meine Freundinnen wieder dazwischenfragen konnten, redete ich schnell weiter. »Alex hat gesagt, dass ich nicht ehrlich zu mir bin. Okay, dann werde ich ab heute ehrlich zu mir sein, aber damit auch ehrlich zu allen anderen. Ich muss euch beiden doch nicht erzählen, dass ihr mit Violet meine besten Freundinnen seid, oder? Ich habe euch allen schon mal geholfen. Sei es, dass ich für dich, Serena, gelogen habe, als deine Mom dich bei mir abholte. Du hattest dich wegen eines Typen total zulaufen lassen, dich aber nicht getraut, es deiner Mom zu sagen. Ich musste ihr von unserem angeblichen schönen DVD-Abend erzahlen. Oder für dich, Nell. Ich habe dem Typen, der dir nach dem One-Night-Stand nachgelaufen ist, erzählt, dass du eine Zwillingsschwester hast.«

»Mann, war Nico doof«, sagte Nell. »Mich wundert es immer noch, dass er dir die Sache abgekauft hat.«

»Darum bitte ich euch, dass ihr meinen Eltern, wenn sie wissen wollen, wo ich heute Nacht nach dem Club war, sagt, ich wäre bei euch zu Hause gewesen. Dann muss *ich* wenigstens nicht mehr lügen.«

»Und wo bist du wirklich?«, fragte Nell. »Bei Alex?«

Ich nickte. »Ich werde bei ihm schlafen, was nicht unbedingt heißt, dass ich *mit* ihm schlafen werde«, erklärte ich matt. »Ich will ihn nicht nur auf eine körperliche Art ... Okay, ich habe auch Bedürfnisse ... aber ich glaube, ich kann sie kontrollieren.« Ich jammerte. »Wie werdet ihr nur mit diesem Hormonchaos fertig?«

»Gar nicht«, grinste Nell.

»Wir geben unseren Hormonen immer nach«, fügte Serena hinzu. »Auch wenn es böse endet.«

Begleitet von meinen zwei Freundinnen stellte ich mich nun dem ultimativen Härtetest, meinen Eltern. Mir blieb nicht viel Zeit, bevor die Bombe explodieren würde, wenn ich sie in meinen Plan einweihen würde.

»Ich bin dann weg«, sagte ich locker wie ein gewisser großer Bruder zu meinen Eltern. »Bis morgen.«

»Warte!« Mom blickte auf und erstarrte augenblicklich, als sie mich in Partykleidung erspähte. Das nutzte Dad aus ... oder auch nicht. »Wie siehst du aus, junge Dame?«, fragte er äußerst beherrscht. Anscheinend hielten meine Eltern das für einen verfrühten Aprilscherz.

»Serena und ich haben nichts mit der Sache zu tun«, bemerkte Nell hastig. »Oder nur in geringem Ausmaß.«

»Nell ist der böse Einfluss«, warf Serena ein. »Serena war schließlich auf einer katholischen Schule.«

Während meine Freundinnen anfingen, sich zu zanken, nutzte ich die Chance, ein paar letzte Worte an meine Eltern zu richten. »Mir bleibt nicht viel Zeit zu reden ...« Meine Worte überschlugen sich fast. Je länger ich hierblieb, desto größer wurde mein schlechtes Gewissen. »Ihr kennt doch Alex, meinen

Exfreund? Er ist nicht mein Exfreund ... Er war nie mein Freund, aber ich bin jetzt ...«

»Verliebt in ihn!«, halfen Serena und Nell mir aus.

»Danke schön«, bedankte ich mich bei meinen Freundinnen. »Und ich treffe mich heute mit ihm und mit seiner Band ... *unserer* Band. Ich gehöre nämlich, wie es den Anschein hat, auch dazu. Ich sage euch das alles, weil ich mich nicht wie Ian aus dem Staub machen will. Überlegt euch bis morgen eine gute Strafe. Denn das ist ganz sicher die Rote Karte.«

Für was hätte ich diese *Rote Karte* denn sonst aufheben sollen, wenn nicht für die Nacht, in der ich endlich das tat, was mein Herz wollte?

Mein Verstand hatte, wie gesagt, Urlaub.

So schnell mich meine Absätze tragen konnten, hastete ich zur Tür. Hinter mir hörte ich noch Dads Gebrüll. Zum Glück waren meine Eltern keine Marathonläufer! Sie würden mir die Sache sicherlich verzeihen – nach ein paar Monaten –, aber im Moment musste ich an Alex und mich denken. Und diesem komischen Pronomen *uns* eine Chance geben.

»Du bist verrückt!«, fuhr mich Nell an, die mit ihren flachen rosa Chucks schneller laufen konnte als ich. »Deine Eltern kannst du doch anlügen. Sie sind schließlich deine Eltern!«

»Ich wollte ehrlich sein«, gab ich zu. »Ich bin zwar verdorben, aber wenigstens ehrlich. Und als Nächstes ist Alex dran mit der Wahrheit.«

31. KAPITEL

AKTION EHRLICHKEIT

Den ganzen Weg zum *Pulse* stritten sich meine Freundinnen mit mir über die waghalsige Aktion *Ehrlichkeit.* Serena hatte mir ihren langjährigen Titel als *Verrückteste Freundin* von uns vieren übertragen und Nell kämpfte gegen Ohnmachtsanfälle. Zum Glück hatte Serena ein paar Jägermeister dabei, um unsere Freundin damit bei klarem Bewusstsein zu halten.

»Oh, du meine ... oh ... oh, mein Gott«, stammelte Nell. »Was ... was ist, wenn sie dich auf eine Mädchenschule schicken? Vielleicht auf eine *katholische* Mädchenschule! Sieh dir an, was aus Serena geworden ist!«

»Hey!«, beklagte sich diese. »Das findet Serena nicht nett!« Sie schnaubte beleidigt. »Hackt nur auf Serena herum. Ihr wisst gar nicht, wie schlimm diese vier Jahre waren!«

Sie klang gekränkt.

»Das Verrückte daran ist, dass es mir völlig egal ist«, meinte ich. »Sie mussten erfahren, dass ich noch immer etwas mit Alex habe, weil es mich sonst innerlich zerrissen hätte.«

Das war die Wahrheit. Jeden Tag hatte ich mich schlecht gefühlt, weil ich mich immer mehr in Lügen verstrickt hatte und meine Gefühle, wie zuvor meine Hormone, unterdrückt hatte. Bei meinen Hormonen sah man jetzt das Resultat: Chaos. Ich wollte einfach nicht nach ein paar Monaten in einem Lügennetz feststecken, aus dem ich nicht mehr herauskam, geplagt von einem schlechten Gewissen.

»Nell.« Serena stieß Nell mit dem Ellbogen an. »Stell dir Zoey wie Rumpelstilzchen vor, wie sie sich vor ihren Eltern selbst zerreißt.«

»Und das Blut spritzt an die ganzen Wände«, fantasierte Nell herum. »Könnte ein neuer Wes-Craven-Horrorfilm werden.«

Ich seufzte. Den wirklichen Preis für heute Abend, die kommende Nacht und morgen früh würde ich sowieso bald genug zahlen müssen. Hoffentlich würde die Strafe meiner Eltern nicht ganz so horrorfilmlike werden.

Wie beim letzten Besuch wartete Alex bereits ungeduldig vor dem Club auf mich. Er lehnte an der Wand, starrte immer wieder auf das Display seines Handys und fuhr sich durch die schwarzen Haare. Warum musste er samstags ständig diese attraktiven Hemden tragen?

Wie sollte ich ihn nur begrüßen? Ihn umarmen, ihn küssen, ihm ein verführerisches »Hallo« zuraunen oder alles auf einmal? Schließlich entschied ich mich für das geknurrte »Hey«, das er schon allzu gut kannte.

»Kali!« Dieses Lächeln erkannte ich selbst im Dunkeln wie einen weißen Kreidestrich auf einer Tafel. »Kommt es mir nur so vor, oder ziehst du Samstag für Samstag immer weniger an?«

Ich ignorierte die Frage. Ich war viel zu sehr damit beschäftigt, in Minirock und Weste die Herbstkalte zu ignorieren.

»Hey, Acid«, trällerten meine Freundinnen und störten damit die traute Zweisamkeit. »Ist Craig drinnen?«, fragte Nell strahlend.

Alex nickte. »Er wartet auf dich.«

Und damit war Freundin Nummer eins schon mal aus dem Weg geräumt.

»Und, Serena, hast du nicht auch etwas vor?«, fragte ich meine blonde Freundin. »Willst du Simon nicht bis zum Tode nerven?«

Sie schüttelte energisch den Kopf. »Serena bleibt lieber bei Zoey und Acid. Leute, die Serena *immer noch* lieb haben.«

Immer, wenn Serena so redete, bestand die Gefahr, dass sie sich eine ganze Nacht an meine Fersen heften würde. Diese Nacht aber wollte ich uns widmen. *Uns* – es war immer noch ein komisches Gefühl, Alex und mich zu einem Pronomen zusammenzuführen. Schließlich waren wir nicht einmal zusammen. Darum wurde es Zeit, meiner Freundin stumm mitzuteilen, dass ich Privatsphäre benötigte. Ich blickte ihr tief in die Augen, neigte den Kopf zum Clubeingang und nickte. Serena schüttelte den Kopf, weshalb ich meine Geste damit unterstrich, dass ich meinen Zeigefinger über den Hals gleiten ließ. Todesdrohungen funktionierten glücklicherweise auch ohne Worte.

Serena resignierte und verzog sich mit einer imaginären Gewitterwolke über ihrem hängenden Kopf in den Club.

»Kommt es mir nur so vor, oder hast du Serena gerade durch die Blume gesagt, dass sie verschwinden soll?«, fragte Alex mit einem schiefen Grinsen um die Lippen. »Warum ist Serena denn so mies dr…«

Weiter kam Alex nicht, da ich meine Arme um ihn schlang, meine Nägel in seinen Rücken krallte und ihn auf die Lippen küsste.

Im Moment hatte ich Alex' Nähe wirklich bitter nötig. Ich brauchte die vertraute Wärme seines Körpers, das Gefühl seiner

Lippen und die Sicherheit, die er mir gab, wenn er seine Hände um meinen Körper legte und mich an sich drückte.

Bevor ich mich noch mehr in unserem Kuss verlor, löste ich mich von ihm.

»*I make them good girls go bad*«, zitierte Alex ein klein wenig atemlos – zu meiner großen Freude. Sonst war ich immer diejenige, die sich anhörte wie von einem schweren Asthmaanfall geplagt. »Ich glaube, es gibt keinen Song, der besser zu dir passt, Kali.« Er strich mir ein paar verirrte Strähnen aus den Augen.

»*Boy, you're dangerous. Yeah, you're that guy, I'd be stupid to trust.* Er passt auch zu dir, Alex. Ja, ich habe mir das Lyric-Video angesehen, das du mir geschickt hast.« Wahrscheinlich war es wirklich dumm, dass ich einem Typen wie Alex vertrauen wollte, aber warum nicht? Jeden Tag taten Menschen dumme Dinge: zum Beispiel die Frau, die ihren Hund in die Mikrowelle gesteckt hatte, weil sie ihn trocknen wollte ... Blöder Vergleich, oder?

»Bist du bereit für heute?«, fragte mich Alex. »Ich will nicht, dass du es nach deinem ersten Mal nie wieder tun willst, weil du dich dafür schämst.«

»W-Was?«, stieß ich panisch hervor. »Ich dachte, du willst mich nicht drängen. Obwohl ich ...« Ich sah zu Boden. Was nichts brachte, da ich im Dunkeln kaum etwas erkennen konnte. »... ich mir überlegt habe, vielleicht wäre es ganz *schön*, mit dir zu schlaf...«

»Halt, halt!«, unterbrach mich Alex. Er schnippte mit den Fingern. Das Geräusch ließ mich wieder aufblicken. »Ich rede hier von deinem allerersten Auftritt vor Publikum. Hast du deine Mails bei WhatsApp nicht gecheckt?«

Ich schüttelte den Kopf. »Ich habe Mordgegenstände in Brownie-Form gebacken.« Erst nach und nach realisierte ich die

Bedeutung seiner Worte. »Ich soll heute singen?«, kreischte ich. »Oh nein! Ich kann nicht! Ich bin noch nicht dazu bereit!«

»Du wirst nicht allein auf der Bühne sein«, versprach er mir. »Ich werde dich mit meiner Akustikgitarre begleiten.«

»Und was ist mit den anderen Gitarristen und dem Schlagzeuger?« Ich warf meine Hände in die Luft. »Was ist mit unserer restlichen Band? Und du kannst Gitarre spielen?«

Konnte der Kerl irgendetwas nicht? Ah ja, ich hatte vergessen, dass er eine ziemliche Mathenull war.

»Die sehen uns zu«, meinte Alex. »Hey, was war das eigentlich vorher mit dem *schön* und *schlafen*?«

Ich wollte ihn anlügen, aber dann meldete sich meine Ehrlichkeit zu Wort – wo hatte dieses Biest nur die letzten Wochen gesteckt? »Da alles, was ich sage, gegen mich verwendet werden kann und wird, enthalte ich dir meine Aussage vor«, sagte ich mit kühler Stimme. »Wenn wir jetzt reingehen könnten?«

Wenn ich Alex etwas verschwieg, log ich doch nicht!?

Während ich hinter ihm in den Club trottete, gab ich sämtlichen Äderchen in meinem Körper die Anweisung, auf der Stelle zu platzen, aber keines dieser arbeitsfaulen Dinger tat das, was ich ihnen befahl.

»Yeah, Zoey!«, jubelten Nell und Serena in der ersten Reihe. Nell schwankte schon leicht, und Serena hielt eine Flasche Desperados in den Händen, deren halber Inhalt auf Simon gelandet war, als sie zum Applaudieren die Hände in die Luft gereckt hatte. Wahrscheinlich war das nicht ganz versehentlich passiert. »Zoey, ich will einen Keks von dir!«, schrie Nell wie ein irrer Fan. Wenigstens wollte sie kein Kind, sonst hätte ich mir ernsthafte

Sorgen gemacht, ob sie die Sache mit den Bienchen und den Blümchen richtig verstanden hatte. Craig stand hinter ihr, hatte eine Hand um sie gelegt und gab ihr den nötigen Halt. Er und Simon nickten mir lächelnd zu. Michael war nicht da, Kyles Miene verriet rein gar nichts.

Wie Alex zu der Sache stand, musste ich wohl nicht erwähnen: Er saß auf einem Hocker vor dem Mikro, hatte eine Gitarre in der Hand und labte sich an meinen Ängsten.

Langsam marschierten einige Leute vor die Bühne. Warum war heute so viel Publikum hier? Wo war dieses Grippevirus, wenn man es brauchte? Oder ein unerwarteter Vulkanausbruch? Okay, das wäre nicht sehr hilfreich, da es hier keine Vulkane gab. Wenigstens eine kleine Apokalypse hätte sich den heutigen Tag als Termin vermerken können!

»Alex«, flüsterte ich ihm zu. Er hockte nur eine halbe Armlänge von mir weg. »Mir wird schlecht. Mir ist schwindelig. Darf ich sterben gehen?« Das schwarze Mikrofon inklusive Ständer fing bedrohlich an zu schwanken.

»Damit du mich blamierst?« Alex fingerte geschickt an der Gitarre herum. »Oh nein, Kali. Du bleibst schön lebendig und lieferst eine gute Show ab. Welchen Song willst du singen?«

»Soll ich mir das auch noch aussuchen?«, kreischte ich hysterisch. »Alex, ich sehe ein Licht am Ende des Tunnels … Ich gehe dorthin … Oh, ist das da mein verstorbenes Meerschweinchen?«

Er sagte nichts zu meiner außerkörperlichen Erfahrung, sondern schaltete sein Mikrofon ein. Nach ein paar Versuchen schaffte ich es auch. Das Teil quietschte. Konnte es nicht vielleicht eine technische Panne geben?

Alex' Stimme bebte nicht einmal im Geringsten, als er zu reden anfing. Natürlich, er war das schon alles gewohnt. »Wie ihr alle hoffentlich wisst, haben wir, die Band *YourDarkestDesire*, beschlossen, einen Neuanfang zu wagen.« *Neuanfang?*, fragte ich mich. »Der Name *YourDarkestDesire* stammt noch von meinem Bruder«, Alex hatte einen Bruder? Das Bild! Der Junge auf dem Bild war sein Bruder und kein Freund!, »der schon seit Jahren nicht mehr ...«, er machte eine Pause, da ihm anscheinend nicht das richtige Wort einfiel, »... nicht mehr spielt. Unser neuer Name lautet daher *Lost In Stereo*, wie der Song von *All Time Low*.«

»Von unkreativ zu geklaut«, bemerkte ich. Leider fing das Mikrofon meine Worte auf, so dass sie jeder im Raum hören konnte. Ich blickte zu Alex, aber der schien gar nicht böse zu sein, nein, er hatte immer noch dieses verführerische Grinsen auf den Lippen und spielte seinen Charme aus.

»Das *überaus* reizende Wesen links von mir ist übrigens Kali«, schüchtern bewegte ich meine Hand so, dass man die Geste beinahe Winken nennen konnte, »unsere neue Sängerin und Bandmaskottchen.«

»Ich bin kein Maskottchen!« Wütend funkelte ich ihn an. »Missbrauch doch Ronnie!«

Als mein Blick über die Leute zu meinen Füßen streifte, musste ich beschämt feststellen, dass sie natürlich alles mitbekommen hatten und mich mit empörten Blicken straften. Warum hatte Alex nur so viele Fans?

»'tschuldigung«, murmelte ich in das Mikrofon. Ich musste feststellen, dass mir die Auseinandersetzung jegliche Panik genommen hatte. »Ich weiß auch nicht, warum ich mich mit einem Typen streite, der sich so einen bescheuerten Künstlernamen ausgesucht hat. Übrigens, wenn wir genügend Likes auf unserer Facebook-Seite haben, zieht Alex einen Rock an und schminkt sich. Für mehr als dreitausend Likes ist er auch bereit, sich einen BH anzuziehen.« Irgendjemand musste ja die Band promoten.

»Und, bist du jetzt bereit?«, flüsterte mir Alex zu, während die kleine Menge lachte und ein paar ihre Handys zückten.

Ich wandte mich vom Mikro ab. »Du hast den Streit angezettelt, weil du wusstest, dass es mich auf andere Gedanken bringt, oder?«

Alex nickte. »Du bist nun mal anders als andere Mädchen, aber ich glaube, ich blicke bei deinen Bedürfnissen schon ganz gut durch.«

Ich unterdrückte ein Schluchzen. Kein trauriges, sondern eins aus Freude. Ich hätte Alex am liebsten gedrückt, geküsst und ... und so weiter eben. Er konnte richtig süß sein, wenn er sich nicht gerade wie das undurchschaubare größte Ego-Arschloch aufführte.

»*This Isn't Rocket Surgery*«, verkündete Alex. »Von *We Are The In Crowd*.« Er blickte zu mir, um sich zu vergewissern, dass ich den Song inklusive der Lyrics kannte, so dass ich ihn vor den ganzen Menschen singen konnte.

Ich nickte.

Entweder ich war schon wieder durch den puren Geruch von Alkohol dicht, oder der Song passte wieder wie die Faust auf Alex' Wange zu ihm und mir.

I love that you've got me all figured out
Because without a doubt
You're the best damn thing that ever happened to me
...

Ich war regelrecht gefühlshigh nach dem Auftritt. Das wollte ich Alex natürlich sofort wissen lassen und dackelte ihm hinterher, als er die Gitarre zurück in den Bandraum brachte. Dort hockte ich mich auf den kleinen Tisch, ließ meine Beine baumeln und beobachtete, wie Alex wieder alles an seinen Platz räumte.

»Sie mögen mich!« Ich klatschte aufgeregt in die Hände. »Bin ich gut? Nein, sag es nicht. *Ich weiß*, dass ich außerordentlich gut bin!«

Dieser kleine Egoschub tat mir wirklich gut, so gut, dass ich Alex, sobald er mit dem Aufräumen fertig war, zu mir winkte.

Jetzt oder nie, sagte ich zu mir. Alex ist der Richtige, und wenn nicht, sorge ich dafür, dass unsere Band einfach beschissen wird. Ich muss es wagen. Ich muss.

»Hm?«

»Näher.« Ich lächelte ihn kokett an. »Ich schwöre dir, der Tag, an dem ich dir den Kopf abreiße, ist noch nicht gekommen.«

Alex kam ein paar Schritte auf mich zu. Sobald er sich in meiner Greifweite befand, schlang ich meine Arme um seinen Hals und zog ihn enger an mich. Seine Hände ruhten auf meinen Hüften. Und er blickte mich teils erstaunt, teils erwartungsfreudig an, natürlich war sein Grinsen auch mit von der Partie.

»Ich halte dich nicht mehr für dumm, Alex«, begann ich mit meiner Rede. »Ein Typ, der sich die ganzen Lyrics merkt und dazu noch Gitarre spielt, kann nicht dumm sein. Mathematisch begabt nicht, aber sicherlich nicht dumm. Ich halte dich auch nicht mehr für einen faulen Rockstar, der sich im eigenen Dreck wohlfühlt. Deine Wohnung sieht sauberer aus als mein Zimmer.«

»Ich und die *Ratte* sehen das als Kompliment.« Alex wollte sich zu mir herunterbeugen und mich küssen, aber ich drehte meinen Kopf weg.

»Es gibt noch etwas Wichtiges, was ich dir sagen muss.« *Ich liebe dich.* Ha – ich kann es denken! »Ich lie…«, das Wort blieb mir in der Kehle stecken, »… liege heute bei dir.«

Toll, Zoey, schon mal etwas von deutscher Grammatik gehört?

»Was?«, fragte er. Seine Stirn legte sich in Falten. »Du liegst heute bei mir?«

»Äh, ich wollte dich fragen, ob ich heute bei dir schla…«

Weiter kam ich nicht, denn eine große Gestalt drängte sich zwischen Alex und mich. Da ich nur seinen Rücken und die schwarzen Haare sah, erkannte ich die Person nicht gleich, aber dann schoss mir sein wohlbekannter Geruch in die Nase.

Was zum Teufel machte mein Bruder in so einem Club?

32. KAPITEL
OHRFEIGEN FÜR ALLE LEBENSLAGEN

Ich war durch Ians plötzliches Auftauchen weniger überrascht als unglaublich wütend. Wer weiß, vielleicht hätte Alex mir *genau* in diesem Moment seine Liebe gestanden? Vielleicht hätte ich auch *endlich* dieses mörderische Staubkorn verschluckt und diese drei magischen Wörter gehustet, die mir schon viel zu lange in der Kehle steckten? Ich meinte nicht *Sesam, öffne dich*. Aber nein, mein werter Bruder musste hier auftauchen und alles kaputt machen. Es war Samstagabend, sollte da ein Nerd, wie Ian es war, nicht seiner Programmierlust frönen?

»Lass meine Schwester in Ruhe, Acid!«, knurrte er bedrohlich. »Verschwinde!«

Unwillkürlich bekam ich ein Déjà-vu-Gefühl.

Alex brauchte ein paar Sekunden, um auf Ians Drohung überhaupt zu reagieren. Er zog eine Augenbraue hoch. »Du kommst mir bekannt vor …«

Ich verdrehte die Augen. Alex' Fliegenhirn! »Das ist mein Bruder«, erinnerte ich ihn. »Ihr beide wolltet schon einmal einen kleinen Bitchfight austragen. In meinem Zimmer«, half ich ihm auf die Sprünge. »Nach der Mathenachhilfe. *Situations*.«

Als ich ihm den Song nannte, schien Alex' Gedächtnis endlich wieder zu funktionieren.

»Ah!« In seinem Gesicht blitzte Erkenntnis auf. »Oh, du bist also der Gee…«

»Ian«, verbesserte ich Alex, bevor der Stolz meines Bruders wieder einmal angekratzt wurde. »Mein großer Bruder Ian.«

Dieser sagte nichts, sondern packte den Rocker am Kragen seines schwarzen Hemds und zog ihn an sich heran. »Wie oft soll ich dir noch sagen, dass du Zoey gefälligst in Ruhe lassen sollst?«

Alex stieß ein heiseres Lachen aus. »Glaubst du, dass ich deine Schwester bedränge?« Er schüttelte lächelnd den Kopf. »Kali bedrängt mich wohl mehr als ich sie.«

Verlegen schaute ich zur Seite. Ich war nun mal anscheinend einer der Menschen, die ihre Zuneigung durch Boshaftigkeit und ihre Liebe durch Bedrängen zum Ausdruck brachten.

Ian knurrte leise. Ich sah auf und erkannte, dass mein Bruder seinen Griff um Alex' Kragen verstärkt hatte, so dass seine Fingerknöchel weiß hervortraten.

Doch Alex blieb kühl. »Also, würde es dir etwas ausmachen, mich loszulassen? Deine kleine Schwester und ich hatten gerade ein interessantes Gespräch über Schlafplätze.« Er zwinkerte mir zu, was mein Gesicht noch mehr zum Glühen brachte.

»Lass deine dreckigen Griffel von meiner Schwester!« Ian gab Alex einen heftigen Kinnhaken und ließ ihn dann sofort los. Alex taumelte einen Meter nach hinten. »Zoey hasst dich.«

Ich stöhnte auf. Mein Bruder war also immer noch der Meinung, dass ich Alex hasste. Vielleicht hatte ich versäumt, ihn über die neue Situation aufzuklären …

Bevor ich eingreifen konnte, hatte sich Alex von der Mauer abgestoßen und Ian mit einem karatefilmähnlichen Move auf den Boden geworfen. Ich war genauso erstaunt wie mein Bruder. Als sich Ian wieder aufgerappelt hatte, sprang ich vom Tisch, um den Streit zu beenden.

»Aufhören!«, knurrte ich die beiden Streithähne an, aber da sie nicht auf mich hören wollten, gab ich beiden eine schallende Ohrfeige, die sie dazu brachte, mich endlich wieder wahrzunehmen. Die beiden starrten mich an und rieben sich die roten Stellen. »Wenn ihr jetzt denkt, dass ich mich geschmeichelt fühle, weil ihr zwei um mich kämpft, dann habt ihr euch geschnitten. Erst einmal zu dir, *Bruderherz.*« Ich wandte mich Ian zu. Er hatte die Augen zusammengekniffen und die Lippen nach unten verzogen. Das sollte ihm eine Lehre für die unzähligen Male sein, bei denen er gesagt hat, dass ich wie ein Mädchen schlage. »Schon mal von so etwas wie Privatsphäre gehört? Was wäre gewesen, wenn Alex und ich ... nun ja, nackt gewesen wären? Du wärst blind geworden und ich hätte dir nie wieder in die Augen blicken können!«

Bevor Ian etwas erwidern konnte, fuhr ich zu Alex herum, der schadenfroh kicherte. »Und du – hör mit diesem Gegacker auf!« Er verstummte augenblicklich und blickte mich entschuldigend an. »Warum müsst ihr Männer euch immer gleich schlagen?« Warum kam mir gerade der Spruch *Wer im Glashaus sitzt, soll nicht mit Steinen werfen* in den Sinn? »Du weißt genau, dass mein Bruder einen berechtigten Grund hat, dich zu hassen, aber nein, der werte Herr entschuldigt sich mit seiner Faust. Echt jetzt!« Ich schnaubte laut. »Beweist mir eure Zuneigung bitte anders!«

»Sorry, Kali«, murmelte Alex.

»Entschuldige, Zo«, stimmte Ian in Alex' Entschuldigung ein.

Ich atmete erleichtert aus. »Alex, gibst du mir ein paar Minuten mit meinem Bruder?«

»Liebend gern«, meinte dieser und rieb sich abwechselnd das Kinn und die Wange. »Ich hol mir ein Bier oder zwei zum Kühlen und passe auf, dass Serena kein Blut auf das schöne Sofa vergießt. Ist dir aufgefallen, wie böse sie Snake anstarrt?«

»Was du nicht sagst ...«

Ich nickte ihm dankbar zu, als er das Zimmer verließ. Wütend fuhr ich zu meinem Bruder herum. »Ich hoffe, du hast eine gute Ausrede, Ian.«

»Ich dachte, er wollte dir etwas tun«, murrte er. »Wie war das denn mit *Ich hasse Alex*? Und jetzt? Ich war der festen Überzeugung, dass du nichts von ihm willst.«

»Genau deswegen hatte ich *meine* Arme um seinen Hals geschlungen«, sagte ich. »Es sah wirklich gezwungen aus.«

»Liebst du ihn?«, fragte mich Ian plötzlich.

Ich sah zu Boden, nickte aber eifrig mit dem Kopf. »Ja ...«

»Du wirkst nicht glücklich darüber«, bemerkte mein großer Bruder nüchtern. »Zo, wenn er ...«

»Es liegt nicht an ihm«, ging ich dazwischen. »Mom und Dad mögen ihn nicht. Großvater verachtet ihn, und du? Du schlägst dich mit ihm! Wie soll ich bitte glücklich über meine starken Gefühle für ihn sein?«

»Wenn er sein vorlautes Maul halten würde, dann könnte ich ihn in Ruhe lassen«, meinte Ian schulterzuckend. »Wissen Mom und Dad von was auch immer du mit ihm hast?«

»Ich habe es ihnen auf eine sehr unfeine Weise auf die Nase gebunden. Deshalb kann ich auch heute nicht nach Hause gehen.«

Ian lachte und tätschelte mir den Kopf – etwas, was er noch nie getan hatte. »So gefällst du mir, Schwester. Hausarrest ignorieren und unsere Eltern schockieren. Am liebsten wäre mir natürlich, wenn du nichts mit diesem Arsch hättest, aber da kann man wohl nichts machen.«

»Genau«, sagte ich und nickte mit dem Kopf. An meinen Gefühlen konnte keiner etwas ändern. Ich hatte es doch auch versucht und war dabei gescheitert. »Was machst du eigentlich in *so* einem Club?«

»Was machst *du* hier?«,

»Keine Gegenfragen«, verlangte ich. »Aber wenn es dich so brennend interessiert: Ich bin Sängerin in Alex' Band.«

»Das habe ich gehört.« Ian verdrehte die Augen. »Ich finde die Musik immer noch grässlich kitschig und übertrieben emotional.«

»Du versuchst abzulenken!«, stellte ich fest. »Was machst du jetzt hier?«

Mein Bruder räusperte sich. »Ichabndate.«

»Was?«, fragte ich nach, weil ich sein dummes Gemurmel nicht verstanden hatte.

»Ich habe ein Date«, wiederholte er etwas deutlicher. »Sag nichts. Sie ist unglaublich nett, intelligent und kennt sich mit Technik aus. Leider findet sie auch dieses ganze Emo-Zeug interessant, weshalb sie mich hierhergeschleift hat …«

»Du hast ein Date?«

»Sag nichts!«, wiederholte Ian drohend. »Ich will den restlichen Abend gemütlich mit Corinna verbringen. Also werde ich dich in Ruhe lassen, wenn du mich in Ruhe lässt. Tun wir einfach so, als wären wir keine Geschwister, okay?«

»Du meinst, so wie früher?«

»Genau.«

»Nur für diesen Abend?«

Ich lächelte meinen Bruder an. »Klar.«

Ich war einverstanden mit Ians Bedingung. Schließlich hatte Alex so Ruhe vor seinen brüderlichen Instinkten, die immer im falschen Moment auftauchten, und ich würde Ians Date nicht mit peinlichen Geschichten über seine Kindheit vergraulen.

»Noch eines, Zo«, begann Ian zögerlich. Ich horchte auf. »Bist du dir wirklich sicher, dass Alex, das Singen und alles hier das ist, was du wirklich willst?«

»Ja, ich bin mir ganz sicher.«

Ich ging zu Alex, meiner Band und meinen Freundinnen in den Club zurück, nur um festzustellen, dass sich lediglich Craig, Nell und Alex auf dem Sofa tummelten. Die anderen waren anscheinend schon abgehauen.

Seufzend ließ ich mich auf die schwarze Couch fallen. Da ich keine nassen Flecken auf dem Stoff spürte, nahm ich an, dass Serena Simon immer noch nicht gekillt hatte. Das beruhigte mich ungemein. Ich wollte nicht einen neuen Bassisten suchen müssen.

»Alles wieder okay zwischen dir und deinem Bruder?«, fragte Alex mit einer Bierflasche im Gesicht, die er sich an die Wange hielt. Was ihn aber nicht daran hinderte, hämisch zu grinsen. »Sag ihm, dass deine Ohrfeige mehr wehtut als sein Kinnhaken.«

»Alles okay«, antwortete ich. »Ich hab ihm gesagt, dass ich dich eher vergewaltigen würde als du mich.«

Alex kicherte leise.

»Sag mal, hattest du als Kind Karate?«, fragte ich interessiert. »Du hast Ian einfach über die Schulter geworfen, und er ist mindestens einen Kopf größer als du.«

»Ich hatte einen großen Bruder«, antwortete er knapp. Dann wechselte er das Thema. »Bist du neidisch auf die beiden?« Er deutete mit dem Kopf auf Nell und Craig.

Das Paar schien von seiner Umwelt nichts mehr bewusst wahrzunehmen. Nell hatte ihre Arme um Craig geschlungen und saß auf seinem Schoß. Ich musste schnell wegschauen, weil sich mein Herz krampfhaft zusammenzog.

»Würdest du auch gern einen Freund haben?«, wollte Alex wissen. Er drehte seinen Kopf in meine Richtung. Ich konnte nicht deuten, was ich in seinen Augen sah: Liebe? Oder nur eine Einbildung? Wollte er mich verarschen?

»J-ja«, brachte ich beinah atemlos hervor.

Alex' Lippen kamen meinen immer näher, und ich wusste, dass er mir jeden Moment das sagen würde, was ich am allermeisten von ihm hören wollte. »Wenn du einen Push-up-BH tragen und nicht jeden Typen – außer mir natürlich – mit deinen Sprüchen vergraulen würdest, hättest du eine Chance bei anderen Jungs.«

Die romantische Szene zerfiel vor meinen Augen wie die Kartenhäuschen von Ian, die ich früher immer zerstört hatte.

»Sagt mir ausgerechnet der Typ, der es noch nicht geschafft hat, sich eine Dumme zu angeln, die seine Freundin werden will?«, keifte ich ihn an, um meinen Schmerz zu verstecken. »Ein Paar Socken in der Hose würden dir vielleicht helfen.«

»Vielleicht bin ich ja romantisch? Vielleicht will ich auf die eine warten?« Alex grinste mich an, was mein Herz wieder zum Rasen brachte ... »Es könnte aber auch sein, dass meine einzige Liebe mir selbst gilt.« ... und meine Blutgier zum Kochen.

Warum konnte er nicht ein Mal in seinem Leben ein paar Minuten lang ernst sein?

Weil er mir ähnlicher ist als sonst jemand, gab ich mir selbst die Antwort. Er wird so lange nicht ernst zu mir sein, wie ich es ihm gegenüber nicht bin.

33. KAPITEL
VERFÜHRUNG FÜR ANFÄNGER

Da Alex noch ein wenig Kuschelzeit mit der Bierflasche brauchte, um sich von meiner Streit schlichtenden Maßnahme zu erholen, angelte ich eine der wenigen trockenen roten Servietten vom Tisch und fing an, mit ihr *Er L-Wort mich, er L-Wort mich nicht* zu spielen. Immer mehr rote Papierfussel fielen auf meinen schwarzen Rock, bald hatte ich die ganze Serviette in mindestens dreihundert Stückchen zerlegt. Den letzten Fetzen riss ich Faser für Faser auseinander. In was für einer Welt lebten wir, in der nicht einmal Servietten dir sagen konnten, ob jemand in dich verliebt war?

»Also, Kali«, sagte Alex, um die Stille endlich zu durchbrechen. Craig und Nell hatten sich vor zehn Minuten auch verabschiedet, jetzt blieben nur noch wir beide übrig. »Wo waren wir stehengeblieben? Du wolltest bei mir liegen oder so.«

Er stellte das wahrscheinlich warm gewordene Bier auf den Tisch. Erneut sah ich meinen schönen Handabdruck in seinem Gesicht aufleuchten. Ob Ians Date der rote Fleck wohl auch aufgefallen war? Seine kreative Ausrede hätte ich nur zu gern gehört, denn er würde sicher nicht zugeben, dass seine kleine Schwester ihm eine deftige Ohrfeige verpasst hatte.

Ich sah verlegen zur Seite. »Darf ich heute bei dir schlafen?« Es herrschten ein paar Sekunden Stille, die mich dazu zwangen, wieder aufzusehen.

»Bist du dir im Klaren darüber, was das bedeutet?«

Ich nickte zaghaft. Heute war wohl der einzige Tag, an dem ich die Kraft besaß, mich Alex vollkommen anzuvertrauen. Durch den Streit mit Ian hatte er mir gezeigt, dass er für mich kämpfen würde, und ich war bereit, einen Schritt auf ihn zuzugehen. »Ich werde mit di…«

»Du ziehst die Schuhe vorher aus«, unterbrach mich Alex. »Und steig ja nicht wieder auf die Couch! Ich werde nie wieder das Glück haben, so ein Stück für einen Fünfziger aufzutreiben. Du trinkst außerdem die Milch nicht aus der Tüte, sondern nimmst dir dafür ein Glas, und …«

Zum Glück hatte mich Alex nicht ausreden lassen. »Hattest du einen neurotischen Mitbewohner, der dich bei so einem Vergehen mit seinem Staubwedel verprügelt hat, oder woher hast du so einen Tick?«, fragte ich genervt dazwischen.

»Ich habe es nun mal gern sauber«, schnaubte Alex. »Außerdem reicht es mir schon, den Dreck, den meine Kumpels verursachen, wegzuräumen.«

»Gehen wir?«, fragte ich ihn, bevor ich mir die Sache noch anders überlegte. »Ich bin müde.«

Ich erhob mich aus der schwarzen Couch und wollte mich sofort wieder fallen lassen. Meine Knie waren unglaublich wackelig.

Alex nickte, gab die ungeöffnete Bierflasche an der Bar ab und spazierte mit mir aus dem Club. Dabei erhaschte ich einen äußerst seltenen Anblick: einen ausgelassenen Ian, der einer kleinen Blondine gegenüberhockte, die ihn anlächelte und mit dem Kopf nickte. Ian konnte jemanden zum Lachen bringen? Wie es aussah, kam der Weltuntergang immer näher.

Als wir den Club verließen, zitterte ich am ganzen Leib, obwohl ich, bevor wir ins *Pulse* gegangen waren, höllisch geschwitzt hatte.

Da Alex nicht weit vom *Pulse* weg wohnte, ersparten wir uns die Rollerfahrt.

»Du kannst gern in meinem Bett schlafen«, meinte Alex, als er die Tür zu seiner Wohnung aufsperrte. »Ronnie schläft meistens im Wohnzimmer, und er mag es nicht, wenn fremde Leute auf *seiner* Couch nächtigen. Er beißt dann einfach zu.«

Ich wartete auf einen seiner zweideutigen Witze, aber er schwieg. Deshalb musste ich Alex sagen, welche Abendplanung mir heute noch vorschwebte. »Ich will mit dir schlafen«, sagte ich mit fester Stimme und einem ebenso festen Blick in seine Augen. »Ich will *dich*.«

Ich erwartete, dass mich Alex gleich ins Bett schleifen würde, stattdessen seufzte er und schüttelte den Kopf. »Spar dir deinen Sarkasmus. Ich bin müde und will schlafen. Wenn ich ausgeschlafen habe, können wir uns ruhig wieder ein Wortgefecht liefern.«

Ich stampfte mit dem Fuß auf den Boden. »Denkst du etwa, das war ein Scherz?«, empörte ich mich. »Meinen Sarkasmus würde man viel besser erkennen!«

Alex blinzelte mich verwirrt an. »Kali ... Was? Warum jetzt auf einmal?« Er lehnte sich mit einer Schulter gegen die Wand und schloss die Augen. »Nein.«

»Nein?«, echote ich. »Was soll das heißen?«

»Nein heißt nein. Ich werde nicht mir dir schlafen«, sagte Alex mit kühler Stimme. »Nicht, bevor du mir einen Grund sagst, warum du deine Meinung plötzlich geändert hast.«

Einen Grund? Solange ich ihm nicht *den* Grund nennen musste!

Ich krallte mich an seinem Shirt fest. »Du wolltest doch meine Jungfräulichkeit, oder? Ich schenke sie dir, Alex. Aber es ist nur eine Tagesaktion.« Ich versuchte, nicht verzweifelt zu klingen, aber im Moment war ich das wohl. Falls Alex mich ablehnen würde, wusste ich nicht, was ich tun würde. Ich brauchte endlich einen handfesten Beweis für seine Liebe. Außerdem sehnte sich ein Teil von mir so sehr nach seinen Berührungen.

Er öffnete seine Lider ein wenig. »Das wollte ich nicht hören.«

»Gut, du willst einen anderen Grund wissen?«, machte ich ihn an. »Die Wahrheit ist, dass ich dich schon viel zu lange will. Du hattest Recht, als du sagtest, dass mir der Kuss gefallen hat. Jedes verdammte Mal hat es mir gefallen! Jede deiner Berührungen genieße ich vollkommen, und ja, Alex, dein Ego sollte jetzt aufpassen: Ich finde dich auch wahnsinnig sexy.« Nachdem ich das alles rausgelassen hatte, atmete ich schwer. Ich hatte Alex nichts Neues erzählt, aber ich hoffte, dass er sich damit zufriedengab.

»Kali«, murmelte er leise. Im nächsten Moment schoss sein Kopf nach vorn, und ich spürte, wie sein Mund sich auf meinen legte und seine Zunge meine Lippen teilte. »Du kannst es immer noch nicht sagen, oder?«

Bevor ich fragen konnte, was er meinte, spürte ich Alex' Hände an meiner Hüfte und bemerkte, dass er mich irgendwohin führte. Ich schluckte schwer. Jetzt gab es kein Zurück mehr.

Alex und ich küssten uns so lange, bis ich rücklings in einem weichen Bett landete. Okay, eigentlich war er über meine Beine gestolpert, denn mein Hintern schlug ziemlich unsanft auf der Bettleiste auf. Da niemand den Lichtschalter betätigt hatte, erkannte ich nichts von Alex' Schlafzimmer.

Das hätte mich im Moment aber auch kaum interessiert.

Oh, Zoey, was tust du da nur?, fragte ich mich selbst, als ich unter Alex lag und spürte, wie er mir die Strumpfhose auszog. Unsere Münder waren wie nie zuvor miteinander verschmolzen. Es war unglaublich schön, aber gleichzeitig auch beängstigend. Du wirst mit Alex Sex haben. Warum das Ganze? Weil du sehen willst, wie viel du ihm bedeutest? Hast du mitbekommen, was er die letzten Wochen alles für dich getan hat? Ist dir das nicht genug?

Ja, ich meinte, nein ... Ich wusste nicht, was ich wollte! Einerseits wollte ich meinen Beweis, andererseits wollte ich, Zoey, wirklich Sex haben.

»Noch müssen wir es nicht tun, Zoey«, fing er jetzt wieder an. Er war völlig außer Atem. »Du kannst je...« Für jemanden, der mir nachgerannt war wie ein räudiger Hund und herumgeröhrt hatte wie ein Hirsch, sah er jetzt ziemlich besorgt aus.

»Ich will dich!«, unterbrach ich ihn. »Oder hast du etwa Angst davor, mit mir zu schlafen?«

»Oh ja, ich halte dich nämlich für eine Schwarze Witwe«, antwortete Alex trocken. »Ich habe Angst, dass du mich nach der Paarung auffrisst.«

Würde diese lockere Kommunikation zwischen Alex und mir durch Sex zerstört werden? Warum konnte ich mich in so einem Moment nicht entspannen?

»Hast du Kondome da?«, fragte ich keuchend. Wenn nicht, würde ich sofort auf Migräne machen.

»Nachttischschublade.«

Da ich irgendwie blöd am Bett herumfuchtelte, knipste Alex für mich die Nachttischlampe an.

Ich war völlig verkrampft, als Alex mir anschließend mein Top und meinen Rock herunterzerrte und ich an seiner Jeans herumfummelte. Ich wollte gerade sein Hemd öffnen, als sich seine Hand um meine Finger schloss. Er schüttelte den Kopf, den er an meinem Hals vergraben hatte.

»Ziehst du dein Hemd nicht aus?«, fragte ich ihn leise.

Alex hörte plötzlich auf, mich am Hals zu küssen. »Nein«, presste er mit harter Stimme hervor. »Es ist besser so.«

»Warum nicht?«

»Du hast doch meine Narben gesehen«, sagte er. Er hob den Kopf und sah mich mit diesem seltenen, ernsten Ausdruck an. »Ich will nicht, dass sie dich verschrecken.«

»Alex.« Ich schüttelte den Kopf. »Ich habe deine Narben gesehen, das stimmt.« Meine zittrigen Finger glitten zu den Knöpfen seines Hemds und öffneten einen Knopf nach dem anderen. Langsam strich ich mit meiner Hand über die Narben. Seine Haut war so brennend heiß wie meine. »Warum sollten sie mich verschrecken? Glaubst du, dass es mich schockiert, dass dein Körper nicht perfekt ist? Niemand ist perfekt, Alex. Das ist nicht nur ein blöder Spruch.« Um meine Worte zu untermauern, küsste ich eine seiner großen Narben. Mir gefiel es irgendwie, ein Seelenpflaster für ihn zu sein.

»Kali ...« In seinen Augen blitzte kurz Verwunderung auf. Er küsste mich auf die Stirn. »Ich ... Du ... Du machst mich immer wieder sprachlos.«

Das wäre der perfekte Moment, sagte mein Verstand zu mir. In jedem Liebesfilm oder -roman würde sich das Paar jetzt seine Liebe gestehen.

Doch mein Leben war weder ein Film noch ein Buch und so wartete ich auf Alex' Liebesgeständnis vergeblich ...

Die ganze Zeit über hielt ich die Augen geschlossen, weil ich es nicht übers Herz gebracht hätte, ihm ins Gesicht zu sehen. Außerdem hatte ich unglaubliche Angst vor dem, was mich erwartete. Bei Achterbahnfahrten schloss ich auch immer die Augen. Genau dieses Prinzip wendete ich hier an.

Überraschenderweise musste ich feststellen, dass es ganz anders war, als ich es mir vorgestellt hatte. Alex' Küsse und Berührungen ließen die Angst bald abflauen. Mit Alex zu schlafen und mit ihm auf der Bühne vor Publikum zu singen hatte erschreckend viel gemeinsam: zuerst die Aufregung, die einen immer nervöser macht, dann der Moment, in dem man merkt, dass es genau das ist, was man immer wollte, und am Schluss der Endorphin-Rausch, der einen wie ein Drogenabhängiger vor sich hin grinsen lässt.

Ich klammerte mich an Alex fest, als würde ich irgendwo herunterfallen und mir das Genick brechen, wenn ich ihn nur kurz loslassen würde. Ab und zu flüsterte er mir ein paar gehauchte Sätze ins Ohr. Es war zwar kein *Ich liebe dich* dabei, aber diese Worte wären auch unpassend gewesen.

»Danke, Alex« war alles, was ich zu dem sagte, was gerade zwischen uns vorgefallen war. Ich drehte ihm meinen nackten Rücken zu und rutschte eine Armlänge von ihm weg. »Es war ganz ... schön.«

Wie sich das anhörte! Wie *Danke, dass du mit mir geschlafen hast, weil sich sonst keiner erbarmt hat!* Und *schön* ... Mir schoss all mein Blut in die Wangen. Ich hatte zwar wie bei meinem Kuss nichts, womit ich meine Erfahrung vergleichen konnte, aber ich glaubte, ich konnte mir ziemlich sicher sein, dass er meine Liebe erwiderte. Oder ich malte mir zu viel aus, weil ich verzweifelt war. Aber die Art, wie er mich berührt hatte!

Ich wollte Alex nichts lieber sagen, als dass ich ihn liebte und deshalb mit ihm hatte schlafen wollen. Nicht etwa, weil er der einzige Junge in meiner Nähe war, der bereitwillig mit mir ins Bett stieg.

Doch ich fühlte mich komisch. Schwach, müde und lustlos. Mir fehlte die Kraft, mit Alex über unsere Beziehung zu reden. Nur am Rande bekam ich noch ein wenig von seinem Gerede mit, bevor ich einschlief.

34. KAPITEL

FIEBER DER LIEBE. LEIDER WÖRTLICH GEMEINT

Als ich am nächsten Morgen aufwachte, musste ich mich zuallererst fragen, ob mich nicht jemand mit einer Straßenwalze überrollt hatte. Meine Glieder schmerzten fürchterlich, und meine Kehle war wie ausgedörrt, als hätte mir jemand die ganze Flüssigkeit entzogen.

Ich dachte angestrengt nach, aber das Letzte, woran ich mich erinnern konnte, war ... Oha. Das war Sex mit Alex. Sex. Mit. Alex. Ich hatte meine Jungfräulichkeit tatsächlich an den Typen verloren, der hinter mir her gewesen war wie Indiana Jones hinterm Heiligen Gral.

Hätte ich die Kraft gehabt zu schreien, hätte ich es getan. Stattdessen kam nur ein Wimmern über meine trockenen Lippen.

Im Endeffekt hatte es absolut nichts gebracht, mit Alex ins Bett zu steigen – oder etwa doch? Ich würde mir später noch genug Gedanken darüber machen können. Jetzt musste ich mich aus diesem Schwitzkasten befreien.

In den höllisch heißen Kokon von Alex' Bettdecke eingewickelt, suchte ich mit meiner freien Hand die linke Seite des Bettes nach ihm ab.

»Alex?«

Ich bekam keine Antwort.

»Oh Gott, es ist so heiß«, jammerte ich und versuchte, mir die Bettdecke vom Leib zu zerren, aber ich war zu schwach dafür.

»Was zum …« Ich öffnete die Augen, aber sie waren wie zusammengeschweißt.

Okay, was hatten wir heute Nacht noch getrieben? Spontanausflug in die Sahara? Dampfwalzenbesichtigung?

Ich fühlte mich, als hätte ich mit einem Sumoringer geschlafen, der mir wie ein Vampir sämtliches Blut abgezapft und danach ganz sadomasomäßig die Augen mit Wachs zusammengeklebt hatte. War Alex ein hundert Kilo schwerer Vampir mit sadistischer Neigung?

»Alex, beweg deinen Arsch her!«, schrie ich wütend. Ich rieb mir die Kruste von den Augen und blinzelte ein paarmal. Das gedämpfte Licht, das in den blau gestrichenen Raum drang, tat meinen Augen gar nicht gut. Nur ein paar Sekunden später trabte er ins Zimmer. Im Gegensatz zu mir war er angezogen und frisiert, außerdem drang mir der frische Geruch nach Dusche und Deo in die Nase. »Guten Morgen, Kali«, begann er strahlend. Er hatte ja einen Grund zum Strahlen. Ich hatte ihm meine Unschuld geschenkt, und was hatte ich dafür bekommen? Sogar als ich den Kater hatte, hatte ich mich weniger schlecht gefühlt! Dem Anschein nach stand der Wechselkurs für meine Jungfräulichkeit wirklich schlecht.

»Was ist denn?«

»Was hast du mit mir gemacht?«, schrie ich. »Ich fühle mich wie … wie …«

»Neugeboren?«, schlug Alex vor.

Meiner Meinung nach viel zu gut gelaunt kam er zu mir geschlendert. Als er näher kam, sah er mich endlich richtig an. Ein entsetzter Ausdruck huschte über sein Gesicht. »Geht es dir gut?«

»Nein«, knurrte ich. »Ich fühle mich grauenhaft.«

»Du bist krank«, stellte Alex nüchtern fest. »Du hast anscheinend auch diese Grippe. Black war kürzlich auch krank und ...«

»Ich bin nicht krank«, widersprach ich ihm mit krächzender Stimme. Ich hustete und fuhr ihn dann weiter an. »Ich kann nicht krank sein. Ich bin *nie* ernsthaft krank!« Jedenfalls körperlich. Über meine geistige Gesundheit konnte man sich stundenlang streiten, ohne auf einen grünen Zweig zu kommen.

»Kali, du nuschelst.« Er legte seinen Handrücken auf meine Stirn. »Du fühlst dich so heiß an wie eine Herdplatte und du siehst echt scheiße aus.« Er machte eine Pause. »Du *bist* krank.«

Ich grummelte leise. »Danke für das Kompliment. Du bist ja auch nicht so der Hit mit deinen Schlabberhosen. Ich glaube, ich muss kotzen.« Das Gefühl, mich übergeben zu müssen, kam aber nicht durch Alex' schlechte Kleiderwahl.

Bevor ich wirklich realisieren konnte, was ich überhaupt gesagt hatte, hielt mir Alex einen Mülleimer unter die Nase. »Weißt du, wie schwer Kotzflecken aus der Bettwäsche rausgehen? Übergib dich bitte in den Kübel«, wies er mich an. »Den kann ich hinterher wenigstens wegwerfen.«

»Es ... es geht schon wieder«, sagte ich. Ich legte eine Hand auf meine Brust und die andere auf meinen Bauch und spürte, wie das Gefühl wieder abflaute, aber stattdessen schoss mir ein beunruhigender Gedanke durch den Kopf. »Oh Gott, vielleicht bin ich ja schwanger!«

»Kann es sein, dass du, wenn du krank bist, leicht übertrieben reagierst?«, fragte mich Alex mit einer hochgezogenen Augenbraue. »Ach, ich vergaß. Das tust du ja immer. Erstens einmal bemerkt man eine Schwangerschaft nicht schon, ein paar Stunden nachdem man Sex hatte, und zweitens haben wir verhütet. Hattest du keinen Aufklärungsunterricht, oder was?«

»Aber was ist, wenn ...«

Alex legte mir einen Finger auf die Lippen und brachte mich so zum Schweigen. »Kali, du bist krank und das macht dich noch ... spezieller als sonst. Soll ich deine Eltern anrufen?« Er wollte sein Handy schon aus der Hosentasche ziehen. »Sie könnten dich abhol...«

»Nein!«, schrie ich sofort. »Wenn die mitbekommen, dass ich bei einem Jungen übernachtet habe, legen die mir einen Keuschheitsgürtel um und bauen einen meterhohen Turm, in den sie mich einsperren, bis ich mich mit meinen eigenen Haaren erhänge.«

»Hm, nichts, was man mit einer Leiter und einem guten Schlüsseldienst nicht lösen könnte«, grinste Alex.

Hieß das, er wollte jetzt immer noch etwas von mir?

Da ist dein dummer Beweis, sagte mein Verstand. Jetzt sag ihm, dass du ihn liebst. Lass dich von ihm gesund pflegen und genieß den Rest deines Lebens, wer weiß, ob dich die Grippe nicht hinwegrafft.

Nein, ich sage es ihm nicht jetzt. Er würde es wahrscheinlich nur als Fieberspinnerei abtun.

Mein Verstand seufzte. *Lös dein Problem jetzt allein, Zoey. Ich kündige!*

Du hast doch schon gekündigt, als ich mich in Alex verknallt habe.

Ich schüttelte den Kopf. Führte ich schon wieder eine innere Diskussion? Und war ich dabei zu verlieren?

»Kann ich kurz Ian anrufen?«, fragte ich. »Ich will ihm sagen, dass ich bei dir bleibe.«

»Ich muss mich also um dich kümmern?« Alex' Gesichtsausdruck wurde eine unlesbare Maske, was mir einen Stich ins Herz gab. »Zuerst werde ich halb von dir vergewaltigt, dann bekomme ich nicht einmal eine Kuschelstunde danach und jetzt muss ich auch noch Krankenschwester für dich spielen?« Und dann war es wieder da: dieses schiefe Grinsen. »Da ich dich nicht einfach aus dem Bett werfen kann, ohne Gefahr zu laufen, demnächst mit abgetrenntem Kopf aufzuwachen, erlaube ich es dir natürlich.«

Ich griff nach einem kleinen schwarzen Kissen und warf es nach Alex. Da ich schwach war, prallte es an ihm ab wie ein Wattebällchen. Grummelnd rollte ich mich zur Seite und versuchte mir mein Handy, das neben meinem Höschen auf dem Boden lag, zu angeln, aber ich kam nicht daran. Darum fungierte Alex hilfsbereit als Armverlängerung.

Ich brauchte drei ganze Minuten, um Ian anzurufen, weil meine Augen tränten und ich kaum einen Buchstaben lesen konnte.

»Hm?«, begrüßte mich mein Bruder wirklich ausgesprochen wortreich.

»Ian«, sagte ich mit schwacher Stimme. »Hallo. Ich habe da ein kleines Problem ...«

»Wo bist du?«, fragte Ian gleich. Da er mein Bruder war, keifte er natürlich sofort los. »Mom und Dad sind unglaublich wütend! Ich weiß nicht, was ich noch tun soll, um sie zu beruhigen!«

»In Alex' Bett.« Erst nachdem ich die Worte ausgesprochen hatte, wurde mir bewusst, dass ich Ian gerade indirekt gestanden hatte, was ich mit seinem Erzfeind getrieben hatte. Ich hörte, wie mein Bruder scharf die Luft einsog. »Es ist nicht so, wie du denkst ... na ja, eigentlich schon, aber du weißt ja ...«, *dass ich ihn liebe,* dachte ich. »Es ist alles okay mit mir, wirklich! Bis auf dass ich mir bei Violet die Grippe eingefangen habe, und jetzt ist mir total ...«

Alex riss mir mein Handy aus der Hand. »Deine Schwester will sich anscheinend von mir gesund pflegen lassen«, sagte er ganz offen und ohne Scham. »Oh nein, ich bin hier nicht der Perversling. Hey, du willst, dass es deiner Schwester gut geht, und ich auch. Es wäre also das Beste, wenn du dir eine gute Ausrede für deine Eltern ausdenkst. Sag ihnen, dass Kali ihre Freundinnen nervt und erst morgen nach der Schule wiederkommt.« Es folgte eine halbe Minute Schweigen. Ian sagte anscheinend etwas über mich, denn Alex blickte mich plötzlich komisch an. Mein Herz hämmerte laut in meiner Brust. »Ja, natürlich tue ich das!«

Jetzt stand ich kurz vor einem Ohnmachtsanfall. Ich sank in das Bett zurück.

»Mhm, Kali haut wirklich fest zu. Ich durfte das schon öfter spüren. Danke.« Dann legte Alex auf.

»Was tust du?«, wollte ich sofort wissen. »Was hat Ian dich gefragt?«

»Dir ein paar fiebersenkende Medikamente besorgen, das tue ich«, meinte Alex. Er warf das Handy neben mir ins Bett. »Es ist besser, du ruhst dich in der Zwischenzeit ein wenig aus.«

Ich nahm zum ersten Mal einen von Alex' Vorschlägen an, und bevor ich mir noch weitere Gedanken machen konnte, übermannte mich der Schlaf.

Als ich wieder aufwachte, saß Alex neben mir und studierte den Beipackzettel eines Medikaments.

»Du steckst dich noch an«, murmelte ich in die Decke. »Es wäre besser, wenn du das Zimmer hermetisch verriegelst oder einen Schutzanzug trägst.« Wer hätte einmal gedacht, dass ich Viren und Bakterien herumschleudern würde?

»Kali, ich halte einiges aus«, sagte er und reichte mir ein Glas mit einer trüben Flüssigkeit. »Trink, das senkt das Fieber. Außerdem habe ich schon genug Bakterien abgekriegt. Ein paar mehr oder weniger sind auch egal.«

»Bist du meine Krankenschwester?«, fragte ich Alex, der mir ein paar seiner Musikmagazine auf das Nachtkästchen neben einen Stapel von Medikamenten legte.

»Ja«, sagte er sichtlich genervt. »Bin ich.«

»Warum trägst du dann keine Strumpfhose und keinen Rock? Oder wenigstens eine Mütze mit einem roten Kreuz!«

Auf Alex' Gebrumme hin fragte ich ihn, ob ich ihm sehr auf den Keks ging.

»Nein«, stritt er ab. »Es ist eigentlich ganz unterhaltsam, deinem Fieberwahn beizuwohnen.«

Wieder war da dieser Moment, in dem ich in seinen Augen ablesen konnte, dass er mich küssen wollte. Ich sammelte meine Kraft zusammen, um mich vorzubeugen, aber Alex stand auf.

»Ich hol dir was zu essen«, sagte er schnell und verschwand wieder aus dem Schlafzimmer.

Wollte er mich wegen der Krankheit nicht küssen? War ich beim Sex eine Niete? Oder sah ich wirklich so schrecklich aus?

Um mich von den Schmerzen in meiner Brust abzulenken, griff ich nach den ganzen Heften, die mir Alex gebracht hatte.

Unter den Magazinen fand ich auch eine Ausgabe des *Playboy*. Ich nahm das Schundmagazin, warf es in den Mülleimer und hoffte, dass ich heute noch einmal richtig kotzen musste.

Alex kam mit einem weißen Plastikbeutel zurück. »Hast du überhaupt Hunger?«, fragte er mich.

»Und wie!«

Ich setzte mich auf und entblößte dabei meine Brüste. Mit einem leisen Aufschrei schlang ich meine Arme um mich, bis ich bemerkte, dass ich mich eigentlich nicht mehr dafür zu schämen brauchte. Alex hatte mich schon nackt gesehen. Bevor ich ihn darum bitten konnte, war er aufgestanden und hatte mir eines seiner Bandshirts zugeworfen. Dankbar zog ich den Stoff über.

»Äh … was gibt es denn zu essen?«, fragte ich, um das Thema zu wechseln.

»Suppe.«

»Suppe?«

»Suppe für dich«, sagte Alex, »und Huhn süßsauer für mich.«

Er reichte mir einen durchsichtigen Plastikbehälter und einen Löffel. Zittrig nahm ich beides entgegen. »Bist du extra zum Chinesen gegangen?«

Er nickte stolz, als wäre es schwer, etwas im Restaurant zu kaufen. »Ja.«

»Und wie wäre es mit Selberkochen?«

»Ich kann nicht kochen«, gab er ein wenig beschämt zu. »Nur Fertiggerichte. Ich habe mindestens zwanzig Tiefkühlpizzen und so Zeug eingelagert.«

»Ich kann nicht backen«, erwähnte ich nebenbei. »Meine Muffins schmecken wie Schuhsohlen und meine Brownies sind Mordwerkzeuge.« Ich führte einen Löffel an meinen Mund, nur um mich zu verbrennen. »Die Suppe ist zu heiß«, jammerte ich. »Die kann ich nicht essen!«

»Schon mal was von Blasen gehört?«

»Auf die Suppe oder auf dich bezogen?«, kicherte ich wie ein Schulmädchen. »Oh Gott, wenn ich krank bin, werde ich zu Serena!«

»Lass das Essen einfach abkühlen«, seufzte er. »Ich geh ins Wohnzimmer und füttere Ronnie. Er mag Chinesisch auch gern.«

Ohne mir überhaupt die Chance zu geben zu protestieren, stand er auf und verschwand ins Wohnzimmer. Okay, wenn Alex meinte, sich komisch benehmen zu müssen, würde ich es ihm gleichtun. Nachdem ich mir mein Höschen angezogen, dazwischen mal die Suppe gelöffelt und mir die Decke um die Schultern gelegt hatte, schlurfte ich zu ihm ins Wohnzimmer.

Er hatte Sex mit mir gehabt, und ich würde jetzt wie Herpes sein, ich würde ihn nicht mehr in Ruhe lassen.

Alex saß auf dem Sofa und ließ Ronnie an einem Stückchen Huhn knabbern. Als ich hustete, drehte er sich um.

»Kali?« Alex sah auf. »Was ist denn?«

»Ich ... ich will bei dir sein«, antwortete ich. »Ich ... bin krank und ich fühl mich miserabel.«

Er lächelte und klopfte auf den Platz neben sich. Ich kuschelte mich mit der Decke neben ihn und beobachtete eine Zeit lang das Frettchen, das mit dem Stückchen Huhn kämpfte.

»Er ist dein Bruder, oder?« Ich deutete mit dem Kopf in Richtung des Fotos auf dem Tisch, das nun wieder aufrecht stand. »Ist er ... ist er tot?«

Alex schüttelte den Kopf. »Warum glaubst du, dass er tot ist?«

»Du redest niemals über ihn, und wenn er mal ins Gespräch kommt, wechselst du schnell das Thema. Wenn er nicht tot ist, was ist dann mit ihm?«

Er seufzte. »Okay. Wenn du es unbedingt wissen willst: der Typ auf dem Foto ist David, mein Halbbruder. Mein Vater hatte, bevor er meine Mom heiratete, etwas mit Davids Mutter, verließ sie aber, bevor sie das Kind bekam. Ich kannte David nicht, bis seine Mom starb; er war sechzehn und ich gerade einmal vierzehn Jahre alt. Damals war David schon mit Drogen in Kontakt gekommen, aber keiner wusste es. Zuerst waren es nur sehr viele Beruhigungsmittel, dann Heroin.«

»Oh. Er war also kein guter Bruder?«

»Er war der *beste* Bruder«, sagte Alex mit einem flüchtigen Lächeln auf den Lippen. »Er brachte mir das Gitarrespielen bei und wir gründeten die Band. Doch dann kam seine Abhängigkeit ans Tageslicht. Er und ich hatten einen furchtbaren Streit und … ich habe ihn seit über zwei Jahren nicht mehr gesehen.«

»Alex«, begann ich. Schon wieder diese dumme Situation, in der ich nichts anderes als *Tut mir schrecklich leid* sagen konnte!

»Sag nichts.« Diese ernste Stimme hatte ich erst einmal gehört. Als er über seine Narben gesprochen hatte. »Komm einfach her, Kali.«

Ich lehnte meinen Kopf an seine Schulter. Da sie mir zu unbequem war, klemmte ich ein Kissen dazwischen. Dann griff auch schon wieder diese langsam schleichende Müdigkeit nach mir, aber ich spürte noch, wie mir Alex eine Hand auf meine Hüfte legte.

Man könnte meinen, wir sind zusammen, schoss es mir durch den Kopf, als Alex anfing, mich sachte zu streicheln.

»Also, Simon wohnt eigentlich auch hier?«, fragte ich dieselbe Frage, die ich ihm schon vor ein paar Tagen gestellt hatte – ich war nun mal keine Small-Talk-Künstlerin wie Nell!

Er nickte. »Aber meistens pennt er nur hier und nervt mich dann ein paar Stunden mit seiner Anwesenheit. Keine Sorge. Ich habe ihm geschrieben, dass ich gern meine Wohnung für uns alleine hätte, weshalb er in seinem zweiten Nest, also bei Snow, wohnt. Wunder dich nicht. Snake ist da etwas ruhelos.«

»Danke.« *Danke dafür, dass du mich magst, obwohl ich die größte Zicke der Welt bin. Danke dafür, dass du für mich da bist, obwohl ich dir immer noch nicht sagen kann, was ich für dich empfinde.* »Wenn du krank wirst«, murmelte ich, »dann spiele ich für dich Krankenschwester, aber ein wenig authentischer als du. Mit Krankenhausdress und Plastikspritze.«

»Und mit einem kurzen Rock? Und Strapsen?«, fragte er interessiert nach.

»Notgeiler Arsch«, keifte ich, aber mit einem Lächeln um die Mundwinkel. »Wenn du es willst.«

Alex lachte leise. »Dann gib mir noch ein paar Viren«, meinte er, bevor er mich stürmisch küsste.

35. KAPITEL

MEIN WORTSCHATZ WIRD UM EIN WORT ERWEITERT

In meinem Leben gab es bis jetzt so gut wie keine Romantik. Mit Alex rumzumachen war meist genau das Gegenteil von romantisch und diente bisher einzig und allein zur Besänftigung meiner hungrigen Hormone. Mein erstes Mal war zwar schön gewesen, außer dass ich zuerst mit meiner Gefühlskälte und dann mit der Grippe Romantik zwischen Alex und mir verhindert hatte.

Zoey Kramer – die Königin der Anti-Romantik!

Darum freute ich mich unglaublich, als ich Montag früh erneut in Alex' Bett aufwachte. Anscheinend hatte er mich, nachdem ich im Wohnzimmer bei einem Film über eine Vampir-Rockband eingeschlafen war, ins Bett gebracht. Noch nie hatte jemand so viel für mich getan wie dieser schwarzhaarige Rockmusiker, der …

»Er liebt mich.« Ich sprach meinen Gedanken laut aus. »Alex liebt mich.«

Ich schrie leise in die Bettdecke. Wie hatte ich gestern nur so auf der Leitung stehen können? Alex hatte mich nach dem Sex nicht einfach aus dem Bett geworfen, obwohl er mir einmal gesagt hatte, dass er nicht mit einem Mädchen aufwachen wollte. Er hatte einen ganzen Tag geopfert, um mich gesund zu pflegen, und er hatte sich sogar darum gekümmert, dass ich so wenig Ärger wie möglich mit meinen Eltern bekommen würde. Wie hatte ich so schwer von Kapee sein können? Wie es aussah, legten Liebe und Grippeviren meine Denkfähigkeit flach wie Alex mich ... Okay, dummes Wortspiel!

Der Alex, der nur Sex und sonst nichts von mir wollte, existierte schon lange nicht mehr. Irgendwann hatte er anscheinend angefangen, mich zu lieben, so wie ich aufgehört hatte, ihn zu hassen.

Ich hab es dir ja gesagt, Zoey, hörte ich Nells tadelnde Stimme in meinem Kopf. *Aber du wolltest nicht hören. Du musstest den armen Acid beinah zum Sex zwingen und dich von ihm gesund pflegen lassen, damit du es realisieren konntest! Und dann dämmert es dir nicht einfach, nein, es trifft dich wie ein Blitz.*

Ich ignorierte Nells Stimme in meinem Kopf. Angesteckt hatte mich Violet, dann wurde ich während der Krankheit wie Serena und Nells Stimme schimpfte mich aus – meine Freundinnen hatten mich zwar nicht, wie Alex, verdorben, dafür aber allem Anschein nach verrückt gemacht.

»Alex?«, fragte ich wie am Tag davor. »Ich muss dir etwas sagen ...«

Ich suchte abermals mit meiner Hand die andere Bettseite nach ihm ab, musste aber schweren Herzens feststellen, dass er nicht neben mir geschlafen hatte. Da ich mich wunderbarer-weise wieder total gesund fühlte, schwang ich mich aus dem Bett und schlich ins Wohnzimmer. Meine Glieder fühlten sich zwar noch ein wenig taub an, aber ansonsten ging es mir so gut wie noch nie zuvor in meinem Leben.

Tatsächlich lag Alex voll bekleidet auf der kleinen Couch. Er schnarchte leise, seine rechte Hand berührte den Boden und ein Bein hing über der Couchlehne. Auf dem Tisch stapelten sich noch die Mittelchen, die er mir gestern verabreicht und die mein Fieber gesenkt hatten. Ich musste lächeln, als ich sah, dass Ronnie zusammengerollt auf der Brust seines Herrchens schlief.

Soll ich ihn wecken?, fragte ich mich. *Er hat gestern und vorgestern wegen mir bestimmt wenig Schlaf abbekommen.*

Ich war äußerst verwundert darüber, dass ich eine fürsorgliche Ader besaß. Oh, du nicht existierender Gott, Alex hatte Recht behalten, als er gesagt hatte, dass ich der Göttin Kali ähnlicher war, als ich dachte.

Alex liebte mich und ich war fürsorglich. Was kam als Nächstes? Die Erde ist ein Tetraeder? Cola verursacht Impotenz? Salat macht dick?

Alex hatte mich von Anfang an besser gekannt als ich mich selbst. Ist heute Tag der Erleuchtungen, oder was?

Da Alex wirklich müde und erschöpft aussah – womöglich auch krank geworden war –, beschloss ich, ihn ausschlafen zu lassen und die Zeit zu nutzen, um mit meinen Freundinnen zu sprechen. Die hatten sicherlich schon die wildesten Fantasien zusammengesponnen.

Ich informierte also Nell, Violet und Serena darüber, dass ich mich mit ihnen treffen wollte. Es war zwar elf Uhr vormittags und eigentlich würde die Schule bis zwei Uhr gehen, aber sie sagten alle zu, sich mit mir in einem Café in der Nähe zu treffen. Das überraschte mich nicht im Geringsten. Ich hatte von den dreien insgesamt neunundsechzig SMS und vierunddreißig Anrufe – allesamt von mir unbeantwortet – bekommen. Nun wollten sie alle wissen, was ich getrieben hatte.

Um mich nicht einfach aus der Wohnung zu stehlen, schrieb ich Alex einen kleinen Notizzettel, dass ich kurz in die Stadt gehen würde. Ich überlegte noch einen Moment, *Ich liebe dich* unter die Nachricht zu schreiben, aber das wäre meiner Meinung nach zu unpersönlich gewesen. Wenn ich es ihm gestand, dann wollte ich ihm in die Augen blicken.

Während ich mich im Bad noch ein wenig frisch machte, sprich, mir das Make-up vom Samstag abwischte und mir schnell die Haare wusch und ein wenig trocken rubbelte, musste ich mit flauem Gefühl im Magen beobachten, dass mein Spiegelbild ein Lächeln im Gesicht trug.

Jetzt fühlte ich mich wie neugeboren: gesund, irgendwie weiblicher, aber vor allem: *geliebt*.

Dann hastete ich zum Café.

Ich saß schon unter einem großen Sonnenschirm und las zum fünften Mal die Speisekarte durch, die wirklich nur unzureichend als Buch diente, als die drei mit ihren Schulrucksäcken auftauchten.

»Hey«, lächelte ich sie an. »Ich da…«

»Oh, du großer Gott!« Serena ließ sich neben mir auf einen Stuhl fallen und pikte mir in der Nähe meiner Lippen ins Gesicht. »Zoey lächelt wie frisch gefi…«

»Sprich es nicht aus«, unterbrach ich sie, was natürlich nichts brachte.

»Du hast es tatsächlich mit Acid getan!« Ihre schrille Stimme erregte die Aufmerksamkeit der anderen Leute im Café. »Oder? Oder?«

Konnte Serena das irgendwie sehen oder riechen? Hatte mir Alex ein Post-it irgendwohin geklebt, auf dem stand, dass wir es miteinander getrieben hatten? Oder war da einfach nur unser freundschaftliches Band im Spiel?

»Schsch!«, machte ich und zuckte mit den Schultern. »Ich … ich habe nun mal auch Bedürfnisse. Und jetzt seht mich nicht mit diesen großen Augen an! Ich war sowieso halb im Fieberwahn.«

»Du warst krank?«, fragte Nell, die in ihrem Stuhl hing wie ausgelaufener Pudding. »Und du bist sicher, dass du es dir nicht eingebildet hast? Sah Acid aus wie er oder wie SpongeBob?«

Dann erzählte ich meinen Freundinnen die ganze Geschichte: wie ich Ian und Alex eine Abreibung verpasst hatte, den Rockstar beinahe auf Knien angebettelt hatte, mit mir zu schlafen, und natürlich wie er mich wieder gesund gepflegt hatte.

»Danke, Violet.« Ich fiel meiner lilahaarigen Freundin um den Hals. »Hätte ich nicht deine virenverseuchte Vanilla Coke getrunken, wäre ich nie krank geworden und …« Ich löste die Umarmung, weil mir einfiel, dass mir Alex, bevor ich wegen des Fiebers fast ins Koma gefallen war, etwas hatte sagen wollen. »Das hätte mir wahrscheinlich mehr Ärger erspart!« Ich schnaubte und gab Violet einen leichten Klaps auf den Hinterkopf. »Danke. Es war zwar schön, von Alex gesund gepflegt zu werden, aber mir ging es wirklich schlecht.«

»Zoey, unsere liebe, brave Zoey«, begann Nell mit großen Augen.

»Schwänzt einfach die Schule«, fuhr Violet fort.

»Und hat geilen Sex mit Acid!«, beendete Serena den Satz mit einem breiten Grinsen im Gesicht. »Serena könnte nicht stolzer sein.« Sie tupfte mit ihren Fingern ein paar Tränen aus ihren Augen. »Sie werden so schnell erwachsen!«

»Wo ist dein Freund?«, fragte Violet lächelnd. »Oder kann er nach eurem kleinen Schäferstündchen immer noch nicht richtig gehen?«

»Oh, stell dir vor!« Nell klatschte aufgeregt in die Hände. »Ich und du können nun mit Craig und Acid Doppel-Dates haben! Das wird so süß! *So süß!*«

»Hahaha.« Ich kicherte ein wenig und kratzte mich verlegen an der Nase. »Alex schläft, und er ... er weiß immer noch nicht, dass ich ihn liebe. Oh Gott, habe ich gerade das L-Wort ausgesprochen? Liebe. Liebe. Liebe«, sagte ich ein paarmal hintereinander, um sicherzugehen, dass ich es tatsächlich aussprechen konnte. »Ich liebe Alex.«

Meine Freundinnen freuten sich nicht so sehr darüber, dass ich ein neues Wort gelernt hatte.

»Du hast es ihm immer noch nicht gesagt?«, brüllte Nell.

»Ich habe doch noch ewig Zeit, ihn von meinen Gefühlen in Kenntnis zu setzen«, meinte ich. »Wir gehen in die gleiche Klasse und spielen gemeinsam in einer Band. Ich werde ihn die nächsten Jahre garantiert oft sehen.«

»Sag es ihm sofort!« Violet gestikulierte wild umher. Kein Wunder, dass sich kein Kellner zu uns vier Verrückten herantraute. »Du musst es ihm sofort sagen, weil ... weil ...«

»Weil Acid nicht mehr lange in der Stadt ist.« Nells Blick wurde plötzlich trüb und sie sah auf die Serviette vor sich. »Er ist zwei Monate lang nicht hier.«

»Was?«, fragte ich erstaunt über die neue Information.

»Craig hat mir erzählt, dass sie für eine Band den Support übernehmen müssen«, sagte Nell. »Die ursprünglich geplante Band ist verhindert.« Meine Freundin machte eine Pause. »Zoey, Acid wird mit den Jungs in gut einer Stunde vom *Pulse* aufbrechen.«

»Das kann nicht sein!« Ich schüttelte den Kopf. »Alex hätte mir doch erzählt, wenn unsere Band so etwas machen würde und ...«

»Zoey«, unterbrach mich Nell. »Acid will, dass du die Schule fertig machst und nicht stattdessen zwei Monate herumtourst. Bei ihm ist es egal. Er schafft wahrscheinlich nicht einmal das Jahr und …«

Ich ließ Nell nicht ausreden, sondern sprang auf.

»Wo gehst du hin?«, wollte Serena wissen, die gerade noch den Hintern eines Kellners abgecheckt hatte.

»Alex eine gewaltige Ohrfeige geben, dass er so etwas wie Verstand bekommt!«, antwortete ich ihr. »Den Typen, den ich liebe, lasse ich nicht so einfach mit seiner Band allein!«

Mein Herz wummerte wie ein heftig verstärkter Bass in meiner Brust, als ich zum *Pulse* fuhr. Natürlich hätte ich Alex eine SMS schreiben oder ihn anrufen können, aber ich wollte persönlich mit ihm reden und ihn bitten, bei mir zu bleiben.

Doch als ich beim Club ankam, sah ich nur noch einen grauen Bus, der gerade in die entgegengesetzte Richtung davonfuhr.

Trauer ergriff für einen kurzen Moment mein Herz, bis meine Wut sich wie ein Platzhirsch aufführen musste.

»Nein, Alex, ist schon gut, fahr mit deiner Band einfach für zwei Monate weg.« Ich hob die Hände in die Luft und schlug die Luft zusammen. »Ist ja nicht so, dass ihr eure Sängerin allein zurücklasst … Wartet mal, das tut ihr ja gerade!« Da ich mich aufregen konnte, wurde der Schmerz, der in meiner Brust tobte, etwas erträglicher. Jetzt hatte ich einem Jungen mein Herz anvertraut und was war? Er nahm es einfach, ohne zu fragen, mit auf Reisen!

»Meine Freundinnen meinten, dass ich immer diejenige war, die abhaute, bevor du die Worte aussprechen konntest, aber jetzt … Ich liebe dich, Alex.« Jetzt war es endlich aus meinem Mund. Nicht Alex hörte es, sondern ein paar Vögel, Insekten und andere Tiere, die der Verrückten zugehört hatten. »Oh ja, ich liebe dich. Nenn mich dumm, total bescheuert oder psychisch abnormal, aber ich habe mich in dich verliebt.«

Heftig atmend stand ich mutterseelenallein vor dem *Pulse*. Der Junge, den ich liebte, war mit seiner – eigentlich *unserer* – Band für zwei Monate unterwegs. Ich schwor ein zweites Mal beim nicht existierenden Gott, dass ich herausfinden würde, wo Alex spielte, und dann konnte er sich auf etwas gefasst machen! Und wenn ich ihn hundert Kilometer nach Hause schleifen musste. Es würde mir ein Vergnügen sein, ihn im gefesselten Zustand wieder nach Hause zu bringen. Ich brauchte ihn!

»Ich liebe dich auch, Kali«, ertönte eine Stimme, die der von Alex zum Verwechseln ähnlich klang, hinter meinem Rücken.

Jetzt bildete ich mir auch noch Gespensterstimmen ein!

36. KAPITEL

REKORD: NUR SECHSUNDDREISSIG KAPITEL BIS ZUM ZIEL!

Augenblicklich spannte sich mein Körper an. Mein Herz raste wie wild, während mein Magen sich bis oben hin mit Schmetterlingen füllte. Ich hatte das Gefühl, die Dinger krabbelten gleich aus meinem Mund heraus.

Hatte ich mir das eben nur eingebildet?

Na klar, schließlich war Alex mit seiner Band zu dieser beschissenen Tour aufgebrochen. Er hatte mich ohne mein Herz, das er statt mir mitgenommen hatte, zurückgelassen. Hatte ich denn nicht durch den Song *Never Be What You Want* von *We Are The In Crowd* etwas lernen sollen? *You had a piece of my heart, but not enough to just run away 'cause I know what's best for me.*

Genau daran hatte ich mich nicht gehalten. Ich hatte Alex mein ganzes Herz geschenkt, ohne es richtig zu merken. Man konnte es mit einem Diebstahl gleichsetzen, den ich zugelassen hatte. Doch ich war keine, die jemanden mit etwas gehen ließ, das eigentlich ihr gehörte.

»Ich geh jetzt nach Hause und stalke dich im Internet«, informierte ich Alex, obwohl ich genau wusste, dass er mich nicht hören würde. Er war ja auf der Tour. Ohne mich.

Ich rief mir in den Sinn, wie ich Alex zum ersten Mal eine Ohrfeige gegeben hatte. Dieses Mal durfte er mit etwas Schmerzhafterem rechnen. Und das nur, weil ich ihn über alles liebte.

War doch logisch, oder?

Immer noch angespannt, weil ich mich beobachtet fühlte, drehte ich mich um und rannte prompt gegen eine nur allzu bekannte Gestalt.

Blaue Augen, dieses unverschämt sexy Grinsen und schwarze verwuschelte Haare wie frisch aus dem Bett gekommen. Der bloße Anblick ließ mich alles Mögliche auf einmal fühlen. Es gab nur einen einzigen Jungen, der mein Blut so in Wallungen bringen konnte.

»Alex?«, fragte ich mit piepsiger Stimme. Meine Augen wurden riesengroß. »Was machst du denn noch hier?«, ging ich ihn an. »Ich dachte, du und die Band, ihr wolltet, übrigens ohne eure Sängerin, auf Tour geh…«

Meine weiteren Beschwerden verstummten durch Alex' Kuss.

Ich war zwar noch sauer auf ihn, aber das sollte mir den Kuss nicht verderben. Er schlang die Arme um mich und drückte mich ganz fest an seinen Körper. Ein Teil von mir wollte Alex am liebsten mit einer Kopfnuss außer Gefecht setzen, aber die Idee verschwand schnell. Ich vergrub meine Finger in seinem Haar und saugte gierig an seinen Lippen. Die Vorstellung, dass ich länger von dem Jungen getrennt sein würde, den ich liebte, hatte in mir eine unstillbare Sehnsucht nach seiner Berührung geweckt.

»Du liebst mich«, realisierte ich ziemlich spät. Ich blickte zu Alex auf. »Hast du gerade gesagt, dass du mich liebst?«

»Habe ich mich nicht deutlich genug ausgedrückt?« Wegen seines Lächelns und der Tatsache, dass er mir gerade seine Liebe gestanden hatte, wurden meine Knie wieder so butterweich, dass mich nur Alex' fester Griff auf meinen Wackelpuddingbeinen halten konnte. »Ich liebe di… Du bist doch nicht immer noch krank?« Er musterte mich mit besorgtem Gesichtsausdruck. »Du bist unglaublich blass.«

Ich klammerte mich an Alex' dunkelgraues Shirt. »Du bist so ein riesengroßes Arschloch! Warum kannst du das nicht ein paar Stunden früher sagen? Aber nein, ich muss zu meinen Freundinnen rennen, die natürlich gleich wissen wollen, wie es war, mit dir zu schlafen, dann muss ich erfahren, dass du mit deiner Band die Stadt verlässt und dann ...«

»Dann musst du dir noch anhören, dass ich dich liebe und schon ewig in dich verliebt bin«, sagte er finster. »Du leidest wirklich, Kali.«

»Ich wollte dich nicht kränken«, sagte ich verlegen. Mit roten Wangen wandte ich den Blick ab. »Ich will nicht, dass du denkst, dass es mir egal ist, was du gerade gesagt hast. Ich bin nur noch nicht fähig, meine Gefühle für das alles auszudrücken. Und was heißt hier schon ewig? Seit wann bist du in mich verliebt?«

Alex' Finger, die vorher Wellen auf meinen Rücken gezeichnet hatten, streichelten nun zärtlich über meine Wange und zwangen mich so, ihn wieder anzusehen. Das schiefe Grinsen, das er mir immer zugeworfen hatte, wirkte durch den Blick seiner Augen verändert. Es gehörte nun ganz allein mir. »Der Tag, an dem ich dachte, dass ich sofort in die Klapse müsste, weil ich mich ernsthaft in dich verliebt hatte ...«

»Na, danke!«, murmelte ich dazwischen. »Schön zu wissen, dass du die Liebe zu mir mit dem Einlieferungsschein in die Klapse gleichsetzt.«

»... war der, an dem du dich total hast zulaufen lassen«, beendete er seinen Satz. »Ja, ich glaube, da habe ich realisiert, dass ich mehr Probleme habe, als ich gedacht hatte.«

Ich keuchte. »Was habe ich getan? Du weißt, ich erinnere mich nicht mehr an viel ... Und soll das heißen, dass du dich in mich verknallt hast, weil ich total dicht war?«

»Nicht weil du betrunken warst. Du hast gestrahlt, warst nicht zurückhaltend und hast dich an mich geschmiegt – und mir dadurch das Gefühl gegeben, dass du mich brauchst.« Seine Hand ruhte immer noch auf meiner Wange. »Da habe ich gemerkt, dass ich mir wünschen würde, dass du immer so zu mir wärst, und dass ich dich brauche und ... Ach, Kali, zwing mich nicht, übersentimental zu werden!«

Ein leises Quietschen entwich meinem Mund. Das war total – nein, das Wort *süß* würde ich nicht so vergewaltigen wie Nell.

»Aber eines muss ich dich noch fragen: Von welcher Tour redest du die ganze Zeit?«

»Die Tour, auf der du sein solltest!«, fauchte ich ihn leise an. Ich war immer noch hin und weg von seinen liebevollen Worten, gleichzeitig aber noch wütend, weil er mich allein lassen wollte. »Danke, dass du mir nichts davon gesagt hast! Äh, warum bist du eigentlich noch hier?«

»Ich sollte auf einer Tour sein? Mitten im Schuljahr?« Alex zog eine Augenbraue hoch. »Ohne unsere Sängerin? Das ist total unlogisch! Wir können erst wieder eine Band supporten, wenn du ein paar unserer Songs kannst, und außerdem fallen Touren im Moment flach, weil wir beide zur Schule gehen. Ich glaube, deine Eltern wären ganz schön sauer, wenn du ein paar Wochen kaum zu Hause wärst, ganz zu schweigen von deinem Bruder und dem Rektor.«

Ich schlug die flache Hand gegen meine Stirn. Alex hatte Recht. Das mit der Tour war absolut unlogisch.

»Nell hat das alles eingefädelt!«, rief ich aus. Meine beste Freundin wusste genau, dass ich Alex meine Liebe gestehen würde, wenn ich ihn wochenlang nicht sehen würde. Hätte ich Alex gleich vor dem *Pulse* getroffen, hätte ich ihm die drei Worte einfach ins Gesicht geschleudert, bevor ich erfahren hätte, dass die Tour eine Lüge war. Der Bus, den ich gesehen hatte, war wahrscheinlich nur ein Schulbus oder so etwas Ähnliches gewesen. »Diese gemeine, durchtriebene … aber das war überaus intelligent von ihr. Craig hat dich gebeten, hierherzukommen, oder?«

»Nö.« Alex schüttelte den Kopf. »Nell hat mir einfach eine SMS geschrieben, dass du gleich zum *Pulse* kommst und ich das Schauspiel einfach genießen soll. Kali, ist es normal, dass dein Augenlid nervös zuckt?«

»In so einem Fall schon«, presste ich mit zusammengebissenen Zähnen hervor. »Nell wird das noch bereuen.« Ich würde ihr Schokolade kaufen und dann würde ich sie anschreien. Ich hätte Alex schon noch gesagt, dass ich ihn liebte! »Und, äh … ja, Alex. Hm, ich hab gehört, du liebst mich? Hm, äh … heißt das, dass wir jetzt ein Paar sind?«

»Ach, Kali, sei nicht so schüchtern.« Er nahm meine Hände in seine und küsste mich auf die Stirn. »Ein guter Witz. Wir sind schließlich schon zusammen.«

»Warte, warte!«, warf ich ein. Die Sache überstieg mein ohnehin schon strapaziertes Fassungsvermögen. Anscheinend hatte ich einige kleine Details verpasst oder im Fieber vergessen. »Wir sind zusammen?«

»Klar«, sagte Alex schulterzuckend, als wäre das offensichtlich. »Seit einer Woche. Alles Liebe zum Einwöchigen. Ich hoffe sehr, dass wir das auf Jahrestage reduzieren. Ich liebe dich, aber ich bin nicht superreich.«

»Davon hab ich herzlich wenig mitbekommen«, informierte ich ihn. »Wie … Ich habe doch nie gesagt, dass ich schon länger etwas für dich empfinde!«

»Ich dachte, dass du mit dem Kuss vor der Klasse sagen wollest: *Alex gehört mir allein.* Und deshalb habe ich einfach mal angenommen, dass wir beide zusammen sind.«

»Warum hast du dann nicht gesagt, dass du mich liebst?«, warf ich ihm an den Kopf, anstatt mich darüber zu freuen, dass Alex einer Beziehung nicht abgeneigt war – dass wir schon Freund und Freundin waren!

»Ich dachte, du bist jemand, der niemals zugeben würde, jemanden zu lieben«, erklärte mir Alex entnervt. Er verdrehte die Augen. »Dann habe ich mir eben gedacht, spiel ich mit und sag es dir auch nicht. Warum, glaubst du, habe ich immer so um den heißen Brei geredet? Ich hab dir so oft zu verstehen gegeben, dass ich dich über alles liebe!« *Zuerst warst du für mich nur ein kleines Spielzeug, aber jetzt … Ich will eine, die sich mit meiner Musik auskennt und mit mir darüber diskutieren kann. Eine, die mich zum Lachen bringt und mich nicht wünschen lässt, dass irgendjemand so gnädig wäre, mir einen Stift ins Hirn zu rammen, wie bei Stephanie. Du leugnest die Sachen, die du magst, die du liebst.*

Ups, ich hatte all diese dummen Aussagen mehr oder weniger ignoriert. Ich hatte mir zwar meinen Teil gedacht, aber dass er mich mit diesen Aussagen nicht nur ins Bett locken wollte, wurde mir erst jetzt klar.

»Du denkst zu viel«, sagte ich und schmiegte mein Gesicht an seine Brust. Ich lauschte seinem Herzschlag. Sein Herz tobte genauso aufgeregt herum wie meins. »Viel zu viel. Du hättest es einfach freiheraus sagen sollen.«

Wahrscheinlich hätte ich ihm dann nicht geglaubt. Alex und ich mussten wohl auf diese Weise zueinanderfinden – viel zu kompliziert, mit vorhersehbarem Ausgang. Die vergangenen Wochen hatten uns dafür beide geprägt. Wir würden nicht so leicht nach einer oder zwei Wochen miteinander Schluss machen.

»Und du in letzter Zeit anscheinend zu wenig«, konterte Alex. Ich spürte, wie seine Brust vor Lachen ein wenig vibrierte. Hmmm, das war so angenehm wie Serenas Massagegerät für ihren verspannten Rücken. »Ich habe dir so oft versucht mitzuteilen, dass ich dich liebe, und immer wenn ich kurz davorstand, es dir klipp und klar zu sagen, bist du davongestürmt. Ein Wunder, dass du jetzt noch da bist. Ich hätte wetten können, dass du dich wie ein Geist in Luft auflöst, wenn ich dir sage, dass ich mehr für dich empfinde.«

»Warum hast du dich gestern so komisch aufgeführt?«, platzte ich heraus.

»Kali!«, stöhnte Alex. »Liegt das nicht auf der Hand? Ich hatte mich gefreut, dass du mit mir einen gemütlichen Tag im Bett verbringen würdest, aber nein, deine Ein-Tages-Grippe musste unbedingt dazwischenfunken! Ich war genervt, dass sie alles ruiniert hat! Da habe ich mich einmal auf ein wenig Romantik mit dir gefreut. Gott, ich klinge wie ein Typ aus einem kitschigen Hollywoodfilm!«

Dass man mich und das Wort *Romantik* in einen Satz quetschen konnte, war sehr gewöhnungsbedürftig für mich.

»Wir holen das nach«, versprach ich ihm.

Alex' blaue Augen blitzten interessiert auf. »Mit allem Drum und Dran?«

»Von mir aus«, antwortete ich schulterzuckend. Am liebsten hätte ich gleich *Ja, ich will!* geschrien.

»Und dieses Mal bleib bitte nach dem Sex noch ein wenig wach.«

»Hmpf.«

»Würdest du es noch einmal sagen?«, bat mich Alex sanft.

»Hmpf?«, machte ich fragend.

Mein Freund – an diese Bezeichnung musste ich mich auch erst gewöhnen! – stieß ein genervtes Murmeln aus. »Natürlich das andere, Kali.«

»Ich liebe dich, Alex.«

EPILOG ODER VERDORBEN, VERFÜHRT UND VERLIEBT

Acht Tage später …

Ding. Dong. Ding. Dong.

Ich war unglaublich froh, dass es endlich an der Tür läutete und ich für ein paar Minuten von meinen Verpflichtungen erlöst wurde.

Ich rief ein nettes »Kratz nicht gleich ab!« zu dem wandelnden Bakterienherd in meinem Bett hinüber und rannte rasch die Treppe runter zu unserer Haustür.

Seit Ian wieder eine Freundin hatte, die er mit seiner unausstehlichen Art nerven konnte, wirkte unser Haus wie ausgestorben. Mir und einer gewissen anderen Person kam das ziemlich recht. Wir genossen jede einzelne Sekunde zu zweit, in der uns nicht Familie, Freundinnen oder Freunde beziehungsweise Bandmitglieder nervten.

»Hallo, Serena!«, begrüßte ich meine Freundin, nachdem ich mich mit der Haustür beinahe selbst k. o. geschlagen hatte. »Endlich bist du da.«

»Ja. Ich war noch bei Violet.« Sie nickte und streckte mir das weiße Kostüm entgegen, das ich dankbar annahm. »Darf Serena fragen, was du damit vorhast? Doch keinen Auftritt mit der Band? Oder will Alex etwa das Musikvideo *What's My Age Again?* von *Blink 182* nachdrehen?«

»Komm mit, dann zeige ich es dir«, schlug ich meiner Freundin vor und ließ sie ins Haus. »Ich brauche sowieso Ablenkung, bevor ich ihm noch an die Gurgel gehe.«

»Ihm? Ian?«, fragte Serena. »Hat er dir wieder einmal einen Virus auf deinen Computer geschickt? Serena sagt dir, das ist seine Art, dir seine Zuneigung zu zeigen.«

Als wüsste ich das nicht selbst! Ich hasste Ian nicht. Er reizte mich nur bis aufs Blut, wie es ein richtiger Bruder eben zu tun hatte.

Da ich noch etwas aus der Küche brauchte, bat ich Serena, mitzugehen und mir ein wenig zu helfen. Ich nahm die Thermoskanne, zwei Packungen Taschentücher in einer Box und überreichte Serena einen Haufen Medikamente und Saft – obwohl er auf Alkohol bestanden hatte, weil das angeblich seine Viren besser abtötete.

Ich schüttelte den Kopf. »Ian war schon seit Tagen nicht mehr im Haus. Er nervt die ganze Zeit seine neue Freundin, wofür ich ihm unglaublich dankbar bin.«

»Ach so«, seufzte sie ein wenig betrübt. Ein Typ weniger, den sie zwar nie bekommen hätte, aber jetzt auch nicht mehr richtig anhimmeln konnte. »Wie sieht es eigentlich mit deinem Hausarrest aus?«, wollte Serena neugierig wissen.

Ich seufzte.

Nachdem ich vor einigen Tagen die Nacht mit Alex verbracht, den nächsten Tag mit Grippe in seinem Bett gelegen und den darauffolgenden Schultag einfach geschwänzt hatte, erwarteten mich zu Hause meine wütenden Eltern. Nicht einmal Alex, der bereitwillig meinen Schutzschild und Sündenbock gespielt, und Ian, der beruhigend auf sie eingeredet hatte, hatten sie ganz beruhigen können. Dabei wussten sie nur die Hälfte von allem. Sie wussten weder, dass ich mit Alex Sex gehabt, noch, dass ich die Schule geschwänzt hatte. Ich hatte mich zwar letztes Wochenende wieder ins *Pulse* geschlichen, aber unter der Woche kam ich nur schwer um den Arrest herum. Außerdem begann jetzt die Testzeit, und nur weil ich jetzt Sängerin war und einen Freund hatte, sollten meine Noten nicht leiden. Da war ich noch genug alte Zoey, die ihren Einserschnitt verteidigen wollte.

»Er läuft am Samstag aus«, sagte ich. Ich hastete die Treppe hoch, weil mir die Taschentücher schon fast aus der Hand glitten. »An meinem Geburtstag. Glaube ich jedenfalls, aber ich werde schließlich achtzehn. An dem Tag werden sie mich wohl nicht zu Hause einsperren wollen.«

Serena drehte sich um und ging nun rückwärts, so dass ich in ihr grinsendes Gesicht sehen konnte. »Sweet Eighteen.« Sie lächelte mich an. »Darf man erwarten, dass Acid nur mit einem Tanga bekleidet aus einer Torte steigt?«

»Da sehe ich schwarz ...« Ich stieß mit dem Fuß die Tür zu meinem Zimmer auf und enthüllte Serena meinen Patienten. »Ich habe ihn tatsächlich angesteckt.«

Eigentlich hatte Alex es teilweise sogar verdient, mit einer Grippe im Bett zu liegen: Er hat gemeint, dass meine schwachen Viren ihm nichts ausmachen würden, weil er so starke Abwehrkräfte hätte.

Jetzt lag er viel kränker als ich damals im Bett. Hätte er nur regelmäßig sein Actimel getrunken!

»Oh Gott!« Serena wich einen Schritt auf den Flur zurück. »Du siehst echt scheiße aus, Acid.«

Alex lag in einer Schicht aus mehreren bunten Decken, über und über mit benutzten Taschentüchern bedeckt. Er sah uns mit wässrigen blauen Augen an, die aus seinem bleichen Gesicht wie Schmucksteine hervorblitzten. »Hey, Serena«, sagte er und schnäuzte in ein Taschentuch mit *Hello Kitty*-Aufdruck – ein Geschenk von Nell, das endlich Verwendung gefunden hatte. »Komm besser nicht rein.«

»Jetzt bist du nicht mehr der Schönste im ganzen Land«, neckte ich meinen Freund, dem gerade der feuchte Lappen von der Stirn ins Gesicht rutschte.

»Ärger mich nich', Kali«, nuschelte Alex in das Taschentuch. »Nich' nachdem ich mich todkrank zu dir geschleppt habe.«

Er hatte am Vortag urplötzlich an der Tür geklingelt und darauf bestanden, bei mir zu bleiben. Da meine Eltern den kranken Alex nicht einfach so zurückweisen konnten, durfte er sogar bei mir übernachten und den Schultag in meinem Bett verschlafen. Leider war sein Gesundheitszustand zu ernst, um mehr mit ihm zu machen, als ihn sanft zu küssen und mich an ihn zu kuscheln, damit ich im Schlaf nicht aus meinem kleinen Bett fiel.

»Serena geht dann wieder, weil Serena euch nicht stör…« Ihre Augen weiteten sich, dann stieß sie einen ohrenbetäubend schrillen Schrei aus. »AH! Eine Ratte!«, quiekte sie und deutete auf Ronnie, der gerade aus seinem Käfig ausbüxen wollte. Er versuchte seinen pelzigen Kopf zwischen die Gitterstäbe zu stecken und kaute dann aus Frust auf den Metallstäben herum. Alex hatte sein Frettchen nicht zu Hause lassen können, weil Ronnie sonst seine Couch angeknabbert hätte, deshalb war Ronnie jetzt auch bei mir.

»Das ist ein Frettchen«, riefen Alex und ich gleichzeitig.

»Beleidige Ronnie nicht!«, belehrte ich meine Freundin. »Der Kleine ist richtig nachtragend.«

Erst nach einer Woche mit zahlreichen Streicheleinheiten und Extra-Fütterungen hatte mich Ronnie als sein Frauchen akzeptiert.

»Ja, dann eben Frettchen.« Sie rollte mit den Augen. »Serena haut jetzt trotzdem ab«, informierte mich meine Freundin und wackelte eindeutig mit einer Augenbraue. Als würden Alex und ich in seinem Gesundheitszustand übereinander herfallen! »Serena hofft, dass du morgen trotzdem im *Pulse* bist, weil Serena sich sonst gezwungen sieht, Snake zu töten.«

»Was hat sie gegen Snake?«, fragte Alex, nachdem sie sich mit einer Umarmung von mir und einem Winken von ihm verabschiedet hatte.

»Ist dir das vorher nicht aufgefallen?« Ich zog eine Augenbraue hoch. Wie konnte man so etwas Offensichtliches übersehen? »Serena hasst Simon über alles. Ich glaube, sie hat ihn geliebt und er hat sie mit irgendeiner anderen betrogen.«

»Da bin ich mir nicht so sicher.« Alex hustete und zog ein neues Taschentuch aus der Box. »Snake ist erst seit vier Monaten in der Stadt und hatte noch nie ein Date mit Serena, geschweige denn, dass er geäußert hätte, dass er etwas mit ihr hatte.« Die Geschichte überraschte mich: Wenn Simon Serena nicht betrogen hatte, wahrscheinlich nicht einmal mit ihr ausgegangen war, warum hasste sie ihn dann? Hatte sie ihn vielleicht mit jemandem verwechselt?

Und noch viel wichtiger war: Konnte dieser Hass wie bei Alex und mir plötzlich in Liebe umschlagen?

Alex störte meine Grübeleien. »Ist das dein Dress?«, fragte er und deutete mit einem zittrigen Finger auf das Kostüm.

Ich nickte.

Da ich ungern Versprechen brach, hatte ich meine Freundin um ihr Faschingskostüm vom letzten Jahr gebeten. Ich war froh – oder auch nicht –, dass sie sich als sexy Krankenschwester verkleidet hatte. Eigentlich als sexy Krankenschwester im Zombie-Style, aber das Kunstblut hatte sich zum Glück aus dem weißen Stoff wieder herauswaschen lassen.

Ich zog mein Shirt aus, schlüpfte aus der Jeans und knöpfte vor ihm das Kostüm zu.

Da wir beide von unseren Bandkollegen vor ein paar Tagen in einer sehr eindeutigen Situation gestört worden waren, gab es nun nichts mehr, was mir peinlich sein konnte. Okay, vielleicht wäre es mir peinlich, wenn uns meine Eltern auf frischer Tat ertappen würden, aber meine Schamgrenze war abgesehen davon nicht mehr vorhanden.

»Komm her«, sagte Alex und breitete seine Arme aus. Da ich nicht sehr viel Angst vor meinen eigenen Grippeviren hatte, schlüpfte ich unter die Decke und kuschelte mich in seine Arme. »Könntest du den Dress ein wenig länger behalten?«

»Doktorspiele«, seufzte ich, worauf Alex unschuldig blickend mit den Schultern zuckte. »Du musst schnell wieder gesund werden«, sagte ich zu ihm und vergrub mein Gesicht an seinem Schlüsselbein. »Ich habe bald Geburtstag.«

»Den habe ich nicht vergessen.« Er strich sanft über meine Haare. Jede Berührung fühlte sich, seitdem wir ein Paar waren, noch besser an. Endlich konnte ich meine Gefühle für Alex ganz auskosten und musste mir nicht mehr weismachen, dass es nur meine Hormone waren, die auf Alex aus waren. »Ich kann es kaum erwarten, dass du achtzehn wirst.«

Er fing an, sachte an meinem Hals zu knabbern, worauf ich leicht zusammenzuckte. Der Schmerz war schon am Abklingen, aber es würde noch ein paar Wochen dauern, bis die Schwellung ganz abgeheilt war.

»Pass auf«, bat ich Alex leise. »Du weißt ja, mein Hals ist momentan sehr empfindlich.«

Nennt es Trotz, Verdorbenheit oder Adrenalinsucht. Ich hatte mir zwei Tage zuvor ein Tattoo am Hals stechen lassen. Ein paar Musiknoten in Schwarz würden meinen Hals zieren, wenn ich mich trauen konnte, das Pflaster abzunehmen.

Meine Freundinnen schwärmten immer von Tattoos, mich hatte Tinte auf der Haut auch immer fasziniert. Nur hätte ich das früher niemals zugegeben.

Jetzt lebte ich so, wie ich wollte!

»Wenn ich erst wieder gesund bin und deine Schwellung abgeklungen ist …«, fantasierte Alex mit rauer Stimme, wodurch er meine Fantasie ebenfalls anregte. Er strich am Ausschnitt des Dresses entlang. »Du weißt, was ich meine.«

»Wenn du wieder gesund bist, die Schwellung abgeklungen ist *und* du den Mathestoff der letzten Tage nachgeholt hast«, berichtigte ich ihn.

So ziemlich das Einzige, was sich zwischen Alex und mir geändert hatte, war, dass ich mich nun bereitwilliger auf solche Sprüche einließ. Außerdem gingen wir ein klein wenig liebevoller miteinander um und die Worte *Ich liebe dich* kamen mir um einiges leichter über die Lippen. Doch im Großen und Ganzen waren wir immer noch dieselbe Zoey und derselbe Alex wie vor einigen Wochen: Wir stritten, küssten und liebten uns.

In der Schule hatte sich auch kaum etwas verändert: Stephanie und ihre Clique straften uns mit bösen Blicken – wir konterten mit Todesblicken. Die meiste Zeit waren wir aber für die anderen unsichtbar. Als sich herumsprach, dass Alex und ich ein Paar waren, interessierten sich nur noch die wahren Fans seiner

Band für ihn. Als seine Freundin konnte ich es nur gutheißen, dass sich seine *Interessenten* endlich abgewandt hatten und ich ihn nur noch mit unserer Band teilen musste – natürlich hatte nur ich das Anrecht, mit ihm herumzumachen.

»Wie findest du es eigentlich, dass du es geschafft hast, mich zu verderben und zu verführen?«, fragte ich Alex. Bis jetzt hatte ich ganz vergessen, ihn zu fragen, wie es ihm gefiel, dass er mich verändert hatte. »Muss dein Ego ja ziemlich vergrößert haben.«

»Ach, Kali«, sagte er mit heiserer Stimme. »Hier ging es nie um mein Ego. Es ging schon immer nur um dich. Ich habe irgendwie gespürt, dass es dir guttun würde, wenn du ein wenig ... ja, bleiben wir bei dem Wort, verdorben werden würdest. Dieses brave Schulmädchending hat nicht zu einem Mädchen mit deiner Klappe und Stimme gepasst. Das warst einfach nicht du. Verführen, das habe ich eigentlich nur gesagt, weil ich ein wenig mit dir spielen wollte. Nie hätte ich gedacht, dass du dich auf mich einlässt.«

»Verdorben und verführt«, seufzte ich. »Und trotzdem bin ich glücklich wie noch nie.«

»Du hast etwas Wichtiges vergessen, Kali«, warf Alex ein. Seine blassen und vor Krankheit spröde gewordenen Lippen verzogen sich zu einem Grinsen. »Verdorben, verführt und *verliebt*.«

ENDE

NACHWORT

Ich weiß noch genau, wie ich die Geschichte im Sommer 2011 begonnen habe. Damals träumte ich noch nicht davon, ein Buch zu veröffentlichen. Ich habe einfach geschrieben, wenn ich eine witzige Idee zu meinen Charakteren hatte. Bei der Kali-Sache hatte ich selbst einen kleinen Lachkrampf vor dem Computer …

In den letzten zwei Jahren habe ich sehr viel Liebe in diese und andere Geschichten gesteckt, und es freut mich, dass dank meiner Agentur und dem Carlsen Verlag endlich viel mehr Leute meine Rockstars kennenlernen dürfen.

Ich hoffe, dass ihr als Leser viel Spaß mit meinen verrückten, aber liebenswerten Charakteren hattet und ich euch schöne Lesestunden beschert habe. Als langjährige Vielleserin weiß ich aus Erfahrung, dass ein gutes Buch die Laune erheblich heben kann.

Und für alle, die selbst gerade an ihrem Buch schreiben und verzweifeln oder denken, dass es kein Mensch liest: Seid ein bisschen optimistischer. Ich weiß, das ist leicht gesagt, wenn man sein Buch nun fertig hat und es verlegt wurde, aber Trübsal blasen hilft auch nicht beim Schreiben! ;)

Tauch ein in romantische Geschichten.
HOL DIR
BITTERSÜSSE
STIMMUNG
AUF DEINEN
E-READER!
E-BOOKS VON IMPRESS HIER:
CARLSEN.DE/IMPRESS
impress IST DAS DIGITALE LABEL DES CARLSEN VERLAGS FÜR GEFÜHLVOLLE UND MITREISSENDE GESCHICHTEN AUS DER GEHEIMNISVOLLEN WELT DER FANTASY.
im.
pre
ss